Uma liberdade incondicional

• LIGA DA LEALDADE •

ALYSSA COLE

Uma liberdade incondicional

* LIGA DA LEALDADE *

TRADUÇÃO
Solaine Chioro

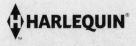

Rio de Janeiro, 2022

Copyright © 2019 by Alyssa Cole. All rights reserved.
Título original: An Unconditional Freedom

Todos os personagens neste livro são fictícios. Qualquer semelhança com pessoas vivas ou mortas é mera coincidência.

Direitos de edição da obra em língua portuguesa no Brasil adquiridos pela Editora HR LTDA. Todos os direitos reservados. Nenhuma parte desta obra pode ser apropriada e estocada em sistema de banco de dados ou processo similar, em qualquer forma ou meio, seja eletrônico, de fotocópia, gravação etc., sem a permissão do detentor do copyright.

Direitos exclusivos de publicação em língua portuguesa cedidos pela Harlequin Enterprises II B.V./S.À.R.L para Editora HR Ltda.

A Harlequin é um selo da HarperCollins Brasil.

Contatos: Rua da Quitanda, 86, sala 218 — Centro — 20091-005
Rio de Janeiro — RJ
Tel.: (21) 3175-1030

Diretora editorial: *Raquel Cozer*

Editora: *Julia Barreto*

Copidesque: *Gabriela Araújo*

Revisão: *Cintia Oliveira e Lorrane Fortunato*

Imagem de capa: *Alan Ayers / Lott Representatives*

Design de capa: *Renata Vidal*

Diagramação: *Abreu's System*

CIP-Brasil. Catalogação na Publicação
Sindicato Nacional dos Editores de Livros, RJ

C655L
    Cole, Alyssa.
       Uma liberdade incondicional / Alyssa Cole ; tradução Solaine Chioro. – 1. ed. – Rio de Janeiro : Harlequin, 2022.
       320 p. ; 23 cm.   (Liga da lealdade ; 3)

       Tradução de: An unconditional freedom.
       Sequência de: Uma esperança dividida.
       ISBN 978-65-5970-189-6

       1. Ficção americana. I. Chioro, Solaine. II. Título. III. Série.

22-79017   CDD: 813
                         CDU: 82-3(73)

Gabriela Faray Ferreira Lopes – Bibliotecária – CRB-7/6643

Para qualquer um que viu o próprio trauma ser tratado como fraqueza:
você sobreviveu. Você está aqui. Você é corajoso.

*Qualquer poder humano pode sofrer resistência e
ser mudado por seres humanos.*

— Ursula K. Le Guin

Prólogo

Janeiro, 1862
Fora de Richmond, Virginia

— Quero ajudar meu povo a se libertar.

Foi daquele jeito que tudo começou.

Não, aquilo não era verdade. Começara quando Ellen se mudara para a casa ao lado. Daniel tinha 7 anos de idade, o filho nascido livre de uma costureira e um ferreiro bem-sucedidos.

— Você nunca foi escravizado? — perguntara Ellen a ele um dia enquanto brincavam, com os olhos arregalados, como se fosse a primeira vez que ouvia que um negro podia nascer com a liberdade em vez de recebê-la dos brancos.

Ela ainda tinha um encantador sotaque sulista na época. Anos depois — quando ele a pedira em casamento e ela negara, dizendo que precisava ir lutar pelo povo deles —, ele falara que lutar não era para ela. Ela respondera com o tom ríspido de uma mulher educada por abolicionistas de Massachusetts.

— Você nunca sequer foi escravizado — pronunciara Ellen, já sem sotaque, com os olhos castanhos tão expressivos que Daniel soubera que ela não mudaria de ideia sobre lutar contra a escravidão nem sobre não se casar com ele.

A guerra estava se formando, mudando tudo pelo que Daniel lutara e se esforçara para conseguir, mas ele entrara em pânico com a ideia de perder Elle, a pessoa que vislumbrava ao seu lado para sempre, mesmo que ela ainda não se visse naquele lugar.

— Você era criança, não foi tão difícil assim — contrapusera ele, sem pensar.

Não, não sem pensar. Ele tinha um objetivo: descartar a lógica dela e a fazer ver que seu lugar era com ele.

Elle lembrava de tudo — *tudo*. Sua mente era estranha assim, e era parte do motivo pelo qual ela queria se juntar à resistência contra os Confederados. Ela lembrava como fora ter sido escravizada, até os mínimos detalhes; sempre lembraria do que ele lhe dissera. E a lembrança não seria gentil.

Depois de rejeitá-lo, ela tinha ido embora para a Libéria com o objetivo de descobrir que tipo de vida seu povo poderia ter no continente africano, o país deles entrando ou não em guerra sobre a questão da escravidão. Para analisar qual vida poderia ser construída lá sem as restrições da sociedade americana. Daniel escrevera carta atrás de carta, sem saber quando ou se ela as receberia.

Eu te amo, Ellen. Você disse que não é a mulher certa para mim, mas sempre acreditarei no contrário. Você tem meu coração desde que éramos crianças: espero que um dia se veja capaz de pegar o que é e sempre será seu.

Ele esperara.

No meio-tempo, estudara seus livros jurídicos, investigando leis e casos para encontrar algo que pudesse ser útil para garantir a liberdade para seu povo. Os Estados Unidos se orgulhavam de ser regidos por leis, certo? Ele usaria aquele poder como chave para desatar os grilhões da escravidão.

Ele esperara.

Quando ouvira que tinham homens em sua cidade, homens em busca de negros libertos que pudessem ajudar na luta pela União,

Daniel fora até eles. Era aquilo que Elle teria desejado; talvez, se ele quisesse o mesmo que ela, ela voltaria para casa e para ele.

"Quero ajudar meu povo a se libertar."

Era verdade. Daniel vinha lutando por aquilo no escritório de advocacia, de um modo mais moderado. Sempre quisera guiar seu país para o caminho da justiça e queria fazer aquilo com Elle ao seu lado, se ela um dia voltasse. Ele lhe mostraria que compreendia.

Daniel procurou os desconhecidos.

Os dois homens brancos falaram com ele sobre a natureza desprezível do tráfico de escravizados. Eles compartilharam uma refeição enquanto pensavam nas formas que Daniel poderia ajudar a Causa da União, com sua força física e seu conhecimento jurídico.

Daniel acordara amarrado, preso em uma caixa de madeira que sacolejava como se estivesse na traseira de uma carroça. Quando enfim abriram a tampa da caixa, dias depois, as mãos de Daniel estavam muito ensanguentadas, suas unhas quebradas no sabugo do dedo. Tinha se machucado ao tentar se libertar dando cabeçadas na caixa e o sangue coagulara na testa; ele estava coberto pelo próprio excremento.

— Acabar com esses escurinhos metidos com certeza é de dar gosto — dissera com animação um dos supostos abolicionistas para seu compatriota.

Daniel sempre trabalhara duro. Ajudara com o trabalho de ferreiro, mesmo quando o objetivo do pai fosse que Daniel estudasse, tornando-se um daqueles negros libertos que ascendiam até onde a sociedade os permitia.

Ele nunca conhecera trabalho como o que encontrara nas plantações da Geórgia para onde fora vendido. Um trabalho que exauria as forças de seu corpo e de sua alma e nem ao menos era para benefício próprio ou para benefício daqueles com quem você se importava.

Daniel sempre fora teimoso. Elle lhe dissera uma vez que, se uma mula zurrasse, ele responderia da mesma forma só para ter a última palavra e para que a mula compreendesse que ela tinha perdido a discussão.

Depois da primeira vez que fora espancado, cuspindo um dente que seu odiado feitor pegara para vender, ele parara de dar respostas.

Em uma noite, enquanto estava deitado fedendo a suor e com feridas infeccionadas, Daniel se lembrara de quando tinha acreditado ser superior àquilo. Ele pensara que sua liberdade era algo inato; afinal, nascera com ela. Deus havia julgado conveniente fazê-lo livre. Foi apenas quando estava matando os insetos que pairavam sobre si no escuro da cabana, enquanto ouvia os roncos, exalações e murmúrios daqueles que nasceram escravizados, muitos naquela própria plantação, que ele compreendera a lição que não tinha percebido em todos aqueles domingos na igreja: bençãos sempre eram condicionais. A dele fora anulada. Aquelas pessoas dormindo ao seu redor, que também falavam do Senhor como seu salvador, sequer tinham experimentado Sua glória para começo de conversa?

Quando chegou à plataforma de leilão de Virginia, vendido por um senhor que temia perder seus escravizados para os soldados errantes da União, Daniel não pensava mais: *quero ajudar meu povo a se libertar*. Ele tentava não pensar em nada de seu passado. Que fora um homem, supostamente nascido com certos direitos irrenunciáveis. O Daniel Cumberland que ele fora teria lutado mais, teria impedido o feitor. Não teria deixado outro homem enfiar a mão em sua boca, examinar sua pele e questionar sobre seu temperamento. Daniel deixou o homem branco à sua frente fazer exatamente aquilo. Não respondeu quando o comprador em potencial listou seus defeitos, tentando adquiri-lo por um preço menor. Quando foi levado, a única coisa em que ele pensou foi que estava contente por Elle ter ido para a Libéria, embora aquilo tenha partido seu coração em dois. Estava contente por ela ter deixado aquele esgoto que se considerava um país, que fazia um homem amá-lo, para depois lembrá-lo como, em troca, só receberia desprezo.

O demônio que o comprara era mais gentil do que o anterior. Ele ajudou Daniel a subir na carroça e o olhou de igual para igual. Daniel o odiou por aquilo. Eram poucas as coisas que ele não odiava. Apenas

Elle, e desejava poder odiá-la também. Ela jamais poderia saber o quanto o tinham diminuído, logo ela, que o avisara.

"Nenhum de nós é livre quando eles podem nos pegar na rua e dizer que somos fugitivos. Nenhum de nós é livre enquanto um de nós está escravizado."

Daniel adormeceu na carroça; ele, que costumava reclamar de colchões velhos e encaroçados. Quando acordou, eles tinham viajado para o campo, onde as estradas eram mais esburacadas do que niveladas. Ele podia ver as constelações lá em cima, gloriosas almas semelhantes e brilhantes, também presas nos planos dos homens quando tudo o que queriam era ser livres.

Elle lhe teria dito que ele estava sendo poético demais. Talvez ela também o tivesse beijado, como tinha feito algumas vezes quando o limite entre melhor amigo e amante ficara confuso.

Ele fechou os olhos para controlar o sentimento muito humano que surgiu dentro de si naquele momento, contendo o calor insistente que sentiu pressionar suas pálpebras.

Fraco. Você é fraco.

A carroça parou.

Ele ouviu passos fazendo barulho no solo compactado, mas a noite de inverno estava silenciosa. Estava sozinho com aquele homem?

Sou fraco, mas meu corpo não é. Talvez eu consiga matá-lo. Não seria tão difícil. Sei que não existe Deus para julgar e, se houver um, eu O julgo cruel demais para ser obedecido.

Ele se mexeu, e o tinir de suas correntes no chão da carroça o fez reconsiderar o plano. Não conseguiria ir muito longe preso a elas. Vira um homem tentar, vira como os grilhões o fizeram uma presa fácil para os capitães do mato e seus cachorros.

Daniel suspirou e desejou poder se afundar na madeira da carroça. Encolher-se em um buraco e desaparecer. Tornar o corpo um nada, assim como era sua alma. O mundo era cruel demais, e ele fora forçado a perceber aquela verdade, recebê-la como uma horrível comunhão. Não se importava em saber quais surpresas futuras a vida reservava para ele.

Mais passos além daqueles foram ouvidos; então ele não teria conseguido matar seu novo senhor, de qualquer forma. Ou teria tido que matar aquele homem e mais alguns. A ideia não perturbou Daniel como outrora teria acontecido. O fato de que eles poderiam matá-lo primeiro também não.

A parte de trás da carroça abaixou, e Daniel se arrastou para a escuridão e viu seu novo senhor parado ao lado de homens que o fizeram sentir vergonha. Eles pareciam com quem ele fora antes de ser tão oprimido. Homens negros vestidos de uma forma respeitável, com os cabelos brilhando pela pomada capilar e as barbas aparadas perfeitamente.

— Você está livre, Daniel — disse o homem que o comprara no leilão. — Estes homens vão lhe ajudar a voltar para o Norte.

Lágrimas surgiram nos olhos de Daniel, e ele lutou para impedir que sua boca tremesse. Brincadeira muito, muito cruel. Ele não acreditaria. Não podia. O que era liberdade? Como podia ser livre de verdade se um homem branco podia, de modo arbitrário, decidir aquilo por ele?

Daniel tentou fazer uma pergunta, mas um som grotesco e patético saiu no lugar das palavras. Ele fechou a boca de imediato.

— Irmão Daniel — disse um dos homens negros, com cautela. — Podemos ajudá-lo a chegar ao Norte, mas primeiro preciso perguntar: você quer ajudar seu povo?

Daniel encarou o homem, com as narinas infladas e as mãos trêmulas. As correntes de seus grilhões se mexeram e aquilo pareceu estimular o homem branco — não o seu senhor? — a agir. Ele se aproximou depressa com uma chave e desatou as correntes.

Daniel cerrou os punhos, com vontade de estrangular o homem quando ele sorriu com orgulho e falou:

— Você está livre.

Daniel não se deu ao trabalho de o corrigir.

— Não posso ajudar meu povo — respondeu Daniel, com a voz rouca. — Não consegui ajudar nem a mim mesmo.

O outro homem negro assentiu, com consciência.

— Se não se acha adequado para ajudá-los, que tal vingá-los? Assim seria melhor para você, meu irmão?

— Sim — confirmou Daniel antes mesmo de registrar por completo a pergunta. A palavra saiu forte e esganiçada pela raiva. — Sim.

— Ótimo, ótimo. Primeiro, você precisa descansar, mas depois lhe contarei sobre os Quatro Ls: Lealdade, Legado, Longevidade e Lincoln.

Daniel não dava a mínima para Lincoln ou qualquer outra palavra com L. Ele queria vingança. Queria que alguém pagasse por seu sofrimento e, se aqueles homens pudessem o ajudar a conseguir aquilo, ele se juntaria a eles.

— Liberdade — proferiu Daniel de maneira sombria, passando a mão na ferida que o grilhão fizera no seu pulso. — Acho que gostaria de usar minha liberdade de um modo mais construtivo desta vez.

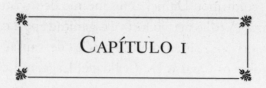

Capítulo 1

Fim de outubro, 1863
Cairo, Illinois

Daniel estava sentado no canto da sala principal da cabana isolada, abrigada no meio da floresta. Seu assento era o mais distante da porta, então não conseguiria escapar com rapidez, mas a presença sólida da parede atrás dele era melhor do que a vulnerabilidade de deixar as costas expostas, mesmo entre seus compatriotas.

— Eu gostaria de trazer à tona o tópico... lealdade — disse o pequeno homem negro de pele escura na frente da sala.

Dixon ou Dyson ou algo assim; Dyson, sim, era aquilo. Daniel esquecia das coisas com frequência, exceto, óbvio, das lembranças que queria desesperadamente apagar.

Nem um dos homens e mulheres reunidos ali olhava para Daniel, mas ele sentiu a atenção coletiva se voltar para ele. Podia sentir o peso do julgamento deles envolvendo seu pescoço, acomodando-se nos sulcos das cicatrizes que lá estavam, e o apertando.

Ele inspirou fundo, reajustando a postura na cadeira de modo lento e deliberado. Ignorou a pressão na nuca e o suor que brotou em seu buço, escondido sob o bigode.

— Juramos pelos Quatro Ls nesta sociedade — continuou Dyson, a voz ganhando força, como se ele estivesse pregando em um púlpito.

— Lealdade, Legado, Longevidade e Lincoln. Essas são as coisas que prometemos defender. Percebam que *crueldade* não está dentro de nossos princípios.

Daniel se esticou para ficar de pé, passando a mão pela barba grisalha. Ele não se arrumava diante de um espelho havia dias e podia apenas imaginar como estava sua aparência aos olhos dos outros. Foram-se os dias em que as mulheres diziam que ele tinha cara de bebê e seus companheiros o viam como um exemplo de um estiloso homem moderno.

Os detetives sentados mais perto dele se afastaram um pouco — ele sabia o que falavam dele. *Confuso. Louco. Destruído.* Com vergonha e consternação, Daniel sabia que eles não estavam errados. Ele uma vez fora feliz, despreocupado, seu maior trauma sendo que a mulher que amava não o amara de volta. Talvez tudo que recaíra sobre ele tenha sido alguma lição, como o teste de Jó. Aquele pensamento podia ter sido reconfortante se sua crença no Senhor não tivesse sido arrancada a pancadas, como a poeira que extraem de um tapete.

— Se isso for sobre o rebelde que matei no Tennessee, não podemos ser diretos sobre o assunto?

Houve um resmungo entre os detetives.

Dyson assentiu, sustentando o olhar de Daniel.

— Muito bem. Sua missão enquanto detetive era recolher informações sobre um rebelde que poderia ter ligação com os Filhos da Confederação e usá-lo para encontrar outros de sua laia. Em vez disso, ele foi encontrado morto a facadas, e agora os brancos da região estão falando sobre um negro vingativo.

Dyson fez uma pausa, como se Daniel fosse refutar a alcunha. Era uma descrição tão fiel dele como qualquer outra que lhe fora dada desde que entrara para a Liga da Lealdade.

Daniel não retrucou, então Dyson insistiu:

— Tem havido conversas sobre "enforcar alguns escurinhos" para lembrar aos escravizados o que acontece quando saem da linha.

— Você acha que tal detalhe vai me convencer de que matar senhores de escravizados é algo que eu *não deveria* fazer? — perguntou

Daniel, incitando alguns risos abafados ao redor. Dyson abriu a boca para falar, mas Daniel já tinha ouvido o bastante. — Matei aquele homem porque foi necessário. Podemos não usar a farda azul da União, mas estamos em guerra e, nela, vale tudo, caso precise de um lembrete. — O rosto de Daniel começou a ficar mais quente. — Não me recordo de terem me dito ao me recrutarem que eu deveria valorizar a vida de algum calhorda separatista mais do que valorizo a minha própria ou a do meu povo.

— Não distorça minhas palavras, Cumberland — alertou Dyson. Daniel sentiu vontade de torcer o pescoço do homem, mais do que suas palavras, mas aquilo não ajudaria sua situação. — Estamos administrando uma operação secreta aqui e matança gratuita não é exatamente algo secreto.

— Não mato de forma gratuita.

Algumas pessoas achavam que Daniel gostava de tirar vidas, mas cada morte era apenas outro fardo adicionado à vergonha, à raiva e ao nojo que envergavam suas costas. Ele não desfrutava da matança, mas também não se esquivava do que precisava ser feito.

Quando encontrara o senhor de escravizados, o homem robusto estivera segurando o pulso de uma garota um pouco mais velha do que Elle quando tinha chegado a Massachusetts, puxando-a atrás dele. O medo e a conformação no olhar da menina deixaram Daniel sem escolha. O fato de que algumas pessoas achavam que *havia* escolha era o verdadeiro problema.

— Acredito que o irmão Cumberland não faria algo que comprometesse os Quatro Ls — opinou Logan Hill, o detetive que recrutara Daniel. Logan também fora escravizado uma vez e, embora não compreendesse Daniel, tentava o fazer. Uma vez que o próprio Daniel não se compreendia mais, ele apreciava a tentativa de Logan. — E a perda de um senhor de escravizados é, no mínimo, uma benção para todos nós. Encontraremos outras ligações com os Filhos. Infelizmente, não é como se os calhordas fossem raros, e eles têm causado mais problemas à medida que a guerra segue.

Dyson assentiu com firmeza, mas seu bigode se eriçou.

— Espero que Cumberland tenha mais cautela no futuro.

Daniel se sentou, com as mãos juntas no colo enquanto Dyson seguia tagarelando, e, embora o lugar estivesse repleto de seus irmãos e irmãs de luta, ele se sentia completamente sozinho.

A guerra era algo solitário, ele descobrira. A sobrevivência também.

Daniel respirou fundo. Estava tudo bem. Só precisava ficar sozinho. Estar ao redor de outras pessoas por muito tempo o lembrava do que havia perdido. Acontecia até mesmo quando o cobriam com gentilezas. Ele constantemente se perguntava como fora forte o bastante para sobreviver às crueldades a que fora subjugado, apenas para ficar tão enfraquecido pela simples lembrança delas.

— Daniel?

Ele olhou para Logan, que naquele momento estava sentado no assento ao seu lado. Os outros detetives estavam saindo da cabana. A reunião tinha terminado, e ele nem percebera.

— Eu...

Daniel deu de ombros.

Logan sabia.

— Está tudo bem. Você não perdeu muito. O irmão Dyson falou sobre algumas operações da área, os novos detetives chegando. As coisas esquentaram no campo desde a Batalha de Chickamauga.

Daniel concordou. Os rebeldes tinham vencido, mas a vitória estava longe de ser decisiva. Os oficiais confederados reclamaram sobre a incompetência do general Bragg na frente de seus escravizados e mencionaram a petição que fizeram para que Davis fosse demitido. Os escravizados passaram a informação por meio da rede até que ela chegasse aos ouvidos de alguém favorável à causa dos Quatro Ls. Julgando pela quantidade de relatos que receberam, houvera vários oficiais reclamando.

Logan se remexeu, desconfortável, e, como o detetive não era propenso ao constrangimento, Daniel sabia o que estava por vir.

— Conversar ajuda, Daniel — falou ele. — Não estou dizendo que é isso que você tem que fazer, mas, se um dia precisar desabafar, estou aqui. A maioria de nós, detetives, tem demônios com os quais lidamos. Demônios lançados em cima de nós por esta sociedade cruel. Não pode deixar que eles apodreçam em você.

Logan tinha boas intenções. Mas até mesmo a ideia de contar para outra pessoa o que ele vivenciara, a vergonha, o constrangimento e os problemas que causara, enojava Daniel.

Ele não podia.

Todo mundo parecia lidar com os próprios demônios muito bem, a não ser que estivessem exagerando no álcool ilegal, como muitos faziam; apenas Daniel parecia inapto à execução da vida cotidiana. Havia vergonha o bastante naquilo sem compartilhar o resto de sua história patética.

"Um brinde à Causa da União! E aos nossos irmãos de guerra aboli-cionistas."

Daniel cerrou os dentes. Ele fora um tolo tão ingênuo.

Logan suspirou.

— Aquela moça, Ellen? Ela escreveu para saber como você está e mandou junto outra carta para você.

Logan lhe entregou um pedaço de papel — mais uma lembrança de todo o mal que recaíra sobre Daniel. Ele o pegou apenas para evitar um constrangimento ainda maior. Quando uma das melhores agentes dos Quatro Ls lhe mandava uma mensagem, era esperado que lesse imediatamente. Daniel guardaria aquela carta com as outras. Sem abri-la.

— Sei que vocês dois têm história. Talvez ir visitá-la possa lhe fazer bem. — Logan arqueou as grossas sobrancelhas.

Daniel imaginou Elle, quem ele achara que seria sua esposa, sentada intimamente com o marido dela. Seu marido *branco* — Malcolm McCall, o homem responsável por garantir a liberdade de Daniel. Ele a imaginava compartilhando os relatos sobre o comportamento de Daniel com um tom de pena e os dois o vendo como o homem deplorável que era.

— Vou pensar sobre o assunto — respondeu ele, guardando a carta no bolso.

Logan assentiu e começou a se levantar antes de se sentar novamente.

— O homem que você matou...

— Qual deles? — perguntou Daniel. Ele sentiu uma satisfação obscura na forma com que a boca de Logan se retorceu em uma careta, mas não deu continuidade à provocação. — Se você se refere ao homem que Dyson mencionou: farei muitas coisas para coletar informações, mas não vou permitir que um homem machuque uma criança em nome da possibilidade de ele ter informação útil.

Logan se endireitou, como se tivesse sido pego de surpresa, mas depois assentiu e se levantou. Ele deu um tapinha no ombro de Daniel, que se permitiu sentir um pouco de orgulho dado que o toque não o fez cerrar ainda mais os dentes.

— Venha. Tem um jantar a ser servido e informação a ser compartilhada. Se existe alguma forma de dar um fim nesta guerra infernal, talvez a descubramos enquanto bebemos.

Daniel tinha sua própria ideia sobre como acabar com a guerra, mas sabia que não podia contar para outras pessoas. Se havia algo que martelava em sua mente (de forma bastante literal) desde a manhã em que ele acordara amarrado e amordaçado, era que não se podia confiar em ninguém. Ou até se podia, mas a traição estava sempre à espreita ao se tomar uma decisão tão tola.

— Certo — confirmou ele, seguindo Logan.

— Tem também a questão dos novos recrutas — complementou Logan. — Dyson me pediu para discutir algo com você.

Evidentemente, Logan queria mais do que uma bebida. Daniel assentiu, soturno. Ele tinha a sensação de que, fosse o que fosse, não gostaria da conversa.

Capítulo 2

Janeta não fazia ideia de onde estava. Ohio? Kentucky? Carolina do Norte? Até alguns meses antes, o mais longe que viajara para o interior do continente tinha sido a Flórida, e naquele momento ela já viajara tanto que começava a confundir os estados — tanto os dos confederados quanto os da União. Ela não soubera como um país podia ser tão vasto. Da segurança da plantação de cana-de-açúcar de seu pai, Cuba parecera um lugar grande demais para um dia ser explorado por completo, e os Estados Unidos eram muito, muito maiores.

Ela estava exausta de caminhar, cavalgar, se esconder das sentinelas rebeldes e dormir apenas algumas breves e míseras horas. Assim que a noite caíra, seguira sua guia em silêncio pela floresta. A bainha de seu belo vestido estava imunda e ela não tomava banho havia dias. Conseguia imaginar sua irmã mais velha, Maria, retorcendo o nariz de nojo: "*¡Pero que sucia*, Janeta!".

Ela não via as duas irmãs mais velhas havia semanas. Elas ainda estavam lá na Flórida, de olho na casa da família e nos soldados da União que tinham decidido usar a Villa Sanchez como uma base, buscando entretenimento com as *belezuras exóticas*, como eles as chamavam. A presença daqueles soldados fora o que colocara Janeta no caminho que traçava no momento — aquilo e a própria ingenuidade. Ela se achara capaz de ler qualquer pessoa, mas estava começando a acreditar que propositalmente havia negligenciado o livro chamado Henry.

Henry.

Ela só quisera satisfazê-lo. O rapaz da Flórida com um sorriso brilhante e olhos risonhos que a fizera se sentir bonita, que certamente teria pedido a mão dela em casamento se a guerra não tivesse começado. Não teria? Ele dissera que não se importava com a origem dela, ou seu sotaque, ou sua pele marrom-clara.

"Não seria justo me casar com você agora. Posso ser morto por um desses ianques desgraçados a qualquer momento."

Ele a abraçara forte enquanto ela chorava com medo do que estava por vir; ele a abraçara, fizera amor com ela. Janeta pecara, mas, se amar Henry era um pecado, ela não sabia ao certo por que Deus a criara. Só que, uma vez que ficou longe dele, que tivera dias para analisar as conversas deles, ela não tinha certeza de se Henry fora um anjo ou uma cobra.

Quando os *yanquis* começaram a ir para a Villa Sanchez toda noite, esperando comida e entretenimento, ela odiara a intrusão — odiara ainda mais que Henry e seus companheiros oficiais foram enxotados da cidade depois de um breve conflito.

"Sinto tanta saudade sua", cochichou ela.

Ainda estava vibrando de animação e vindicação depois de ter recebido uma carta dele pedindo para se encontrarem em segredo, fora da cidade. Ela esperara tanto por aquele momento e, quando acontecera, arriscara ser capturada pelas sentinelas da União para ir até ele, porque, finalmente, finalmente, Henry também a queria.

"Hum, hum."

Ele acariciou a bochecha dela com o dedão, então segurou seu rosto e o ergueu para que ela olhasse para ele. Não foi um toque gentil, mas, afinal de contas, ele estava sob pressão. As tropas dele falharam em proteger a cidade, então óbvio que ele estava chateado. Estava chateado e a chamara, entre todas as mulheres. Não chamara nem mesmo suas irmãs de pele pálida e olhos escuros. Não Camille Daniels, que corava até a raiz de seu cabelo loiro toda vez que Henry olhava na direção dela. Janeta sentiu-se quente e capaz de flutuar, a mesma sensação que tinha quando surrupiava um gole a mais do melhor rum de seu pai.

"Me conte: os ianques falam coisas pertinentes à guerra enquanto você os entretém?", perguntou Henry, focando o olhar nela, direto e firme.

Janeta balançou a cabeça, desnorteada. Ela esperara palavras doces e declarações de amor, não aquilo.

"Entretê-los? Não podemos forçá-los a ir embora."

Henry ergueu as sobrancelhas, apenas o suficiente para mostrar que ele estava em dúvida.

"Suponho que você não possa. Mas, se realmente se importa comigo, vai se certificar de me contar tudo o que eles dizem quando estão sob seu teto. Abra um sorriso bonito e os faça contar os segredos deles."

O coração dela afundou.

"Não gosto de falar com os soldados. Eles presumem coisas que não deveriam."

"Você não quer me agradar?", perguntou Henry.

Os dois sabiam a resposta para aquilo. Em seguida houve apenas silêncio, então Henry traçou a clavícula dela com a ponta do dedo. Janeta estremeceu e bloqueou a mente contra a preocupação pelo que ele pedira para ela.

Henry fora promovido quando a informação dela ajudou seu regimento a conquistar uma importante vitória, e Janeta sentira um intenso orgulho. Ela o ajudara; ele não poderia deixar de amá-la a partir dali, certo? Ele pedira por mais informações, e ainda mais, falando que se importava com ela, mesmo quando as suspeitas se acumularam e o perigo cresceu. E, quando tudo desmoronou, garantira que poderia ajudá-la a libertar seu pai... por um preço.

Janeta um dia pensara que faria qualquer coisa por ele, e estivera certa.

Lá estava ela.

Perguntava-se como sua vida teria sido se aquela maldita guerra nunca tivesse começado. Se Palatka houvesse permanecido uma cidade turística calma e um importante centro de negócios em vez de ficar presa no cabo de guerra entre Norte e Sul. Ou se um verdadeiro acordo tivesse sido feito antes de Sumter ter sido atacada, embora ela não tivesse certeza de qual acordo pudesse ser feito entre quem acreditava e quem não acreditava na escravidão. Aqueles como papi e aqueles como os detetives do grupo no qual ela se infiltrara.

E qual é meu papel em tudo isto?

Ela aprendera muitas coisas desde que partira de Palatka — sobre o mundo e a guerra, e o lugar dela nas duas coisas. Depois de se mudar da plantação Sanchez em Cuba para a Villa Sanchez quando tinha 15 anos, ela se achara experiente. Mas não sabia de nada. Porque, até então, tinha vivido na prisão invisível da riqueza dos Sanchez e das crenças de seu pai. Crenças que ela não sabia ao certo se eram corretas.

Janeta suspirou e seguiu caminhando. Ela começava a pensar que a guia estava a deixando confusa de propósito, uma vez que tinham virado e recuado tantas vezes que a outra opção era que a mulher estivesse perdida por completo, o que Janeta sabia que não era possível.

Não importava; se ela queria a informação, conseguiria. Era assim que sempre fora, e Janeta não conseguia ver aquilo mudando naquele exato momento. Foi daquela forma que se vira buscando a Liga da Lealdade, bem longe do salão na Flórida onde ela tocava piano para os convidados de seu pai e ria entre colheradas de tortas doces. Ainda mais longe da plantação em Santiago, onde fora chamada de *mi princesa hermosa* com tanta frequência que esquecera de que seu nome era Janeta.

Não queria pensar no que era naquele momento. Ela não tinha escolha — sempre tivera que batalhar por seu lugar na família, e uma guerra não mudaria aquilo.

— Quase lá — informou a guia. A mulher não parecia muito diferente de Janeta: uma cor de pele que mostrava que ela era *mulata*, com cabelos escuros, densos e cacheados. — Meu nome é Lynne, a propósito.

Havia uma acusação sutil mas nítida naquela simples afirmação. *Estamos andando há horas e você não perguntou meu nome.*

E era verdade; tratara a mulher como se fosse uma serva, porque, em seu mundo, era aquilo o que ela seria.

— Me desculpe, Lynne. Foi muito grosseiro da minha parte não perguntar. É que estou tão exausta. — Janeta intensificou o sotaque, esperando que aquilo fizesse a mulher entender a ação como um desentendimento cultural.

A guia fez um barulho educado de aceitação e Janeta começou a suar, apesar do ar fresco do fim de setembro. A partir dali ela ganhara uma reputação: grosseira, arrogante. Palavras que seu tutor estadunidense a ensinara.

Ela também tivera uma reputação em Palatka — várias, dependendo de para quem perguntasse. Já fora descrita como demasiadamente amigável, arisca, tímida, inteligente, superficial. Uma boa quantidade de coisas, e nenhuma delas combinava com Janeta de forma exata — ou talvez, todas elas combinassem. Era assim que as coisas funcionavam quando você apresentava às pessoas o que elas queriam, como Janeta fizera desde pequena. Desde que os boatos da guerra começaram, as descrições mudaram para passional, geniosa e sedutora. Janeta não achava que era qualquer uma daquelas coisas — com certeza não tentava ser —, mas aparentemente os *yanquis* ouviram seu sotaque e viram sua pele e fizeram a escolha por ela. Os rebeldes também. Era a razão de ela estar lá, afinal de contas.

Ela olhou, ansiosa, para Lynne, que retomara sua caminhada silenciosa.

Você não pode cometer tais erros antes mesmo de chegar. Havia coisas demais em jogo. O futuro inteiro de sua família. Sua própria felicidade.

— Obrigada por me guiar — disse Janeta, analisando Lynne. — Estou bastante ansiosa para conhecer os outros e ajudar da maneira que puder.

Lynne emitiu um som que de alguma forma transmitia "de nada" e "sem problemas."

— Precisamos de toda ajuda que conseguirmos. Acabamos de perder alguns bons detetives, e cada perda é sentida.

Janeta não disse nada. Ela era boa em fingir, mas não tão boa assim. Se concretizasse o que fora mandada para fazer...

Dios, perdóname.

Elas chegaram a um agrupamento de pequenas cabanas. Era uma boa localização: afastada, de difícil acesso e não parecia grande coisa. Ela vira favelas mais elaboradas no interior de Cuba. Aquilo parecia um rancho de um fazendeiro pobre, não a sede temporária de um dos círculos de espionagem mais importantes do Norte, o que ela imaginava ser o motivo de terem escolhido o local.

Lynne a levou na direção da maior construção, que parecia uma casa velha de fazenda e, à medida que se aproximaram, o cheiro da comida fez a barriga de Janeta roncar. Um murmúrio baixo de vozes chegou aos ouvidos dela, escondendo a evidência de sua fome incomum. Ela respirou fundo e cerrou as mãos em punhos, sentindo a resistência de suas luvas de couro.

Dame fuerza.

Uma imagem do pai como Janeta o vira pela última vez — magro, sujo, apertado em uma cela inadequada até para um escravizado — surgiu em sua mente. Ela se lembrara do crucifixo gigante que estava pendurado na igreja deles em Santiago. Quando criança, odiara ver como Jesus sofria ali, exposto para todos verem. Seu pai, com o cabelo viscoso e o olhar gentil, a fizera lembrar da raiva impotente que sentira observando o crucifixo.

"Não se preocupe comigo, Janeta. Estou em paz com o mundo e, se eu me reunir com sua mãe no além mais cedo, estou mais do que bem com isso, princesa."

Mas Janeta tinha que se preocupar com ele. Fora por causa dela que ele tinha sido tirado da cama na noite escura. Fora por causa dela que oficiais colocaram as botas no sofá dele, fumaram seus charutos e apalparam Janeta e suas irmãs nos corredores do casarão. Ele era o pai dela, maldição. Ela precisava consertar as coisas.

"Você pode ajudar seu pai, Janeta, e me ajudar também, se for corajosa o bastante. Você acha que é, docinho?"

Janeta respirou fundo quando Lynne empurrou a porta do celeiro e elas entraram. A conversa foi morrendo até que houvesse apenas o barulho dos talheres nos pratos e das cadeiras rangendo quando os ocupantes se viraram para olhá-la.

O lugar estava repleto de homens e mulheres negros, com vários tons de pele, dos mais claros que o de Janeta até o marrom mais escuro. As roupas também representavam uma variação, das rudimentares e mal ajustadas até as feitas sob medida e com precisão. As expressões deles, no entanto, eram todas semelhantes — curiosidade amigável, umas mais, outras menos —, com exceção de um homem.

A pele dele era marrom-escura e seus ombros eram largos. Uma barba cobria sua mandíbula, mas as características não serviam como distrações da intensidade do olhar dele, com tanta raiva direcionada a ela. Seus lábios carnudos formavam uma careta.

— Essa é a nossa nova agente, Lynne? — perguntou um homem de uma mesa próxima em um tom amigável. — Alguns outros chegaram e acredito que ela seja a última deles.

Lynne assentiu e inclinou a cabeça na direção de Janeta.

— É ela, Dyson. Esta é Janeta. Ela é cubana, então só o seu sotaque já vai garantir a ela acesso à lugares onde nós, negros *americanos*, seríamos barrados. — A palavra *americanos* foi dita em um tom que Janeta não entendeu. — Ela fala espanhol e francês também, o que deve ajudar com alguns desses agentes europeus rastejando ao redor.

— Um pouco de italiano e russo também — acrescentou Janeta.

— E os russos insinuaram que ajudariam o Norte se a França ou a Inglaterra entrarem no confronto.

Janeta sabia que havia muitos outros negros que falavam francês, em particular os haitianos, que auxiliavam o Norte, e outros cubanos. Ela esperava que seu russo a tornasse mais valiosa para a Liga da Lealdade. Precisava ser o mais valiosa possível.

Houve murmúrios pelo cômodo e Dyson deu um grande sorriso.

— Excelente. Precisamos do máximo possível de irmãos e irmãs talentosos ajudando a Causa da União. Você fará par com um de nossos detetives experientes, que tem investigado a conexão dos europeus.

Ela ouviu uma bufada de irritação, e seu olhar foi mais uma vez atraído para o homem sisudo.

— Aaaah, vai colocá-la com ele? — Lynne soltou um riso. — Nada como mais drama, hein?

— Vai haver algum problema, Cumberland? — perguntou Dyson, virando-se para o homem.

— Não, senhor. Contanto que ela não fique no meu caminho.

O escárnio no tom dele irritou Janeta, como sempre acontecia, fosse vindo de sua irmã ou dos sócios de seu pai.

— O que te faz pensar que você não ficará no meu? — perguntou ela, porque sua exaustão superara o bom senso.

O olhar dele repousou sobre Janeta, e ela desejou não ter dito nada. Janeta sabia o que era ódio; ela o sentira toda vez que visitara o pai na prisão, toda vez que pensava como um grande homem fora degradado por aqueles americanos em uma guerra que nem ao menos era dele. O ódio que ela sentira era centelhas se comparado ao inferno que viu no olhar de Cumberland.

— Tem certeza de que esse sotaque será uma benção tão grande? — perguntou ele a Lynne, embora seu olhar ainda estivesse preso em Janeta. — Conheci muitos escravizados com sotaques africanos, mesmo que a importação de escravizados tenha acabado, pela lei, em 1808. O sotaque estrangeiro deles não os ajuda. Talvez nossa amiga cubana possa nos instruir sobre como tais sotaques ainda existem?

Os pelos na nuca de Janeta se arrepiaram sob o olhar inquisidor dele e de todos os outros agentes. Ela escolheu as palavras com cautela.

— Navios ainda importam escravizados da África Ocidental, e Cuba é um lugar para onde eles são vendidos, às vezes para compradores estadunidenses.

Cumberland assentiu, soturno.

— Eu era amigo de um homem cubano na plantação em que fui escravizado pela primeira vez. Ele me contou sobre seu país e como a cor da pele de alguém nem sempre é um indicador da lealdade da pessoa.

Janeta não esperava ser confrontada com uma suspeita imediata. *O que fiz de errado? Vou fracassar com papi tão cedo? E com Henry?* Ela manteve a expressão impassível.

— Sim, as castas sociais são diferentes em Cuba, mas tanto os Estados Unidos quanto Cuba são sociedades escravocratas que precisam ser desmanteladas. Agora mesmo, escravizados são transportados em navios que permitem que esse comércio bárbaro continue, por velejarem com a bandeira dos Estados Unidos como uma proteção contra a investigação das patrulhas antiescravagistas britânicas. Se a escravidão for abolida aqui, a proteção dessa bandeira não significa nada, e Cuba logo seguirá o exemplo, não é?

— E esse é seu motivo para se juntar à Liga da Lealdade? — insistiu Cumberland. — Abolição?

Janeta estava procurando a resposta deferente correta para a defensiva dele, examinando cada palavra para ter certeza de que não revelaria nada sobre si, mas então parou e observou a linguagem corporal das pessoas em torno dele. Dyson parecia irritado, assim como vários outros agentes. O homem ao lado dele parecia constrangido. Algumas pessoas reviraram os olhos e ela ouviu pelo menos uma delas estalar a língua nos dentes. Ao que parecia, Cumberland não era muito querido.

Que surpresa.

— Não é seu motivo? — perguntou ela, deixando o desafio cortante afiar sua voz.

Era um risco, mas se manter sua posição diante de Cumberland fizesse com que ela caísse no gosto de seus companheiros agentes, valeria a pena.

— Não — respondeu ele, sem rodeios. — Abolição é um subproduto bem-vindo, mas tenho um motivo muito mais sensato para lutar.

— E qual causa é maior do que a liberdade? — perguntou ela, com coragem, erguendo o queixo.

Henry teria orgulho dela. Papi também. Ela contaria para ele sobre aquele exato momento quando fosse solto e sua família estivesse reunida.

A mão de Cumberland foi até a espada na bainha ao seu lado.

— Retaliação.

Um calafrio perpassou o corpo dela ao ouvir a palavra, porque não havia mais ódio no olhar dele ao dizê-la. Não havia nada. Uma vez, uma dolina se abrira em sua cidadezinha na Flórida: de repente, inexplicavelmente, levando até a escuridão impenetrável lá embaixo. Ao encarar os olhos de Cumberland, ela teve a mesma sensação que tivera ao olhar para dentro daquele abismo escuro.

— Já chega, Daniel — proferiu o homem ao lado dele. — Sei que a desconfiança é natural para você, mas todo novo detetive é examinado com cautela.

Cumberland grunhiu, finalmente, tirando os olhos de Janeta. Ela enfim exalou e resistiu à vontade de erguer a mão e fazer o sinal da cruz. Daniel era um homem, não um demônio. Ela precisava apenas da astúcia para vencê-lo.

— Certo. Certo — resmungou ele. — Farei o que me mandarem, Logan. Todos nós sabemos como fazer isto aqui, não é? Quem precisa de uma chicotada quando o decoro dita nossas ações tão bem quanto?

Daniel se levantou de repente; Logan não se sobressaltou, mas outros ao redor sim.

— Vou sair para uma caminhada — disse ele, de maneira brusca.

— Mas... — começou a falar Logan.

Cumberland passou por ele, irritado, e saiu pela porta.

Janeta forçou a própria expressão a demonstrar um medo tímido enquanto ocupava o assento que ele tinha abandonado. Ela observou o rosto frustrado de Logan. Ele obviamente era um homem que se importava com as pessoas; os outros estavam irritados, mas ele parecia mais preocupado do que qualquer outra coisa.

Janeta elevou a voz de um jeito suave e trêmulo.

— Eu não queria chateá-lo.

— Está tudo bem — assegurou Logan. — Cumberland passou por muita coisa difícil.

— Não foi assim com todos nós? — perguntou Lynne, acomodando-se em outro assento vazio à mesa com dois pratos. Sua frieza com Janeta tinha derretido inteira. Ela lhe entregou o prato de frango frio. — Sinto muito que tenha ficado presa a ele. Não vai ser fácil. Dyson, talvez você deva colocá-la com outra pessoa.

Lynne se virou como se fosse chamar o homem que estava no comando.

— Não, está tudo bem — garantiu Janeta. — Ele vai ficar mais brando comigo.

Outra mulher ao lado dela riu.

— Querida, não tem nada de brando nele. Não sei como ele era antes, mas aquele homem se tornou duro como uma pedra.

Janeta sabia como era perder as partes suaves de si mesmo. Talvez ela se entendesse com Cumberland muito melhor do que imaginara. De qualquer forma, estava nítido que não gostavam dele e ele não era visto como confiável.

Ele era exatamente o que ela precisava em um parceiro.

— Estou certa de que vamos nos dar bem — continuou ela, com um sorriso educado. — Obrigada pela comida.

Capítulo 3

Daniel olhou para o céu estrelado, visível através dos galhos nodosos soltando diversas folhas secas. Ele se lembrou do outono em Massachusetts: rios dourados e fogo acima de sua cabeça. Ele se lembrou de deitar na pilha de folhas com Elle na floresta atrás da casa deles, beijando-a com a certeza juvenil de que ela era a única que ele amaria, uma certeza que nunca o abandonara.

Quando voltara para casa a fim de visitar a família depois do resgate, as árvores estavam tão nuas e esticadas quanto ele se sentia diante dos pais. Reconsiderara seu juramento de se juntar à Liga da Lealdade — afinal de contas, ele não sonhara com nada além de voltar para casa? Mas, quando tentara voltar a trabalhar, o advogado que o treinava vira Daniel na sala do tribunal com lágrimas escorrendo pelo rosto e lhe dissera gentilmente para tirar mais um tempo para se recuperar. Sua mãe não conseguira parar de encará-lo com pena, comprando várias gravatas novas para esconder as cicatrizes no pescoço dele, e o mimara em abundância, como se ele fosse um potro dando seus primeiros passos desengonçados. Pior, Daniel se sentira como um, sem saber ao certo se as pernas aguentariam seu peso enquanto ele lutava para seguir adiante. Seu pai fora pior: o homem que tanto admirara não conseguira nem sequer olhar para o filho, compartilhando suas observações sobre a guerra com algum espectro sobre o ombro de Daniel. Dizendo para o bíceps esquerdo de Daniel que, na verdade, outros negros tinham passado por coisas piores, e que ele precisava ser forte e esquecer do que havia acontecido.

Daniel considerara sair da Liga da Lealdade vezes demais para contar. Em sua primeira missão, ele se passara por um servo durante uma reunião de oficiais confederados influentes. Um deles o pegara pelo braço para pedir outra taça de vinho (algo inofensivo, considerando o modo de tratamento habitual), e o corpo de Daniel ficara tenso como um arco, sua mente em branco, exceto pela lembrança de o feitor o segurando pelo braço.

"Acha que pode causar problemas? Acha que é mais esperto que eu, moleque? Vou te mostrar o que acontece com você e com aquelas crianças escurinhas quando se metem aonde não foram chamados."

Daniel quase passara mal sobre a mesa, mas conseguira se conter até chegar à parte de trás do restaurante e vomitar. Ele alegara ter comido carne estragada e ninguém soubera o que realmente tinha acontecido: que seu passado voltara para dominá-lo, como ocorria com frequência desde que ganhara a liberdade. Seus grilhões foram desatados, mas o fantasma deles permanecia, apertando-se em volta da barriga, do pescoço ou do coração nos momentos mais inapropriados para lembrá-lo que ele nunca, jamais se livraria deles.

Pensara em desistir toda vez que ouvia os nomes Burns e McCall — o que acontecia com frequência, uma vez que eles eram os detetives mais celebrados da Liga. Ao que parecia, mesmo quando estavam disfarçados, não conseguiam fugir dos eventuais elogios. Na última vez que ouvira, eles tinham roubado os planos de ação de uma tropa de um oficial em um trem e, quando foram encurralados por rebeldes, Elle segurou a mão de Malcolm e pulou, puxando-o com ela para fora do trem em movimento. Alguns achavam que a história era muito exagerada, mas foram a bravura e obstinação de Elle que fizeram Daniel se apaixonar por ela. Talvez não tivesse acontecido exatamente como foi relatado, mas com certeza *era* possível.

Ele estava sentado em uma árvore caída na floresta escura, longe do barulho e do incômodo do celeiro, e acariciava a carta de Elle — aquela que, um dia, fora sua melhor amiga. A mulher que ele acreditara que seria sua esposa. Estivera *tão* certo daquilo. Mas tudo do que ele tivera certeza se provara mentira, dado tempo o suficiente.

A tensão se acumulou em seu pescoço enquanto ele olhava para o retângulo amarrotado do papel de má qualidade. Ele não conseguia se forçar a abrir; um dia chamara Elle de insensível, mas ela não o era de verdade, e era por isso que não conseguia ler as palavras dela. Daniel não aguentaria ler qualquer tipo de gentileza que ela tivesse lhe mandado. Pior ainda: a pena que poderia estar escondida entre as linhas.

Era melhor não responder; as cartas estavam sendo mandadas para o homem errado, de qualquer forma. O Daniel Cumberland que ela havia conhecido morrera na traseira de uma carroça de um senhor de escravizados. Elle não gostaria do novo Daniel. Ninguém gostava.

Ele considerava desistir toda vez que um companheiro detetive tentava engajá-lo em discutir o futuro melhor que estava por vir para os Estados Unidos, assim que aquela guerra terminasse. Daniel também fora otimista um dia. Ele havia passado dois anos trabalhando com um advogado abolicionista local antes de ser sequestrado. Pensara que podia mudar as coisas de dentro do sistema; achara que o sistema americano *podia* ser mudado. Mas então acordara em um caixão com algemas nos pulsos. Ele havia visto a forma casual que os brancos senhores de escravizados e feitores distribuíam as punições mais humilhantes e dolorosas — punições pelo simples crime de ter nascido negro e não demonstrar a vergonha devida para aquele fato.

A esperança dele para o país morrera de muitas formas brutais; despida e açoitada com chicote de couro, enforcada com uma corda embolorada no pescoço, esmagada sob o peso de maços e maços de tabaco.

Elle uma vez zombara de seu idealismo.

"Você pensa que pode consertar tudo com um terno e uma gravata, em uma sala de tribunal. Os escravizados provavelmente construíram aquele tribunal, mas os homens brancos criaram as leis e para conseguir uma mudança será necessário mais do que um belo terno e uma língua afiada", disse ela.

"Alguém precisa tentar mudar as leis", respondeu ele, agitado com a rejeição calma dela.

Elle o olhou com uma expressão esquisita.

"Não estou falando sobre mudar as leis, Daniel. Estou falando sobre mudar os homens brancos que as criam. Me mostre como fazer isso, e resolveremos o problema dos Estados Unidos."

Daniel teve que rir com amargor daquilo naquele momento, visto a escolha de marido dela.

Mas só porque ele não acreditava mais em seu país não significava que não tinha ideias de como salvá-lo. Existiam outros tolos que não tinham acordado ainda de seus sonhos de liberdade e igualdade e, mesmo se os Estados Unidos não merecessem tais cidadãos, aqueles tolos mereciam alguma recompensa por ter esperança diante de provas tão insuperáveis. Mas suas ideias eram mais bem aplicadas por conta própria. E a partir dali ele estaria preso à distração enfadonha de uma parceira.

Ele guardou a carta de Elle no bolso da casaca.

Janeta era adorável, aquilo era certo. Ela tinha grandes olhos castanhos emoldurados por cílios longos, um nariz largo e atrevido, lábios macios e um corpo formoso. Era um pouco mais clara do que Daniel preferia — indício da herança de sua mistura racial, o que não era incomum entre os escravizados. Sua beleza em geral seria o bastante para distrair uma pessoa, supunha ele. Mas Daniel estivera mais interessado no olhar dela do que em seu corpo.

Ela ficara nitidamente nervosa, mas mesmo assim o olhar permanecera cauteloso, sem revelar nada. E ela era bastante observadora. Agira de maneira deferente até perceber que Daniel trabalhava como um lobo solitário. Ela percebera aquilo mais rápido do que muitos. Então o fustigara — só um pouco. O suficiente para ganhar o respeito de outros agentes. Ele vira advogados astutos usarem a mesma técnica enquanto faziam uma apresentação para os jurados que nada tinha a ver com o verdadeiro objetivo, mas também tinha tudo a ver.

Ele se perguntava qual era exatamente o objetivo dela. Logan explicitara a origem de Janeta para ele, junto a qualquer que fosse o motivo contrafeito para Dyson forçá-lo a aceitá-la como parceira, mas Daniel ainda se perguntava como ela se metera no negócio de detetive.

Ele ouviu um som que não pertencia à noite da floresta e, embora se mantivesse sentado, desembainhou a faca pendurada no cinto. Era uma lâmina longa e afiada que pegara de um rebelde — o primeiro membro dos Filhos da Confederação que enfrentara e saíra vitorioso. Fora apenas depois daquilo que Daniel aprendera como outros detetives evitavam se embrenhar com os membros daquela organização repugnante. Ele fora tratado com um novo respeito e um fascínio impregnado de medo quando tomaram conhecimento de seu feito. A faca lhe dava uma espécie de conforto, como um talismã. Ele a pegara de um homem que a usava para o mal (um homem que semeara a terra com ódio e preconceito e cultivava uma colheita que seria desastrosa para os negros) e a usara contra ele. Quando Daniel a segurava, lembrava-se de que ele também poderia conseguir virar o mal da Confederação contra ela mesma.

O que significava a felicidade que sentia por tal coisa?

Às vezes tinha pensamentos diferentes, até mesmo mais sombrios, sobre sua faca. Ele imaginava o alívio que sentiria ao deslizá-la nos pulsos e deixar o próprio sangue inundar o solo daquele país que já consumira todas as outras partes dele.

Pressionou a lâmina na pele sensível logo embaixo da base da mão enquanto apurava a audição na escuridão da mata de outono, extraindo uma alegria mórbida do arranhão que a ponta afiada da faca fez no pulso e da sensação de controle que o perpassou ao fazê-lo. Tudo seria tão mais simples se aplicasse um pouco mais de pressão na lâmina. Ele não seria mais um fardo para aqueles ao seu redor — para todos aqueles ex-escravizados que eram, de alguma forma, bem mais fortes do que ele, que sobreviveram em vez de aguentarem —, com sua presença emburrada e ânimos tempestuosos.

Passos se aproximaram, e Daniel afastou a faca; não havia tempo para pensamentos existenciais sobre a natureza de objetos inanimados, inclusive ele próprio. Poderia ser alguém perigoso se aproximando.

Ele *torcia* para que fosse alguém perigoso se aproximando; seus nervos estavam tinindo com o excesso de energia que o afugentara do celeiro.

— Cumberland? — A voz era suave e com sotaque, e havia um pouco de tremor temeroso.

Era óbvio, a mulher intrometida o procurara, mesmo que ele fosse ficar preso a ela por sabia-se lá quanto tempo. Ele embainhou a faca, mas não respondeu. Nem se mexeu.

Deixe que ela me encontre se está tão determinada.

— Sei que está aqui. Está frio, e eu tenho um cantil se quiser se aquecer.

Tentando dobrá-lo com álcool? Ela era mesmo nova naquilo.

Ele inspirou devagar e depois expirou. Naquele exato momento ela estava passando bem na frente dele e por um instante ele foi atingido pela intensa solidão de viver às sombras. Aquele era o seu dia a dia; ter alguém tão perto daquele jeito e ainda ser profundamente incapaz de se aproximar.

— Compreendo que não queira trabalhar comigo, mas agir como uma criança não...

A bota dela ficou presa no pé dele, e, embora parte de Daniel fosse ficar contente em deixá-la cair no chão, ele esticou os braços instintivamente e a segurou. Suas mãos pegaram uma cintura macia e maleável enquanto a saia dela colidia com as pernas dele, e Daniel a ouviu arfar e praguejar pouco antes de ela perceber que ele a mantinha segura em seu peito.

— *Ay Dios* — exalou ela, com a respiração descompassada.

— Que bela detetive — comentou ele. — Literalmente tropeçando em sua presa.

As próximas semanas seriam realmente um desperdício de seu tempo. Colocá-lo com uma detetive inábil, irritante e inexperiente era algo pelo qual Dyson pagaria mais tarde.

Qualquer coisa pela União.

Janeta se mexeu nos braços dele enquanto se orientava e ele apertou os quadris dela, mantendo-a firme. Ele conseguia sentir seu cheiro, suor e baunilha doce, e podia sentir o calor dela na noite fria. Uma sensação que ele não sentia havia muito tempo desceu pela coluna de Daniel e se acomodou como uma dor contraditória na virilha. Era aquele o perigo de sair das sombras: poderia acabar tocando em algo que fosse bom daquele jeito, quando algo bom estava longe de ser do que precisava e a última coisa que merecia.

Ele a soltou como se ela o tivesse queimado, e Janeta cambaleou e depois se endireitou. Houve o barulho de movimento, depois o arranhar de um fósforo e a explosão de luz revelando os contornos agradáveis do rosto dela e a forma que suas sobrancelhas estavam franzidas em irritação.

— Bom, acredito que foi por isso que fui encarregada de trabalhar com *você* — disse ela. — Deve ser o melhor agente para eles aguentarem uma personalidade tão encantadora.

Ela diminuiu a pequena distância entre eles e se sentou no tronco ao lado dele, sem esperar por um convite. O fósforo dela apagou no caminho, deixando-os na escuridão de novo enquanto ela se ajeitava.

— Eles me colocaram com uma detetive novata sem treinamento ou bom senso porque sabem que não vou ter nenhuma misericórdia de você. E para me punir por minha contrariedade — explicou ele com franqueza. — E eles me aguentam porque o Norte precisa de toda a ajuda que puder e porque é útil ter alguém como eu por perto.

— Alguém grosseiro e antagônico? — perguntou ela em um tom doce que contradizia o insulto.

Daniel sentiu outra sensação estranha borbulhar dentro dele. Riso. Ela não apreciara o apontamento dele. Bem, ele não apreciava a presença dela.

— Alguém que não se importa em sujar as mãos vez ou outra.

Alguém que talvez gostasse daquilo. Que via cada vida que tirava como a parcela de uma dívida que nunca poderia ser paga.

— Não acho que seja algo tão difícil de encontrar nesta guerra — opinou ela. — Isto é algo que os homens parecem ter em comum, não importa de que lado estejam.

Ela puxou a lapela de sua casaca, o cotovelo pressionando-o um pouco enquanto procurava por alguma coisa. Então, fez-se o som de algo se abrindo e o cheiro doce do álcool se misturou com o aroma dela.

— Você gosta de rum? — perguntou ela.

— Foi feito por escravizados?

— Provavelmente. Sim. — Ela suspirou. — Não há muito neste mundo maldito que não seja no momento.

Verdade. Tão verdade que aquilo o destroçaria se pensasse sobre o assunto por muito tempo.

Ele ouviu um gole e uma exalação ríspida; então o cantil foi pressionado no braço dele, derramando um pouco no tecido sujo de sua casaca. Daniel hesitou, depois o pegou. As pontas dos dedos deles se tocaram rapidamente quando houve a troca e ele esperou que ela se afastasse naquele momento, mas ela ficou onde estava — impropriamente perto. Era desconcertante, considerando que seus colegas detetives mantinham uma boa distância. Logan tentava um toque ocasional, mas compreendia que Daniel não gostava daquilo, então eles eram com frequência acidentes pelos quais o homem se desculpava. Janeta ainda não sabia muito sobre Daniel e evidentemente não tinha o bom senso de deixar um espaço adequado entre os dois. Ele podia ter pedido para ela se afastar, uma vez que não se importava em magoá-la, mas permaneceu em silêncio. Disse para si mesmo que era apenas uma necessidade humana de um corpo quente; ela servia como um amortecedor para o vento brusco que passava por sua casaca fina. Uma vez que ele tinha que se responsabilizar por Janeta, que ela pelo menos servisse para algum propósito.

— Antes, você disse que conheceu um dos meus compatriotas — falou ela, enfim. — *¿Hablas español?*

— Ele me ensinou uma ou duas coisas — respondeu Daniel. Nunca tinha falado sobre Pete, como o senhor de escravizados o havia renomeado, com ninguém. Pete, que contara sobre os terrores de cortar cana e mostrara as cicatrizes nos braços em decorrência da remoção das folhas ásperas. — *Yo soy Daniel.*

Ela soltou um risinho e, em vez de o som irritá-lo, como devia ter feito, ele percebeu que queria ouvir de novo. Mas não falaria mais espanhol, uma vez que se lembrava, fora alguns xingamentos aleatórios, de apenas uma outra frase, e não era algo que fizesse rir.

"Un día seré libre."

— Qual seu sobrenome? — perguntou ele.

Permitir que ela se sentasse ao seu lado já era íntimo o bastante; Daniel não a chamaria de Janeta, como se eles fossem amigos ou algo mais. Ele deu um gole no rum, uma queimação doce que deixou um calor agradável em seu peito.

— Sanchez — respondeu ela, pegando o cantil de volta.

Os dedos frios dela envolveram brevemente os dele quando ela segurou o metal daquela vez e os pelos dos braços de Daniel se arrepiaram.

— Não quero trabalhar com você, Sanchez — disse ele com franqueza, cruzando os braços.

— Podia ter me dito isso antes de beber meu rum — respondeu ela, sem se alterar.

Daniel sorriu, e ficou feliz pela escuridão que escondia aquilo.

— Viu? Você também não quer trabalhar comigo. Grosseiro, antagônico e muito mais. Além de definitivamente ser o mais propenso a ficar em seu caminho, como você demonstrou ainda há pouco. Amanhã de manhã, peça para Dyson te realocar para alguém que não vai te fazer tropeçar.

Aquilo poderia resolver a situação. Valia a pena tentar se significasse não ter que se preocupar com aquela mulher no futuro próximo. Certamente havia candidatos melhores para aquela tarefa.

— E se ele disser não? — perguntou ela.

Daniel sabia o que ela realmente estava dizendo: e se eu me recusar?

— Então partiremos amanhã. E você vai se arrepender de não ter aceitado essa oportunidade.

Ela o encarou por um longo tempo.

— Se é assim que quer que as coisas sejam, tudo bem.

Ela se levantou e se afastou sem dizer mais nada. Ele duvidava de que ela estivesse tão incomodada assim. Se ela tivesse um pouco de bom senso, faria como Daniel sugeriu.

Uma lufada de vento serpenteou através da proteção parca de sua casaca e, antes que pudesse se impedir, ele estava pensando no calor de Janeta. Engraçado o quão rápido o corpo se ajustava à presença de outra pessoa. Como aquilo o fazia sentir a ausência dela. Ele esfregou as mãos uma na outra e se forçou a aguentar o ar gelado da noite.

Para o bem dos dois, esperava que Janeta estivesse indo direto até Dyson para pedir um remanejamento.

Capítulo 4

O AR GELADO DO OUTONO entrou pelas fendas do quarto decrépito onde Janeta dormia, dividindo uma cama com três outras detetives. A brisa era um carinho frio e desconhecido em seu rosto. Quando criança, ela apenas vivenciara o calor tropical de Santiago. Janeta se lembrava de terem lido para ela uma história sobre um homem que caíra do barco direto no oceano e congelara, e de ter rido daquela impossibilidade. Como o oceano, morno e maravilhoso, poderia fazer alguém morrer de frio? Seu mundo era tão pequeno naquela época. A Flórida também era morna, embora, quando a guerra começou e os *yanquis* chegaram para proteger a cidade portuária, eles reclamaram tanto do clima que Janeta enfim começara a entender que havia lugares onde o sol não esquentava a pele todo dia e a umidade não fazia as roupas grudarem no corpo.

Ela estava com medo de como seria o inverno genuíno no Norte.

Ela estava apenas com medo, ponto.

Vamos lá, você é uma Sanchez. É mais forte do que isso.

Lynne se mexeu e se esticou ao lado dela, despertando lentamente, e Janeta fechou os olhos com força. Ela queria sua cama confortável e macia, seu quarto privado e a vida em que cada um de seus desejos era atendido. Sua cadeira de retrete era esvaziada todas as manhãs, seus vestidos eram abotoados para ela, seu cabelo era escovado, umectado e preso — tudo feito por outra pessoa. A casa era limpa, a comida era preparada — tudo feito por outra pessoa. Em seus momentos mais desconfortáveis desde que deixara Palatka, ela pensara que talvez os sulistas estivessem certos, pois uma vida sem criados era mesmo bem difícil. Mas *criados* era uma palavra suave para as pessoas que trabalhavam para sua família. Havia termos mais duros e comuns: escravo. Escurinho. E coisa pior.

Naqueles momentos de fraqueza, quando desejava que alguém facilitasse sua vida, ela se lembrava da mãe e se envergonhava. Mas, no fim, mami fora liberta da escravidão. E mami ensinara Janeta que apenas o Senhor poderia a julgar pelo que fazia para sobreviver naquele mundo. Benita Sanchez ascendera da posição de escraviza-da para a bela segunda esposa de Don Sanchez, a quem ele amara a ponto da obsessão, apesar da fofoca e do julgamento da elite de Santiago.

"La gente me llama descarada y tienen razón, querida. Soy descarada y soy libre."

Janeta também fora chamada de *descarada*, sem-vergonha, sem ter feito nada além de ser uma garota com pele escura que um dia seria uma mulher. Aquilo era sem-vergonhice por si só, ao que parecia, julgando pela forma que as mulheres a esnobaram e os homens a olharam com lascívia assim que seu corpo começara a ganhar a forma do corpete de seu vestido.

Então, Janeta começara a se esconder, mas mami dissera que ela era bonita e que sua beleza era um presente que deveria usar o melhor que pudesse — uma moeda que não poderia se dar ao luxo de guardar para si. Mami encarava o rosto de Janeta com tanta intensidade às vezes que era assustador. Encarava e sorria ao dizer que um dia ela seria adorável o suficiente para colocar qualquer homem de joelhos.

"Este es nuestro poder", dissera ela, na primeira vez que passara ruge nos lábios da filha. *Esse é nosso poder.*

Sua mãe parecera formidável aos olhos de Janeta — afinal, as mulheres que visitavam Villa Sanchez não invejaram sua beleza e os homens não quiseram possuí-la?

Sua mãe não ignorara nem uma das duas coisas e as usava a seu favor. Algumas vezes aquilo havia constrangido Janeta, mas naquele momento ela se perguntava se mami não estivera apenas usando as únicas ferramentas que possuía: o corpo e a pele escura, e o valor que a sociedade atribuía aos dois.

— Eu soube quando seu pai olhou para mim pela primeira vez que ele me daria qualquer coisa que eu pedisse, exceto minha liberdade, pelo menos não a princípio — contara sua mãe um dia, depois de adoecer. — Então observei, esperei e aprendi do que ele gostava. Sei do que seu pai gosta melhor do que ele, consigo antecipar suas necessidades e, por causa disso, eu tinha mais valor em seu salão do que nos campos.

Janeta usara o corpo na noite anterior, "tropeçando" em Daniel como se não o tivesse visto. Ele a segurara, sem se demorar no toque, embora um choque a tivesse perpassado com a força das mãos em volta de sua cintura. Ela sempre quisera apenas que Henry a tocasse, recusara os outros homens que tentaram a seduzir. Mas a pegada de Daniel fora firme — suas mãos tinham a força de um homem que pegaria sua mulher e não a soltaria. E, pela forma que ele a soltara, quase a empurrando para longe, ainda estava bastante apegado a *alguém*. Ela se perguntava sobre a mulher que podia ser amada por um homem como Cumberland.

Você não precisa ficar pensando nestas coisas.

Janeta soubera, assim que suas bochechas ficaram quentes, que agir de forma sedutora não a ajudaria naquele caso, mas ela ainda era filha de sua mãe.

"Sei do que seu pai gosta melhor do que ele, consigo antecipar suas necessidades..."

Daniel precisava de uma aliada para fazê-lo se sentir forte, mais do que precisava de uma mulher que o fizesse se sentir grande. Todos viam sua raiva e seu desdém, mas aquelas eram apenas as fivelas brilhantes segurando o manto de solidão que ele mantinha a postos e servia para desviar a atenção. Ele gostara de ter Janeta ao seu lado, mesmo tendo a mandado embora. Ela não iria. Seria sua parceira e o faria ficar satisfeito por aquilo. Ela preferia muito mais aquele papel, especialmente porque, se pensasse muito no assunto, ainda sentia a pressão das pontas dos dedos dele através das camadas de tecido.

A amizade era melhor, mesmo que o desejo fosse mais fácil de conseguir. Mami não contara a ela que se doar por completo a um homem para garantir que ele a amasse era uma faca de dois gumes, mas Janeta vira a consequência daquilo.

O poder de mami não fora infinito, e lhe custara tudo.

As outras detetives começaram a conversar mais alto enquanto se preparavam para o dia, sinalizando que a consideração pelo cansaço da nova recruta havia acabado e era hora de Janeta se levantar. Ela se mexeu um pouco e começou a fazer as moções do despertar.

— Eu também ficaria relutante em sair da cama se fosse você — anunciou Abbie, uma antiga cozinheira de Maryland, antes de deslizar para fora do quarto.

— Vou fazer uma travessia em Luisiana hoje e isso é mais tolerável do que pensar em ser colocada para trabalhar com Cumberland — comentou Carla.

A mulher pequena e rechonchuda pegou a pistola de cano curto e a inspecionou antes de colocá-la de novo no bolso da casaca. Ela tirou uma idêntica do outro bolso e começou a inspecioná-la da mesma forma.

— Belas armas — elogiou Janeta, e não apenas para se enturmar.

Ela sempre apreciara armas bem-feitas, para o desespero de sua família.

— As irmãs são boas comigo — respondeu Carla, com um sorriso largo. — Do que é feita a sua?

Janeta se esticou, depois passou a mão embaixo da anágua enrolada que usara como travesseiro e exibiu duas belas armas que cabiam perfeitamente nas palmas de suas mãos. Prata incrustada com marfim; obras de arte em miniatura. Foram presentes de seu pai na festa de celebração de seus 15 anos, sua transição para uma jovem mulher, mas Janeta aprendera a usá-las bem antes daquilo, durante caminhadas vespertinas com mami. As armas pertenceram originalmente à sua mãe, dadas como proteção contra o medo quase constante que os senhores das plantações sentiam de uma revolta por parte dos escravizados. Agora elas eram de Janeta, e aquelas mulheres achavam que as armas seriam usadas para ajudar a acabar com a escravidão.

Janeta engoliu o amargor que subiu pela garganta. Mentir fora muito mais fácil quando não o fizera com o propósito de machucar outras pessoas.

Mas você vai ajudar papi. Lembre-se disso!

Carla assoviou, e Janeta se conteve antes de se sobressaltar.

— Meu tipo de mulher — falou Carla, dando uma piscadinha. — Espero que não precise usá-las contra seu parceiro hoje. Embora Cumberland seja tão cabeça-dura que uma arma não seria muito útil.

Todas riram, e Janeta sentiu uma breve alegria trazida pelo bom companheirismo. Ela muito raramente tinha compartilhado as armas, e o sentimento de camaradagem, com outras mulheres. Suas irmãs a amavam, mas ficavam constantemente atrás dela a mandando ajeitar a postura e se sentar direito — para parar de ser ela mesma. Janeta ficara boa demais naquilo.

"Então observei, esperei e aprendi do que ele gostava..."

Janeta aprendera tudo sentada no colo da mãe, talvez a tivesse superado. Ela *se* escondera sob tantas camadas das características aprazíveis, mudando-as com frequência a depender de com quem falava, que nem sabia ao certo se *ela mesma* ainda existia.

As irmãs odiavam suas armas, e suas facas mais ainda, porque não eram itens femininos, e era evidente que Janeta precisava tentar ser mais feminina por não ter a mesma pele clara delas. Janeta escondera as armas, garantindo às irmãs que havia sido apenas uma fase, embora, em segredo, ainda treinasse com as facas de vez em quando. Não conseguia pensar em nada mais feminino do que a forma como uma lâmina se curvava em uma ponta afiada ou um gatilho se encaixava de maneira confortável na curva do dedo. Ela fora chamada de *mi princesa hermosa*, mas as histórias que sua mãe contara não eram apenas sobre as brancas loiras presas em torres e esperando pela chegada de um príncipe. Janeta ouvira histórias sobre princesas africanas, corajosas e fortes, lutando para proteger seu povo.

A vergonha a tomou quando olhou para Carla e Lynne, mas ela afastou aquilo. Proteger a própria família também era importante, mesmo se tivesse que mentir. Mesmo se tivesse que sabotar tudo pelo que a Liga da Lealdade estava trabalhando.

Papi.

— Esta seria a arma que eu escolheria, se tivesse que lidar com Cumberland — afirmou Janeta, se forçando a parecer animada.

Ela puxou a adaga fina da bainha sob a manga de sua blusa, sorrindo quando os olhos de Carla se arregalaram em admiração.

— Definitivamente meu tipo de mulher! Se eu não estivesse partindo hoje, pediria para me mostrar um truque ou dois com essas coisas.

Janeta corou com a insinuação na voz de Carla e com o prazer de compartilhar algo que amava com alguém que a compreendia. Ninguém a julgou ou a chamou de menina rebelde. Ninguém disse que ela traria vergonha para si mesma e a família, ou que ela tinha que se comportar o tempo todo, porque não queria ser confundida com *eles.*

"Você não deve mais brincar com Julio, Janeta."

"Por que, mami? Julio é meu amigo."

"Julio é um escravo. Você não. Todo mundo, especialmente você, deve deixar essa diferença bem nítida."

Se estivesse em casa, ela teria desviado o olhar de Lynne e Carla e nunca se dignaria a falar com elas. Com cuidado, teria as apagado de sua realidade, como tinha sido ensinada a fazer. Mas ninguém nunca a ensinara o que fazer ao se olhar no espelho toda manhã — ela não poderia apagar aquilo.

— Preciso alertá-la a não empunhar essa arma, ou qualquer uma, na direção de Cumberland, nem mesmo de brincadeira — adicionou

Lynne. — Não estou dizendo que precisa pisar em ovos com ele, mas às vezes ele se assusta com coisas normais e age antes de pensar.

Janeta se perguntara sobre aquilo quando ele saíra depressa do celeiro; fora um comportamento estranho. Mas não parecera muito incomodado com ela trombando com ele na mata.

— Vou tomar cuidado — assegurou Janeta, antes de utilizar a bacia compartilhada para jogar água no rosto.

Não havia nenhum óleo aromático na água para mascarar o fato de que estava bem longe de ser fresca.

— Ele nasceu livre, sabe — explicou Carla, balançando a cabeça. — Uma família boa e respeitável. Ele foi pego por alguns homens fingindo serem abolicionistas.

Janeta sentiu um frio na barriga nauseante e cortante, como um soco. Sempre a alertaram para ser cuidadosa, com certeza, mas sua família era rica. Poderosa. Ela nunca vira a escravidão como uma ameaça real para si. Sua família era dona de escravos, e ela não era uma. Era simples daquele jeito. Ou pelo menos havia sido antes de ela sair de Palatka. Naquele momento, com as coisas que vira pelo caminho, não tinha mais tanta certeza.

Não. Papi é a única coisa que importa. O Norte fez aquilo com ele. Você fez.

— Todos nós sofremos — disparou Lynne. — As coisas que meu senhor fez comigo... — Ela sacudiu a cabeça, pressionando os lábios de maneira sombria. — Não vou mais deixar que aquele homem tenha poder sobre mim. Eu me libertei e logo todos nós seremos livres. Se eu deixar que o velho Cheswick me impeça de ter a glória, ele vence. Não vou deixá-lo vencer.

As emoções fizeram os olhos de Lynne brilharem. Carla se aproximou e apertou o braço dela.

— As pessoas lidam com as coisas de um jeito diferente. Você sabe disso. E odeio dizer, mas fiquei contente quando ouvi o que ele fez com aquele homem no outro dia. Ele disse que tinha uma menininha.

Lynne fechou os olhos.

— Também estou contente. Deus me perdoe, mas estou contente. E odeio me alegrar com uma morte, porém não vou deixar que esses demônios tomem minha alma do mesmo jeito que tomaram meu corpo. Espero que Cumberland não aprenda isso tarde demais.

As mulheres saíram do quarto arrastando os pés, deixando Janeta sozinha. Ela colocou a mão no peito, espremendo os olhos contra a queimação das lágrimas se formando.

Janeta se esgueirou para fora da casa, deixando as irmãs chorando no salão, e correu pela mata, em direção ao lugar em que ela e Henry haviam planejado se encontrar.

"Henry! Henry!"

Ele deu um passo à frente e o luar o alumiou, lindo como sempre. Um alívio recaiu sobre ela. Henry ajudaria. Ele faria tudo ficar bem.

"Eles pegaram papi", choramingou ela, cambaleando para os braços dele.

Ele mal a segurou... estivera verificando se havia sentinelas da União por ali.

"Eu soube", respondeu ele, com a expressão fechada. "Esses nortistas desgraçados não hesitam em baixar o nível. Podiam ter deixado o homem com o orgulho intacto em vez de desfilar com ele na frente dos vizinhos."

Janeta estava confusa.

"Orgulho? Eles deviam ter me levado no lugar dele. Era por mim que estavam procurando."

"O quê?"

Henry a encarou, arqueando as sobrancelhas, e Janeta balançou a cabeça, frustrada por ter que explicar para ele.

"Não entende? Houve algum erro! Sou eu na casa Sanchez quem tem ajudado e instigado a Confederação. Fui eu quem deu a informação sobre as posições do regimento. Preciso ir até os yanquis. Preciso contar para eles."

Janeta começou a se afastar, mas Henry segurou os braços dela com força.

"Não, Janeta. Sabe o que eles vão fazer com uma mulher como você? Você pertence a mim."

Ela ouvira falar dos yanquis saqueadores, que tomavam as mulheres ao passarem pelas cidades do Sul. Vira o jeito que eles olhavam para ela e as irmãs, ouvira seus comentários, fugira de suas mãos cobiçosas.

"Sim", confirmou ela. "Sim, é por isso que lhe dei tanta informação. Eu queria que eles partissem. Não queria isso. Papi é inocente."

Ela começou a chorar, e Henry a puxou para perto.

"Sabe, meu comandante mencionou algo para mim. Tem um jeito que você, e só você, pode ajudar à Causa."

"O que isto tem a ver com papi, Henry?"

A irritação a inflamou de novo.

Ele sempre estava a pressionando por algo — seu corpo, a informação que ela oferecia. Ela dava coisas a ele por amá-lo e por saber que ele precisava delas. Mas, naquele momento, tudo o que ela queria era que ele a abraçasse, que fizesse tudo ficar bem e, em vez disso, ele lhe pedia coisas de novo.

"Você pode consertar esse erro terrível. Pode ajudar seu pai, a mim e a Causa dos rebeldes, se for corajosa o bastante. Acha que é?"

Janeta não se sentia corajosa e não se importava com a Causa rebelde. Ela pensou no pai, em como ele parecera assustado quando os yanquis o arrancaram de casa. Como ele parecera encolhido e pequeno. Sua irritação com Henry desapareceu; tudo o que ela sentiu foi a fúria que a envolveu com tanta força que mal conseguia respirar.

"O que posso fazer?", perguntou ela.

"Lembra do grupo que mencionei? Os Filhos da Confederação? Precisamos que alguém vá até a fonte de todos esses escurinhos vazando informações para os ianques. Alguém de quem eles não suspeitem, como você. Faria isso? Por mim? Pelo seu pai? Pela Confederação?"

"Estou disposta a qualquer coisa para fazer a União pagar por isso", garantiu ela, segurando as lapelas de Henry. "Qualquer coisa para libertar Papi."

Henry sorriu e começou a erguer a saia dela, fazendo-a andar de costas até suas omoplatas serem pressionadas no casco ríspido de uma árvore.

"Sabia que faria, docinho."

Janeta não tinha compreendido o que estava sendo pedido dela, mas, uma vez que entendeu, tudo já estava de ponta-cabeça.

Ela fora ensinada que determinados homens eram trabalhadores e corajosos, mas eram esses mesmos homens que estavam lutando para manter o direito de subjugar e controlar outros seres humanos com o intuito de forçá-los a trabalhar para eles — forçá-los a fazer qualquer coisa. E Janeta os ajudaria a fazer aquilo. Fora ensinada que aquele povo fora escravizado para o próprio bem, mas eles estavam lutando bravamente por liberdade. E ela os trairia. Ela engoliu a saliva que se formava na boca e fechou os olhos. Ela se recusava a vomitar.

Você consegue fazer isto. Precisa fazê-lo. Se não papi vai morrer.

Ela respirou fundo, abriu os olhos e encarou o chão torto de madeira.

Não era mais uma criança mimada. Era uma espiã com uma missão. E a completaria.

<hr />

Quando ela foi até Daniel naquela manhã, ele estava sentado em um banco atrás do celeiro onde o vira pela primeira vez, com o olhar focado nas mãos. Ele segurava sua faca grande e estava a movendo lentamente, quase com gentileza, em algo apoiado na mão. Um pedaço de madeira; ele estava entalhando algo. Sua expressão era quase serena. As rugas intensas sumiram da testa e havia um sorriso muito suave no rosto dele. Provavelmente era causado pela concentração, não pela alegria, mas o fato de ele ter mais expressões para além de uma carranca era surpreendente.

O que aconteceu quando ele foi escravizado? O que o deixou daquela forma?

Ela podia fazer as mesmas perguntas a si mesma, embora eles tivessem origens diferentes; ela não sabia ao certo se seu rosto poderia ficar tão sereno sem que fosse forçado àquilo.

O sorriso desapareceu de modo brusco quando ele ergueu a cabeça e olhou na direção dela.

— Você decidiu vir — disse ele, enfiando o que quer que estivesse entalhando no bolso e depois embainhando a faca.

— Você não parece satisfeito com isso — respondeu ela.

Janeta devia ter ficado com medo depois do que Lynne contara sobre a natureza imprevisível de Daniel, mas a luz do sol matutino drapejava sobre ele, suavizava seu ar ameaçador; ele parecia um rei das fadas, lustrado em ouro, esperando a adulação de sua corte, ou como um espírito confuso da mata. Mas ela então se lembrou que nos contos das fadas e dos espíritos da mata a beleza não anulava sua força, e eles pouco se importavam com a vida dos humanos. Aquilo combinava com Daniel e o brilho obscuro em seu olhar.

— Estava contando que usasse um pingo ou dois daquele bom senso que você deveria ter — explicou ele.

— Eu usei — rebateu ela, aproximando-se. — O bom senso me diz que você precisa de alguém para te dar cobertura.

Ela sorriu.

Ele não.

— Sabe, esta não é uma má ideia — comentou ele ao se levantar, e por um momento Janeta pensou que seria mesmo fácil daquele jeito.

Então Daniel abriu a casaca e começou a desabotoar a camisa, com o olhar preso ao dela. A expressão em seus olhos não era de uma recém-descoberta camaradagem, mas sim de amargura.

Os dedos dele se movimentaram depressa, oferecendo um vislumbre de seu peito vasto e dos músculos firmes do abdômen superior. Janeta sentiu o rosto ficando quente.

— O que você...

Ele se virou e deixou a camisa aberta cair para revelar a parte de cima das costas para ela.

— *Dios mio* — arfou ela, levando a mão à boca.

— Deus não tem nada a ver com isso — afirmou ele em um tom apático.

A superfície das costas de Daniel era um mapa topográfico de dor, traços em relevo de cicatrizes tão grossas quanto dois dedos dela se cruzando para formar uma junção horrenda. Ele fora açoitado, mais de uma vez; sua pele refletia o mal que um homem poderia fazer ao outro.

Janeta pensou na época que sua família fora para o centro da cidade de Santiago. Sua mãe colocara a mão sobre os olhos de Janeta quando passaram por um homem amarrado a um poste com as costas ensanguentadas expostas.

"Você não precisa ver coisas assim. Você é uma Sanchez. Não precisa aguentar tal feiura."

Mas naquele exato momento ela não conseguia desviar o olhar. Daniel expusera aquela prova do péssimo tratamento que recebera e tudo que Janeta conseguia pensar era "por quê?".

"Aquele homem está amarrado por começar uma revolta. Precisaram fazê-lo de exemplo."

Fora aquilo que seu pai lhe dissera quando ela o questionara sobre o que vira. Ele lhe dera um presente quando ela quisera saber por que a revolta era ruim, uma linda boneca de porcelana com pele cor de creme, bochechas rosadas e olhos azuis, e ela deixara o assunto de lado.

— O que você fez? — perguntou ela, e Daniel tensionou os músculos sob as cicatrizes.

— Acha que fiz algo para merecer que isso acontecesse comigo? — perguntou ele com a voz firme.

O medo de Janeta, enfim, veio à superfície.

Não medo de que ele a machucasse, mas de ela ter cometido mais um deslize.

— Não! Quer… quer dizer, por que fizeram isso com você?

Ele balançou a cabeça e recolocou a camisa, sem se virar para ela enquanto a abotoava.

— Nasci negro em um país onde isso é um crime e era ignorante o suficiente para não saber que já tinha sido condenado. — Ele pegou a casaca e enfiou os braços nas mangas, ajustando o colarinho ao se virar para ela. — Uma vez que já me fez duas perguntas para as quais qualquer detetive da Liga da Lealdade deveria saber a resposta, eu estava certo de achar que você está tão preparada para o trabalho quanto o milho verde para a colheita.

Ela não podia argumentar com aquilo. Era verdade, embora não da forma que Daniel tinha em mente, e era melhor que ele a achasse ignorante do que suspeitasse da verdade: ela fora ensinada que, se os negros fossem açoitados como animais, era porque mereciam. Aquilo fora repetido para ela várias e várias vezes, mas ela podia pensar em poucas coisas que mereceriam aquele conjunto de tecido cicatrizado que Daniel carregava consigo.

— Por que me mostrou isso? — perguntou Janeta.

— Porque você parece ser do tipo questionadora — elucidou ele. — E odeio perguntas. Se em algum momento achar oportuno me perguntar por que faço ou não faço algo quando o assunto for os confederados, saiba que você já tem a resposta.

Ela estivera pensando a nível de Cuba, e na própria infância, mas as pessoas *dali* tinha feito aquilo com Daniel. A Confederação. O mesmo sistema que ela estava ajudando no momento.

Carla e Lynne vieram pelo lado do celeiro e os olhos de Lynne se estreitaram enquanto ela observava a cena.

— Já mostrou seus brinquedos para ele? — perguntou Carla.

— Ainda não — respondeu Janeta, tentando soar como se não tivesse acabado de esquecer como se respirava por um momento. — Mas não descartei a ideia.

Lynne fez um som zombeteiro.

— Bom, estamos indo. Sei que falei "qualquer coisa pela União", mas, se esse homem tentar alguma gracinha com você... — Ela olhou para Daniel, inclinando a cabeça para o lado.

— Não vou machucar sua preciosa cubana — assegurou Daniel, com a voz transbordando condescendência. — Pode não me ver com bons olhos, mas sabe que machucar inocentes não está no meu repertório.

Carla retorceu os lábios.

— É, bem, continue assim, Cumberland.

As mulheres acenaram em despedida e Daniel respirou fundo enquanto as olhava. Parecia já estar ciente de que elas gostavam dela mais do que dele. Janeta se extasiou com aquela pequena vitória, mas não conseguiu evitar sentir pena. Ele certamente não dava motivos para cair nas graças dos outros, mas qualquer um que prestasse sequer um pouco de atenção nele poderia ver que não gostava da solidão.

— Acho melhor irmos direto ao que interessa — proferiu ele, ajustando a casaca.

Ele saiu pisando duro, e Janeta o seguiu.

Lynne e Carla pensaram que precisavam protegê-la, mas mal sabiam elas que Janeta estava longe de ser inocente. Com sorte, Daniel também não descobriria aquilo.

Capítulo 5

Daniel não dormira durante a noite, como de costume, e o único propósito do mísero tempo de sono que conseguira aproveitar foi fazê-lo acordar com uma dor de cabeça; pelo menos o começo de uma.

Ele simplesmente aguentara a dor forte que era uma lembrança de seu aprisionamento até conhecer uma mulher alguns meses antes que sabia como fazer poções naturais e as usar para curar enfermidades. Marlie Lynch. Ele não gostava de pensar nela, porque pensar nela invariavelmente o levava a pensar em Elle, a futura cunhada de Marlie.

Malditos McCall sortudos.

Ele avançou para a cozinha, com os passos leves de Janeta atrás de si. Teria que se acostumar com aquilo. Ainda não sabia se Dyson pensara que aquela parceria era uma boa ideia ou se ele a orquestrara como punição — sua cabeça pulsou enquanto uma nova irritação surgia.

Já havia água fervendo para o café de chicória com o qual todos tinham que se conformar. Ele serviu uma xícara do líquido quente para si, tirou algumas folhas secas de um sachê em seu bolso e as jogou na água. A mistura era uma das poucas coisas que ajudava com as dores de cabeça. Também acalmava seus pensamentos frenéticos e, se fosse fervida a toda potência, o faria flutuar para longe da agitação constante de sua mente. Marlie o alertara para não exagerar, e Daniel não o fizera. Ainda. Lembranças horríveis o assombravam, mas eram um lembrete mordaz da verdade do mundo; uma verdade da qual às vezes sentia que apenas ele estava a par.

Este mundo é um lugar cruel e insuportável. Não vale a pena lutar por este país.

Mas alguém precisava fazê-lo, e às vezes aquilo significava lidar com irritações inesperadas, como Sanchez.

— Gostaria de café? — perguntou para ela, seus bons modos dando as caras.

— Gostaria. Está oferecendo?

Ele conseguia ouvir a incompreensão na voz dela. A hesitação.

— Sim, sei que sou o monstro aterrorizante da Liga, mas nunca deixe que digam que neguei café para uma companheira detetive, se é que se pode chamar essa lavagem de café. Além do mais, precisamos conversar, e é mais silencioso aqui.

Ele tentou não fazer uma careta quando a dor começou a se estender em seu crânio. Porém, precisava esperar um tempo para o chá infundir. Ele se virou e pressionou um dedo na testa.

— Você comeu? — perguntou ela, com um olhar aguçado. — Tem pão. Posso torrá-lo.

Ah, sim. Daniel não conseguia se lembrar da última vez que comera. Não por falta de comida, mas por falta de apetite; às vezes não se lembrava de comer até que sua visão periférica começasse a escurecer. Sua dor de cabeça podia ser por conta daquilo. Ele não estava com fome, mas comeria porque precisava. Daniel se lembrava de uma época que a comida lhe dava prazer. Naquele momento servia apenas como combustível para o manter de pé. Para o manter marchando em direção à vingança.

— Pão torrado seria ótimo, obrigado.

Ele ferveu o café para ela enquanto Janeta colocava a comida deles no prato, e Daniel não ficou feliz com a forma que eles pareciam trabalhar bem juntos. Nem ao menos esbarraram um no outro no pequeno espaço enquanto se dedicavam à preparação da escassa refeição. Daniel sabia, graças à sua experiência humilhante, que o trabalho doméstico era uma dança própria; ele com frequência atrapalhara o trabalho de seus companheiros escravizados. Então aquilo não era ruim, aquela compatibilidade, mas tinha a sensação de que também não era a melhor coisa, dado o tanto que ele queria se livrar dela.

Ela caminhou até a mesa e colocou os pratos lado a lado antes de se sentar e olhar para ele. A expressão de Sanchez era neutra, mas aqueles olhos dela estavam grandes e ansiosos. Ela não era a melhor pessoa fazendo cara de paisagem, mas Daniel suspeitava de que ela seria mais bem-sucedida no pôquer do que alguém capaz de esconder a curiosidade divertida no olhar.

Ela estava o avaliando.

Sanchez parecia o tipo de mulher que estava constantemente observando, avaliando e reagindo conforme era necessário. Ela seria um tormento muito maior do que ele imaginara, verde ou madura.

— O que sabe sobre a Europa? — perguntou ele ao se sentar ao lado dela e lhe entregar o café.

Ele tomou um gole, inalando o odor e apreciando o leve toque de languidez que começou a perpassá-lo. Ele o infundira um pouco forte demais, distraído pela presença de Janeta, mas não se arrependia. Sua mente começou a se desanuviar. As fisgadas de raiva e dor se afrouxaram junto com a pressão da dor de cabeça. O alívio seria breve, mas era uma paz que ele não conseguia nem sequer dormindo. Ele entendia os soldados, acamados no hospital do campo de batalha, que exigiam mais láudano e morfina. Era chocante deixar o doce abraço da paz e voltar à realidade brutal.

— Europeus? Pode ser um pouco mais específico? — perguntou Janeta, com um pequeno sorriso curvando os lábios. — Druidas? O Império Romano? Russos?

Ele a observou por um longo tempo, analisando a informação que as poucas frases revelaram sobre ela. Janeta era uma mulher culta — muito culta. Ele se lembrava da época em que Elle contava algum pedaço de informação aleatória que retivera enquanto ele tinha dificuldade com os livros jurídicos; a inveja que sentira junto ao amor. Ele explodira com ela uma vez, dizendo que era indecoroso exibir seu dom estranho. O choque da mágoa no rosto dela era ainda mais uma lembrança vergonhosa, especialmente porque ele não falara por mal.

Falara?

Não importava mais, não vinha ao caso. Elle se instruíra usando aquela memória estupenda. Ele se perguntou como Janeta podia difundir tais conhecimentos de forma tão casual. Ele provavelmente descobriria na hora certa.

— Estava falando sobre o impacto da Europa na guerra daqui, e vice-versa — explicou ele. — Sabe algo sobre a missão que estamos executando? A informação que buscamos?

— Bem, não, como eu poderia quando você me faz brincar de adivinhação em vez de apenas me dizer o que é que quer saber?

Havia uma acidez sob seu tom. Nervosismo. Parecia que Sanchez não gostava de falar quando não tinha certeza do que queriam dela. Daniel tomou um gole do chá.

Ela soltou um ruído de irritação enquanto mordia a torrada.

— Bem, sei que os confederados esperam conquistar a Inglaterra ou a França para a causa deles — respondeu ela. — Eles argumentaram que a perda do algodão deixará incontáveis britânicos sem emprego nas fábricas.

— Eles pontuam muitas coisas e, de alguma forma, todas essas coisas parecem ser para o benefício deles — apontou Daniel. — Têm alguns agentes bem talentosos na área de Londres, sussurrando nos ouvidos dos homens no poder. Uma das espiãs deles aparentemente conseguiu um convite para conhecer Napoleão na França.

— Verdade? — perguntou Janeta, virando a cabeça para Daniel.

Ele assentiu, sério.

— Existe uma guerra verbal acontecendo longe das batalhas sangrentas que é tão importante quanto. Qual lado consegue ganhar mais compaixão do público europeu, ou qual inspira mais medo? Qual lado consegue aparentar ser o melhor cachorro para ser escolhido em uma rinha? Palavras têm significado, Janeta. Elas são, talvez, a mais valiosa arma na nossa sociedade. Nunca se perguntou por que os escravizados são impedidos de ter acesso à educação? Por que é ilegal ensiná-los a ler e escrever?

— Porque lhes dão ideias que não deveriam ter — retorquiu ela de modo automático, então lançou um olhar cauteloso para ele. — Pelo menos é isso que dizem.

— Palavras oferecem conhecimento, e conhecimento oferece poder — completou Daniel.

Ele recordou uma das poucas lembranças agradáveis durante sua escravização: ele agachado no meio de uma das cabanas de madeira, traçando letras na poeira do chão enquanto um grupo de crianças estava de pé ao redor dele. A alegria das crianças enquanto ele soletrava cada um dos nomes delas, ao perceberem que seus nomes eram palavras, com substância e peso. Ao perceberem que elas eram algo substancial.

Liz. Thomas. Carl. Winnie.

Sua lembrança boa se desmoronou com aquele último nome, a náusea revirou sua barriga e rastejou até sua garganta.

Winnie estava parada cantarolando na sombra, com uma vareta na mão enquanto traçava algo no barro acumulado. Daniel viu aquilo pela visão periférica, mas estava focado demais na dor em suas costas e no trabalho que foi obrigado a fazer apesar daquilo. Seu cérebro era uma confusão de raiva e desespero. Foi por isso que ele não pensou duas vezes sobre os movimentos de arranhar da vareta de Winnie até que Finnegan, o feitor, chegou a cavalo e pegou o pulso fino da menina.

Ela olhou para Finnegan aterrorizada, seu agradável cantarolar preso na garganta.

"Quem ensinou as letras pra você, menina?"

Winnie esfregou a terra freneticamente com o pé descalço.

"Não tem letra nenhuma, seu Finnegan!"

"Acha que uma escurinha que nem você vai aprender a ler e escrever quando eu não sei?" Finnegan a ergueu alto, sacudindo o corpo pequeno

e magro dela de um lado para o outro. "Isto não é pra você. Vai aprender que isto não é pra você."

Ele fez o cavalo rodopiar e se dirigiu até o tronco de açoite enquanto a mãe de Winnie passou correndo por Daniel, gritando:

"Não! Ela não sabe as letras, sinhô! Quem ia ensinar isso pra ela? Quem?"

— O que isso tem a ver com os europeus? — perguntou Janeta, afastando os pensamentos de Daniel do lugar horrível e obscuro para o qual eles retornaram.

O caminho até aquela lembrança era bem desgastado em sua mente e as engrenagens de seus pensamentos deslizavam para as ranhuras delas com o menor dos incentivos. Era muito mais difícil se livrar daquele buraco.

— Este país sempre usou palavras como armas que apenas certos cidadãos podiam empunhar — elucidou Daniel, enfim. Ficou contente que Janeta não o pressionou enquanto ele se recompunha. — "Consideramos estas verdades como evidentes por si mesmas." "Liberdade e justiça para todos." "Todos os homens são criados iguais." Essas frases foram todas forjadas no fogo da tirania, afiadas nas lâminas das mentiras contadas pelos Pais Fundadores. Essas palavras foram usadas para perpetuar o mal.

Ele desfrutou da forma que Janeta se sobressaltou ao morder a torrada, derrubando farelos na frente do vestido. Ela franziu a testa enquanto mastigava e o observava, até que, enfim, engoliu.

— Mal? Esses não são os fundamentos dos Estados Unidos, da União que juramos proteger?

Ele revirou os olhos.

— Eu não jurei pelos Quatro Ls — corrigiu ele. — Lealdade, Legado, Longevidade e Lincoln. Mais palavras que no fim não significam nada.

— Então *no que* você acredita? — perguntou Sanchez.

Não havia julgamento em sua voz; ela parecia realmente curiosa. *Nada.*

— O que tem para se acreditar?

Ele já conhecera várias pessoas que tentaram o persuadir de que havia bondade no mundo; existia apenas o que poderia e o que não poderia ser tolerado, e o que devia ser feito para impedir o último.

— Há milhares de homens lutando e morrendo para defender essas palavras que considera pequenas — apontou ela.

— Exatamente! — Daniel parou, apenas pelo tempo suficiente para se recompor. — Tamanho é o poder das palavras usadas com intenção maliciosa e manipuladora. Elas são a causa de nosso caos atual. Quando os Pais Fundadores colocaram a pena no pergaminho e escreveram "todos os homens são criados iguais", eles sistematizaram este país como um farol cintilante de esperança no mundo. No papel. Na realidade, os mesmos homens que assinaram aquele documento voltaram para suas casas e foram recebidos por seus escravizados. Escravizados que cozinhavam para eles. Que limpavam para eles. Com os quais fodiam.

Ela se sobressaltou de novo com o termo, e Daniel sentiu um pouco de vergonha, mas não muita. Era verdade: ele nunca ficaria envergonhado por aquilo. Também não suavizaria a realidade. Não depois do que vira. Não com tanto em jogo na jornada diante deles.

— Mas eles escreveram essas palavras, as compartilharam com o mundo como uma nova religião — continuou ele. — Eles enganaram todo mundo, inclusive a si mesmos. As palavras deles tinham mais peso do que suas ações e lhes deram um refúgio da verdade sobre si próprios.

Ela não estava mais comendo. Apenas o encarava. Aquilo o incomodou, aquela verdadeira incompreensão.

— Veja *você*, por exemplo. "Mulata" é a palavra que usariam para descrevê-la. Por que acha que é o caso?

As bochechas dela ficaram rosa-escuro, como se ele a tivesse estapeado.

— É um meio de classificação — disse ela de modo brusco.

— É um meio de *controle* — corrigiu ele. — Todos nós sabemos o que isso significa. Porque não são categorias, são hierarquias e, embora nem um de nós negros levamos a melhor, os malditos com certeza tentam nos fazer pensar que alguns de nós merecem mais. O que quer dizer que alguns de nós merecem menos. Acima de tudo, isso significa que eles decidem e nós temos que sofrer com essas decisões. Então. Agora você vê o poder de uma única palavrinha?

Sanchez tinha pressionado os lábios em uma linha fina. Ela assentiu.

— Agora imagine colunas e colunas de palavras na imprensa britânica sobre o Norte insuportável, forçando a vontade deles nos pobres e orgulhosos sulistas. Tudo que o Sul quer é sua liberdade. Isso não é *nobre*? — Ele conseguia ouvir a raiva na própria voz, sentia-a se calcificando em suas veias como se ele estivesse se transformando em pedra, e poderia destroçar o mundo em pedaços só para acabar com aquela farsa. — E sabe a audácia disto? Sabe? É que os britânicos, tão orgulhosos de sua abolição, falam: "Ah, mas com certeza eles vão libertar os *escravos* assim que a guerra acabar".

Janeta ficou em silêncio.

— Talvez eles acreditem mesmo nisso. É possível, não é?

Daniel conteve a vontade de jogar o prato dela no chão, frustrado. Ele nunca faria aquilo, mas os pensamentos obscuros surgiam sem serem convidados, como de costume.

— Se tal coisa fosse possível, por que esta guerra começou? Por que a Proclamação de Lincoln foi uma afronta tão grande às sensibilidades sulistas? E, se eles ganhassem, como conseguiriam pagar os escravizados que hoje consideram como propriedades? — Daniel balançou a cabeça para a pergunta ridícula dela. — É como um fazendeiro dizendo que vai começar a pagar suas ovelhas pela lã que produzem: não há lucro nisso. A escravidão tornou muitos homens brancos ricos e facilitou a existência para muitos dos pobres. Eles não vão abrir mão de tais benefícios por vontade própria.

— Talvez isso seja verdade — concedeu ela, semicerrando os olhos como se estivesse analisando uma ideia na mente. — A ideia de se libertar da tirania é forte, neste país ou lá em Cuba, onde buscam a liberdade da Espanha enquanto usam escravizados em todos os aspectos da vida. Ao que parece, é bem fácil para um homem justificar por que suas circunstâncias específicas requerem liberdade enquanto outros precisam de grilhões: tantos os reais quanto aqueles das leis de subjugação.

Daniel estivera preparado para continuar defendendo seu ponto de vista — tinha exemplos enfileirados, prontos para serem usados como argumentos distintos para afastá-la de si. Não sabia como reagir à Janeta concordando e expandindo as ideias dele sem parecer desnecessariamente amigável, então ele apenas grunhiu.

Ela bebeu o resto do café, desviando o olhar dele.

— Qual é nossa missão? — perguntou ela.

— Me disseram que você fala russo.

Dyson ficara maravilhado com o fato. Daniel se perguntara por que Sanchez não fora interrogada sobre o motivo e a forma que conseguira tal habilidade.

O olhar dela se voltou para ele, então, brilhando com interesse.

— *Ya nemnogo govoryu po russki.* — Ela se exibiu um pouco antes de continuar. — Tive uma tutora russa quando era pequena. Era para ela ter me ensinado francês, mas a convenci a me ensinar o idioma dela também. Acho que ela apenas concordou porque estava ávida por alguém com quem conversar, por isso entendo mais do que consigo falar.

Ela fora rica o suficiente para que levassem pessoas a sua casa com o intuito específico de ensiná-la. Interessante.

— Excelente. Então você está bem preparada para nossa tarefa, e isso é tudo que precisa saber. Vamos juntar suprimentos e partiremos em breve.

Esperou que Janeta pedisse por mais informações enquanto ele bebia o resto do chá e ficava de pé, mas, em vez disso, ela concordou com a cabeça. Quando o encarou, a determinação brilhava em seus olhos.

— Sei que não está contente em trabalhar comigo, mas você parece ser um detetive corajoso e respeitável, e estou contente por ter sido colocada com você. Espero que possamos fazer nossa parte, juntos, para acabar com esta guerra.

Daniel não seria convencido. Ele não daria atenção para a sensação quente em seu peito, embora o chá tivesse havia muito tempo esfriado. Ela era uma irritação a ser tolerada, e ele não se permitiria a ver como qualquer outra coisa.

— Vamos ver se você sequer sobrevive a esta noite, Sanchez — retorquiu ele. — Depois podemos conversar sobre acabar com guerras.

Capítulo 6

Janeta estava começando a se arrepender de não ter pedido a Dyson para ser colocada com outra pessoa, como Daniel sugerira. Qualquer outra.

Era o segundo dia de viagem e Daniel não era um companheiro ideal, para dizer o mínimo. Quando ela, enfim, perguntara para onde estavam indo, ele respondera "sul" e marchara na frente dela. Ele não falara muito mais que aquilo, a não ser para pressioná-la a manter o ritmo dele e resmungar baixinho quando ela queria parar e descansar.

Janeta ficara surpresa; ele não tivera problemas em falar com ela no acampamento, mesmo que o tom não fosse exatamente amigável. Apesar da maneira brusca, ele conversou com ela de igual para igual, algo que ela raramente vivenciara. Não que as pessoas costumassem falar com ela de forma condescendente, mas sempre havia uma sensação implícita de divertimento. Como se ela estivesse sendo tolerada. Daniel não cedera a tal dissimulação, mas, mesmo em sua forma rude, ele a tratara como se a achasse inteligente o suficiente para considerar e agir de acordo com a informação que compartilhava com ela. Daniel tinha a alertado sobre trabalhar com ele, mas dentro daquele aviso houvera uma *escolha*. Janeta fora mimada, mais mimada do que a maioria das pessoas que ela conhecera no trajeto de Palatka até Illinois poderia sequer imaginar, mas escolha? Aquela nunca tinha sido uma possibilidade real em sua vida. Ela fazia o que sabia que outros esperavam e, embora houvesse um milhão de pequenas *decisões* naquelas ações, a escolha nunca parecera ter sido dela.

Janeta tinha pensado algo excessivamente tolo quando partiram em viagem: achara que talvez eles se tornassem amigos. Ela estava intrigada, e não só porque ele tinha informações que ela precisava passar para a frente. Queria debater as ideias dele sobre os Estados Unidos, que a tinham feito pensar sobre a condição de seu próprio país. Queria ver se talvez conseguiria o fazer sorrir, o que não tinha nada a ver com o motivo de ter se juntado à Liga da Lealdade.

Você já esqueceu da sua missão? Esqueceu de papi?

Papi.

Quando Daniel perguntara o que ela sabia sobre europeus, ela tentara lembrar da discussão que ouvira entre o pai e seus amigos antes de os nortistas chegarem. Eles falaram sobre perda de lucros e as notícias da Espanha. Discutiram se a independência, depois da revolta do Haiti que livrou o país da França, poderia acontecer em Cuba também e, se fosse o caso, pelas mãos de quem e a que preço.

"E o que esses escurinhos vão fazer quando forem livres?", perguntara papi, alto, com a voz ecoando pelo salão.

A sra. Perez, sentada ao lado de Janeta nos sofás onde as mulheres estavam reunidas, ficara tensa de um jeito estranho e desviara o olhar dela. Janeta se virara para a sra. Rodriguez, que estava do seu outro lado, e começara uma conversa sobre luvas, notando que a mulher olhava com admiração para as dela.

E agora lá estava ela com Daniel, que se recusava a falar sobre luvas ou qualquer outro tópico com ela além dos ocasionais comandos para que se apressasse. Janeta começara a falar em voz alta consigo mesma depois do que pareceram horas de caminhada em um silêncio tenso, repetindo frases em espanhol na esperança de que aquilo despertasse o interesse de Daniel, uma vez que ele parecia o tipo de homem que gostava de saber das coisas. Ela também desabafara sobre a irritação com ele.

— *Yo soy* Daniel. Quero conversar com Janeta, mas o demônio me amaldiçoou. Tenho sido forçado a fingir ser teimoso e grosseiro até que a maldição seja quebrada.

Daniel finalmente lhe lançou um olhar bravo e pediu silêncio com um *shiu*; ela ficou quieta, fazendo uma careta.

— Estamos quase no *sul*, Cumberland? — perguntou ela, enfim, em inglês, quando a tensão silenciosa e mal-humorada dele e as passadas longas a levaram ao limite.

Ela sabia que não deveria demonstrar ressentimento ou arriscar que ele questionasse o comprometimento dela, mas pensou que até mesmo a pessoa mais leal da União ficaria irritada em seu lugar. Janeta parou e se recusou a dar um passo adiante.

— Cansada demais para continuar? — Ele não diminuiu o ritmo. — Mal começamos esta viagem. Eu falei...

— Tenho acompanhado muito bem, mesmo sem você fazer uma única concessão considerando minha saia — disparou Janeta. — Talvez possamos trocar de roupa se acha minha velocidade insatisfatória.

Daniel parou, bufando de frustração, e abaixou o olhar para ela. Por um momento Janeta pensou que ele seria mesmo capaz de trocar de roupa com ela. Ele parecia estar juntando peças na mente; seu olhar estava agitado, buscando algo.

— Por que não mencionou isso nas várias vezes que eu a repreendi pelo ritmo lento? — perguntou ele.

— Teria feito diferença? — zombou Janeta, sem esconder, como normalmente faria, o tremor na voz que revelava sua raiva. Ela não tornou o tom doce e persuasivo. Estivera viajando havia semanas, mesmo que apenas os últimos dias com Daniel, e estava exausta. — Pela minha experiência, homens não se importam muito com as explicações de uma mulher sobre o que podem ou não fazer. Na verdade, eu quem deveria estar perguntando por que não questionou como eu estava me virando. Você não é o mestre detetive?

— Eu devia ter perguntado — concordou ele, com o olhar focando além dela, na direção lateral.

Nem ao menos daria a ela sua atenção completa.

Janeta não estava acostumada a declarar sua chateação daquela forma, sem artifícios. Parecia errado, mas ser ignorada de maneira incessante a deixara com os nervos tinindo.

— Ah, nós dois sabemos por que você não perguntou. Estava tramando para que eu fracassasse porque não me quer por perto.

Ele soltou uma bufada de indignação e secou o suor do rosto.

— Está meio certa. Não a quero aqui, e por um bom motivo. Não faço questão de esconder isso. Mas não é por essa razão que tenho pressa. — Ele pareceu se encolher um pouco, mesmo que ainda parecesse uma torre perto de Janeta. — Atravessar esta mata não é seguro. Illinois é um estado da União, mas a crueldade com o povo da nossa raça não conhece a divisa Mason-Dixon.*

Foi estranho para Janeta ser incluída naquele *nossa*. Sim, era a base da sua entrada na Liga da Lealdade, permitindo que ela espionasse para Henry, mas ainda pensava em seus companheiros detetives como *eles*. Ela sempre fora uma Sanchez, primeira e principalmente. Era mais clara do que a mãe, embora ainda fosse muito *morenita*, mas poucas pessoas chegaram a igualá-la com os escravizados. Pelo menos não na cara dela. Fora repreendida por notar a semelhança entre eles por conta própria quando era criança. Falaram para Janeta que ela era *diferente*.

Ela se lembrava da primeira vez que Henry a beijara; ele se afastara, acariciando seu rosto e a observando como se ela fosse um tesouro que ele descobrira.

"Você é tão diferente de todas aquelas meninas bobas correndo atrás de mim com suas sombrinhas e peles claras", falara ele lentamente, passando

---

* Originalmente, era um limite de demarcação entre dois estados dos Estados Unidos: Pensilvânia e Maryland. Depois, se tornou uma linha imaginária política que dividia uma parte dos estados do Norte e do Sul. (N.E.)

a ponta dos dedos na pele marrom dos dedos dela. *"Você é especial. E agora é minha."*

Naquela época, fora maravilhoso ser reivindicada por alguém, ouvir de alguém que ela era *especial* pela exata coisa que sempre fora instruída a ignorar ou rejeitar. A atenção de Henry a fizera se sentir superior de um jeito que os "você não é como os escravos" nunca fizeram. Ele a tocava como se ela fosse sagrada, falava com entusiasmo sobre os cachos e a cor dela — se deleitava com tudo nela que envergonhava suas irmãs mais velhas, as coisas que sua mãe tentara ensinar a minimizar. Por causa daquilo, Janeta não percebera algumas coisas sobre Henry que agora eram óbvias; ignorara os instintos que a tinham ajudado a ganhar a confiança tanto dos rebeldes como dos detetives.

Ela acreditara nas palavras doces dele (acreditara porque quisera desesperadamente a atenção de Henry), mas estava começando a ver que elas cobriram uma verdade desagradável.

Ela já viajara o suficiente para saber que não era especial; apesar das supostas regras rigorosas contra brancos e negros interagindo nos Estados, vira homens e mulheres que pareciam ter a mesma origem interracial que ela. Mulheres como ela não eram raridades. Vira pessoas que eram tão claras quanto papi trabalhando nos campos usando trapos. Também aprendera o suficiente sobre os Estados Unidos para começar a entender por que Henry reivindicara o corpo dela, mas não lhe dera nenhum anel ou símbolo do seu suposto amor.

— Temos nossos documentos falsificados — disse Janeta para Daniel. Não era hora de pensar em Henry, para além do fato de que ela precisava dele para libertar o pai. — Se alguém nos parar, não seria um problema.

Pegou o cantil da bolsa, tirando vantagem da pausa para se refrescar. Seus pés doíam, as pernas tremiam e ela estava prestes a cair de fadiga, mas não o deixaria saber daquilo.

— Eu estava com meus documentos de liberdade quando fui pego — respondeu ele, sério — e eram reais. Em um país onde se precisa de um papel para mostrar que é livre, onde se precisa da assinatura de um homem branco para andar pela terra de uma nação que alcançou a prosperidade graças ao suor e sangue do próprio povo, sua vida depende de a pessoa que vir esses documentos colocar na balança se imbuirá algum poder a eles ou não. Os Estados Unidos são uma nação sem honra, dado que permitem que seu povo seja tratado desse jeito.

Havia algo nas palavras dele, em seu comportamento, agora que ela estava prestando atenção, em vez de ficar emburrada por estar sendo maltratada, que fez a garganta de Janeta ficar seca.

O corpo dele estava tenso e estivera daquele jeito desde que haviam saído do acampamento da Liga da Lealdade. Ela atribuíra aquilo à irritação dele com ela, mas naquele momento percebia que cometera o mesmo erro que cometera com Henry: estava encaixando o comportamento de Daniel na moldura que ela criara. Quisera acreditar que Henry a amara, então distendera o comportamento dele até que coubesse naquela moldura em particular, como a tela para um bordado. Decidira que o comportamento de Daniel só podia ser motivado pelo seu desgosto por ela, mas havia algo mais.

A mão dele repousava no cabo da faca; Janeta o vira fazer alusão a pegá-la, por reflexo, muitas vezes enquanto andava a sua frente. Ele olhava de um lado para o outro, vigilante desde o começo. E ela enfim compreendeu a realidade da situação: ele não estivera a ignorando aquele tempo todo ou a punindo; estivera alerta. Ele estivera com *medo*.

Depois que os *yanquis* levaram o pai dela, eles não pararam de visitar as filhas dele. Visitavam com mais frequência, livres para usarem a Villa Sanchez como base uma vez que os rebeldes haviam sido expulsos para a cidade vizinha e o dono da casa não estava mais lá. Toda vez que ela ouvia os cascos dos cavalos se aproximando, Janeta era tomada pelo pânico. O medo de suas irmãs era mais corporal, considerando que os soldados de farda azul faziam propostas românticas mais insistentes e explícitas, mas Janeta também estivera constantemente ciente de que a qualquer momento eles poderiam descobrir que havia sido *ela* que passara informações aos rebeldes. A qualquer momento, sua família e seus amigos poderiam descobrir que seu pai pagara pelos crimes dela (e que ela permitira), e seus familiares a expulsariam como Janeta sempre soubera que fariam depois da morte de mami.

Será que Daniel estivera preso naquela névoa terrível de medo durante a viagem inteira? Ela se lembrou das cicatrizes nas costas dele. Ele alguma vez se livrava do medo?

— Tome.

Ela lhe entregou o cantil.

— É rum ou água? — perguntou Daniel, apreensivo.

Ele olhou em volta como se cada sombra das árvores parcialmente desfolhadas pudesse esconder alguma ameaça, e o coração de Janeta se apertou de um jeito doloroso. Ele estava buscando nos lugares errados; o verdadeiro perigo estava parado a um passo dele, oferecendo uma bebida e desejando que aquela maldita guerra nunca tivesse atraído nem um deles para dentro de seus mecanismos.

— Para ser sincera, acho que você está precisando de álcool, mas é apenas água.

Daniel assentiu, e Janeta observou os lábios dele se abrirem, ele derramar a água na boca, como o pescoço dele se mexeu e gotas escorreram por sua barba. Um calor floresceu dentro dela, apesar da brisa fria que perpassava a floresta como se os incentivasse a continuar a jornada. Ela afastou o olhar.

— Vou tentar andar mais rápido — afirmou quando Daniel devolveu o cantil. — Eu não havia considerado o perigo que estamos enfrentando antes mesmo de chegar a nossa tarefa.

Ele grunhiu em confirmação, e eles partiram de novo.

— Estamos indo para Cairo — contou ele em certo momento. Ela olhou em sua direção, vendo-o pressionar os lábios carnudos enquanto fazia uma careta. — Tem um grande acampamento de contrabando lá, onde eles mantêm pessoas que escaparam para Illinois.

— Contrabando? Escravos?

— Não mais — respondeu ele, sem entender o deslize dela ou não a corrigindo. — São pessoas livres, vieram para cá com a ideia de que as pessoas do Norte pudessem os tratar melhor.

Janeta foi golpeada com a própria crença e a visão de mundo cética de Daniel.

— Com certeza a vida deles será melhor. Não são mais escravizados. São *livres*.

Daniel a encarou, sua expressão deixando evidente o que pensava das palavras dela.

— Não ser escravizado é o mínimo que essas pessoas merecem, e mesmo isso não é garantido — contrapôs Daniel. — Os brancos daqui não os recebem exatamente de braços abertos. Os recém-libertos deixam os acampamentos em trens e são depositados em cidades com pessoas hostis que não querem negros livres vivendo entre eles. Recentemente, alguns homens negros se estabeleceram em uma cidade em que não podiam estar por causa de uma lei que eles não conheciam.

— O que aconteceu? — perguntou Janeta.

A amargura na voz dele já havia dado a resposta, mas não fazia sentido. Na cidade dela, os rebeldes falavam sobre os adoradores de escurinhos do Norte, como eles eram fracos e patéticos por deixarem que os negros fizessem o que quisessem. Janeta sempre quisera desaparecer durante aquelas conversas. Em vez disso, erguia o queixo de um jeito arrogante e ria mais alto do que o necessário com os homens durante tais diálogos. Depois daquilo, ela se encarava no espelho, perguntando-se o que eles viam quando olhavam para ela.

Daniel segurou o braço de Janeta e a guiou para que contornasse um buraco no qual ela teria caído, uma vez que seu olhar estivera no rosto dele e não no chão. Ele a soltou na mesma hora.

— O que aconteceu? O mesmo que acontece com nosso povo em todo canto deste maldito país. Foram presos, julgados e condenados por desobedecerem às Leis Negras. Como punição, foram vendidos de novo para a escravidão, leiloados para o licitante com a oferta mais alta.

Janeta sentiu a garganta ficar apertada.

— Não.

Sua mãe fora livre. Janeta era livre. Aqueles homens acreditaram que estavam livres, e suas esperanças de um futuro foram arrancadas. O próprio governo deles, supostamente lutando por eles, os mandara de volta à escravidão. Depois da morte de mami, Janeta começou a ter pesadelos nos quais papi a levava para as plantações de cana e dizia que ela deveria fazer por merecer para continuar ali. Ela despertava temerosa e enojada com a traição toda vez. Aquele pesadelo era realidade naquele país estranho.

— Sim — confirmou Daniel. — Por um tempo depois da Proclamação, até mesmo os soldados da União devolviam fugitivos aos senhores. Se existe uma verdade terrível que todo negro desta terra precisa encarar é que muitos dos nossos compatriotas prefeririam nos ver mortos a livres.

— Isso não pode ser verdade. Não acha que a maioria dos sulistas luta não pela escravidão, mas para não haver impostos e coisas similares? Como George Washington e homens assim.

Aquele era outro assunto favorito dos senhores de plantações que se reuniam no salão de sua família. Eles diziam várias e várias vezes que o Sul queria apenas ser livre da tirania, irredutíveis sobre não ser nada além daquilo, não importava o que os nortistas mentirosos e covardes diziam.

Daniel estreitou os olhos ao encará-la.

— Eles lutam para manter os escravizados e pelo lucro que fazem com eles. Como George Washington e homens assim.

O tom dele mostrava que ele a achava tola, e Janeta se sentiu uma. Ela estava envergonhada e confusa. Porque o que Daniel dizia fazia sentido, mas papi dissera que a guerra não era pela escravidão. Não de verdade. Dissera que o Norte só queria controlar o Sul e suas riquezas. E os *yanquis* que apareceram fizeram exatamente aquilo em Palatka, tomando casas e exigindo comida e bebida e todo tipo de coisa. Papi dissera que os confederados estavam apenas tentando proteger o que era deles, assim como eles tentaram proteger seus bens de serem tomados pelos espanhóis em Cuba. Ele fizera tudo parecer tão razoável, embora ela tivesse visto tantas coisas nada razoáveis desde que partira.

— Você é do Norte e nasceu livre, certo? — perguntou ela.

— Eu era — respondeu ele sem emoção.

— E não sente que era tratado melhor do que um escravizado?

Ele parou e a encarou, não com raiva ou nojo, mas com tristeza.

— Deve ser este nosso padrão de uma vida boa? Ser tratado melhor do que um escravizado?

O corpo de Janeta ficou tenso de medo, mas não dele. Ela só não sabia o que responder. Balançou a cabeça devagar.

— Vivi uma vida muito melhor do que qualquer escravizado, imagino — continuou ele. — Eu trabalhava com a lei, era um homem respeitável de uma família respeitável. Poderia ter vivido uma vida longa e feliz sem saber que também usava grilhões.

— Tenho certeza de que uma pessoa trabalhando nas plantações de cana poderia se ofender com sua comparação — opinou ela, e ficou satisfeita por evocar surpresa nele.

Janeta estava cansada de se sentir tola, cansada da forma como tudo que Daniel dizia era uma oposição direta àquilo que ela fora ensinada. Ele não poderia estar certo a respeito de tudo, poderia?

Ela se lembrava da estrada que cortava o campo da plantação em Santiago. Tantos corpos negros, suando e colhendo no sol quente enquanto Janeta e a família passavam dentro da carruagem coberta. Ela uma vez vira uma menina muito parecida com ela, apenas um pouco mais velha, carregando um pacote de cana cortada pela estrada.

"Ela parece comigo, mami!"

A mãe não olhou para onde Janeta apontava com o dedo gorducho.

"Não, ela não parece."

"Vou ter que trabalhar como ela um dia?", perguntou Janeta.

A mãe, com o queixo erguido e olhos presos à frente como sempre fazia quando passava pelas plantações de cana, virou-se e segurou o queixo de Janeta com força. O toque foi tão diferente do amoroso e familiar carinho de mami que lágrimas de choque brotaram de imediato nos olhos de Janeta.

A pele escura de sua mãe geralmente era lisa, mas ela tinha franzido as sobrancelhas, e linhas se agrupavam em sua testa enquanto encarava Janeta.

"Nunca. ¿Nunca en la vida, comprende? *Você não é como eles. Eu me assegurei disso. Nunca mais se compare com uma escrava.*"

Janeta começara a chorar, sem entender o que fizera de errado. Ela ainda não entendia. Também não entendia Daniel. Ela fora livre e nunca sofrera pela cor de sua pele. Pelo menos, não muito... sofrera?

Daniel zombou:

— Não perdi meu privilégio de vista, assim como não perdi este fato: uma vida que pode ser interrompida, rompida e arruinada pela simples ofensa de ter uma certa cor de pele não é, de forma alguma, liberdade. Mas essa é a sina de cada negro nos Estados Unidos. É a sina de cada indígena que teve suas terras roubadas e aldeias dizimadas. Podemos ser inteligentes, podemos acumular riqueza, podemos lutar para tornar este país um lugar melhor e perder tudo por um capricho de um senhor ou madame de pele clara. Nem requer muito esforço da parte deles. Isto é o pior. Eles nem sequer precisam se esforçar muito para nos arruinar. — Ele se virou naquele momento e começou a andar. — Eu sabia que era do tipo questionadora, mas parece que superestimei sua inteligência.

Janeta ficou parada onde estava, ainda envolvida pela onda das palavras dele. Ela queria segui-lo, mas o golpe das ideias de Daniel a arrastara profundamente para um território inexplorado.

— Não, você não pode me dispensar desse jeito.

As pernas dela a carregaram até ele, com a frustração a impulsionando. Ela segurou o braço dele e Daniel se virou depressa, afastando-a.

— Você estudou a lei. Você aprendeu sobre as leis por trás da escravidão e sobre o governo. Tenho algum conhecimento, mas não... não nessa área. Se eu lhe fizer uma pergunta e estiver errada, tudo bem. Se não quiser responder, tudo bem também. Mas não sou uma pessoa ruim por não saber todas essas coisas. Não sou americana.

— Você é negra — disse ele.

— Sou cubana, descendente de escravizados e conquistadores — retorquiu ela. — E não sou a única ignorante sobre como as coisas funcionam em outros países. O que é verdade aqui não é verdade em todo lugar.

Daniel soltou um longo suspiro. Ele parecia cansado — tão cansado que ela sabia que as próximas palavras que sairiam da boca dele seriam um pedido de desculpa.

— Desculpe — disse ele. Ela estava pronta para aceitar, mas ele continuou: — Desculpe se você acha que linguagem e cultura criam laços mais profundos do que as jornadas em comum que nossos ancestrais fizeram através do Atlântico, abarrotados nos porões imundos de navios. Isso também é uma linguagem. Se não sabe falá-la ainda, então tem sorte. Se você se recusa a aprender, então não tem nada a tratar com a Liga da Lealdade.

Janeta sentiu a indignação e a vergonha a cobrirem como a sujeira que se formara sobre ela durante a viagem, e uma frustração familiar a preencheu. Sua família dissera quem e o que ela era tantas vezes que se tornara um reflexo: "Você é uma Sanchez. Isso é tudo o que importa". Quando saíra de Palatka, seguindo as instruções de Henry e procurando os membros da Liga da Lealdade, disseram para ela: "Você é negra, e isso é tudo o que importa". E isso quando as pessoas se davam ao trabalho de dizer gentilmente. Por que aquilo precisava importar? Por que ela não poderia ser apenas Janeta Sanchez?

Ainda assim, não conseguia evitar pensar nas palavras que Daniel dissera mais cedo.

"Escravizados que cozinhavam para eles. Que limpavam para eles. Com os quais fodiam."

Sua mãe fora escravizada. Seu pai fora dono dela. Sim, ele se casara com ela depois da morte da primeira esposa, mas o que ela fora para ele antes disso? Seus pais falavam pouco sobre a época anterior ao casamento, embora sua mãe não tivesse vergonha de se vangloriar sobre como conquistara Don Sanchez. A *forma* que se dera o cortejo não fora explicada, e Janeta embelezara as coisas em sua imaginação. Sua mãe fora linda e seu pai se encantara com tal beleza.

Mas naquele exato momento Janeta pensava como fora incutido que ela *não* era como aquelas pessoas que trabalhavam dia a dia para eles. Que sua mãe não era como eles. Que Janeta nunca deveria se confundir com eles, pois estavam abaixo dela. Como um cortejo começara quando sua mãe estivera presa à casa de seu pai, quando escravizados não podiam ir embora nem reclamar sobre o tratamento que recebiam sem serem punidos? Como sua mãe fora diferente, e como o pai dela soubera daquilo?

Escravizados com os quais fodiam.

Janeta não queria pensar sobre aquilo. Nunca quisera. Seu pai amara sua mãe e sua mãe o amara. *Eso fue todo.* Ela não poderia imaginar nada tão impróprio quanto o que Cumberland insinuara. Mas ela não conseguira imaginar muitas coisas até partir de Palatka.

Eles andaram em silêncio e logo começaram a encontrar mais pessoas na estrada. Escravizados. Escravizados que haviam escapado.

Os escravizados domésticos nunca haviam falado sobre seus sentimentos com Janeta, obviamente, e ela nunca perguntara. Quando sua mãe fora viva, dissera à filha que garantia que eles fossem tratados bem, porque ela já havia sido uma deles, contudo, se ela tinha algum amigo entre aqueles escravizados, não mencionara. Sempre disseram para Janeta que os escravizados na plantação de Santiago e na casa dela eram felizes. Mas, se eles eram felizes, por que houvera armas para prevenir revoltas? Por que houvera um tronco de açoite? Janeta já fora curiosa sobre aquelas coisas, mas em algum momento apenas aceitara que as coisas eram assim.

Parece que superestimei sua inteligência.

Os pensamentos dela estavam confusos quando uma área povoada com tendas e pessoas surgiu à vista.

— Bem-vinda a Cairo — disse Daniel, enfim, falando depois de ignorá-la por quilômetros. — Se quer se educar, não poderia encontrar lugar melhor para se instruir.

Ela desviou o olhar de Daniel e observou as pessoas ao passarem: dois homens conversando com bom humor; um pai jogando o filho para o alto e o segurando quando caía. Uma menininha sentada no chão, chupando o dedão enquanto lágrimas escorriam por seu rosto.

Ela afastou o olhar. Precisava focar. Não precisava se educar; precisava de informação e, com sorte, uma linha de telégrafo.

— Por que estamos aqui? — perguntou ela.

— A pergunta que todo homem moderno faz a si mesmo — respondeu Daniel, com o olhar fixo à frente.

Ele era um homem grande e as pessoas saíam de seu caminho, como se pudessem sentir a raiva contida dentro dele. Ou talvez eles sentissem o mesmo, uma vez que todos tinham sido escravizados recentemente — por que não estariam com raiva? Por que ela não pensara que eles *deveriam* estar?

— Cumberland.

Ele não respondeu. Será que estava suspeitando de algo? Seria uma armadilha?

Janeta olhou ao redor, inquieta. As pessoas os observavam enquanto eles caminhavam, obviamente analisando suas roupas, seus sapatos e seu comportamento. Ela sentiu um arrepio de medo. Disseram por anos que ela era diferente dos escravizados porque era civilizada e não dava para confiar que eles não agiriam como selvagens. Algum deles a machucaria? Como papi sempre a alertara?

Ela logo se sentiu mal, não pelo medo, mas pelos pensamentos que preenchiam sua cabeça — pensamentos que foram propositalmente forçados a entrar na mente dela pela família e pelos amigos que diziam estar tentando mantê-la segura. Para aquilo, eles apontaram repetidas vezes como as pessoas que pareciam com ela eram menos do que capazes de controlar seus impulsos ou cuidar de si mesmos, como crianças.

Ela olhou para o povo ao redor. Uma mulher sorriu na direção dela. Uma menininha se escondeu atrás da saia da mulher e espiou em volta com cautela antes de ser erguida nos braços de um homem que provavelmente era seu pai, a julgar pelos sorrisos idênticos. Janeta não achava *realmente* que aquelas pessoas a machucariam, achava? Sua mãe já trabalhara nos campos, como muitos diante dela. Janeta podia ter sido filha de qualquer uma daquelas pessoas, podia ter...

Ela colidiu diretamente com as costas de Daniel, e ele se virou e olhou para baixo a fim de encará-la. Ela esperava ver irritação, mas ele estava inexpressivo. Janeta conseguia sentir como o corpo dele estava tenso logo antes de se afastar dele.

— Desculpe — disse ela.

Estava tomada por emoções, mas ele parecia prestes a estourar como um coco sob um facão.

Janeta esticou o braço e tocou o dele. Daniel se eriçou, mas não se afastou.

— É difícil para você? Estar aqui?

— Você e suas malditas perguntas — grunhiu ele.

— É isso o que faz uma detetive — contrapôs ela com suavidade. — Faz perguntas e tenta ajudar se puder.

— Você é mesmo péssima nisso, se essas são as perguntas que escolhe fazer — resmungou ele.

Daniel estava certo: ela não estava fazendo as perguntas que deveria. Com certeza não. Ainda não tinha nada para oferecer a Henry, mesmo se encontrasse um meio de transmitir informações. Pior, ela não se sentia mal por aquilo. Devia estar se apressando para conseguir algo para ele, qualquer coisa para ajudar seu pai, mas Janeta descobriu que só de considerar a ideia de contar a ele sobre Daniel, ou sobre os outros detetives que conhecera, tinha vertigem.

Papi, me desculpe.

— Sim, é difícil — bufou ele. — Porque a maioria dessas pessoas sofreu muito, muito mais do que sofri, e por muito mais tempo. E ainda assim, elas riem e sorriem. Elas ainda têm esperança. É um lembrete da minha própria fraqueza.

Fraqueza? Era assim que Cumberland se via? Daniel colocou a própria mão sobre a dela e, por um momento, Janeta achou que ele aceitaria o consolo e ficou estranhamente contente com aquilo. Mas então ele a afastou com firmeza e soltou a mão dela.

— Também é um lembrete da minha determinação — adicionou ele. — O destino de todas essas pessoas jaz nas mãos da União. Precisamos ajudar as forças do Norte a vencerem, Sanchez, porque nossa perda é maior do que a perda de uma nação. É uma condenação para nosso povo.

Janeta sentiu a garganta se apertar. Ele estava a olhando fixamente, os olhos castanhos refletindo a convicção intensa. Por um momento, ela teve certeza de que ele sabia, de que estava simplesmente brincando com ela. Se não estava, como ele podia abalar a resolução dela com tanta facilidade?

— Sim — concordou ela. — Precisamos libertar aqueles por quem temos carinho do aprisionamento injusto. Este é meu único propósito.

Ele manteve o olhar nela e Janeta descobriu que ela não conseguia desviar os olhos, embora quisesse. Havia uma agitação no olhar dele, e algo que a capturou rápido e dificultou a respiração. Daniel dissera que não acreditava em nada, mas havia um propósito nele que negava aquela alegação. Um impulso que não podia ser alimentado apenas pela raiva vazia. Ele era um detetive porque queria fazer o bem por seu povo. O povo dos dois? E ela fora mandada para impedi-lo de fazer tal bem.

— Ei, Cumberland!

Janeta e Daniel viraram o olhar na direção do homem alto, esguio e de pele marrom-escura que se aproximava deles.

— Amigo seu? — perguntou ela com leveza, tentando dissipar a intensidade do olhar de Daniel que se demorava em sua mente e a dor no coração sobre seu próprio caminho.

— Não, aquele é Lake, um dos homens de Furney Bryant. Antes que pergunte, Bryant é alguém que tem muitos ouvidos pela área. Estes ouvidos coletam informação e a passam para nossos detetives e aqueles de outras redes de comunicação. Lake mandou avisar que ele tinha uns visitantes que poderiam me interessar.

Janeta guardou aquela pequena informação com atenção. Era algo sólido que ela poderia passar para a frente, mesmo que aquilo parecesse como outro tipo de traição. Ela estava confusa, mas não poderia deixar seu propósito se perder naquela incompreensão. Ajudar a destruir a Liga da Lealdade era a missão dela, e seu fardo, e aquilo seria feito. Ela não trairia o pai pela segunda vez pela estima de um homem.

Ela era uma Sanchez.

CAPÍTULO 7

DANIEL SEGUIU LAKE ATÉ A tenda, forçando-se a não olhar as pessoas ao redor. Ele certamente não tinha aversão à visão de seu povo: eles eram os mais belos do mundo em sua mente. Mas, às vezes, olhar para as condições decrépitas nas quais a América tinha os forçado a viver despertava em Daniel uma fúria que ele mal podia conter. Naquele momento em particular, sentiu algum consolo em andar entre eles — os únicos que poderiam compreender pelo que ele passara, ainda que não seu tormento pessoal.

Negros de todas as tonalidades, dos tão claros quanto Lincoln até os mais escuros quanto o próprio pai de Daniel, perambulavam pelo acampamento. Tendas eram erguidas, e roupas sujas eram lavadas e estendidas nos varais improvisados. Alimentos eram cozidos em fogueiras. Era a maior normalidade possível para pessoas deslocadas em uma terra que não dava a mínima para o bem-estar delas quando não se alinhava com os bolsos dos ricos.

Algumas daquelas pessoas haviam escapado de formas ousadas, esgueirando-se das plantações na calada da noite e sendo guiadas apenas pela Estrela do Norte e pela esperança inescrutável que o astro inflamava nelas. Outros trabalhavam nos campos quando as forças da União chegaram às suas cidades; eles soltaram os arados, juntaram o que puderam e seguiram os soldados de farda azul em direção ao desconhecido. Daniel sentiu a garganta secar só de pensar naquilo. Quanta confiança. Quanta *coragem*. Deixar tudo o que conheciam para buscar uma vida melhor do que a que tinha sido dada para eles; de dar aqueles primeiros passos até um abismo de mudanças.

Ele observou um casal rir alto, o homem jogando a cabeça para trás, e Daniel sentiu a risada como um ferrete, marcando-o como alguém destruído para sempre. Ele se perguntou como era passar pelas privações que aquelas pessoas haviam vivenciado e ainda conseguir rir com todo o corpo, inclusive com a alma. Perguntou-se por que eles eram capazes e ele ainda não, e talvez nunca fosse. Daniel não ressentia a resiliência deles; se censurava por não a ter.

Patético. Fraco. Por que a liberdade foi dada a você quando tantas pessoas melhores ainda trabalham acorrentadas?

Ele sentiu a respiração começar a falhar e cerrou a mão esquerda em um punho, afundando as unhas desalinhadas na palma para convocar uma dor que o distrairia da própria mente traidora — uma dor sobre a qual ele de alguma forma tinha controle.

A pressão aguda chamou sua atenção, mas ele precisou de todo o foco para não ceder ao pânico repentino que tentava dominá-lo. Daniel estava tão cansado.

Ele queria que tudo parasse. As conversas, as risadas, as batidas em seu peito e a voz baixa e feia em sua mente. Embora existissem muitos caminhos possíveis de paz para a União e para as pessoas ao redor dele, havia apenas um para ele. Daniel não daria as mãos a uma esposa diante de uma fogueira ou veria os filhos crescerem. Não estaria naquele mundo por muito tempo, daquilo tinha certeza. Quando sua hora chegasse, fosse por sorte ou um compromisso marcado, esperava poder dizer que tinha feito o máximo para tornar o mundo melhor para aqueles que viveriam depois dele.

— Por aqui, Cumberland — orientou Lake.

Ele afastou a fenda da tenda e conduziu Daniel e Janeta para dentro do espaço largo. Daniel estacou quando viu dois grandes homens brancos sentados à mesa no meio da tenda. Seu primeiro instinto foi de os analisar, formular um plano de ataque e defesa. Havia alguns rifles em cima de um baú do outro lado dos homens. Ele poderia virar a mesa deles e...

— Estes são aliados nossos — explicou Lake, depressa, e Daniel assentiu, diminuindo o nível de ameaça deles em sua mente.

Contudo, não baixou a guarda. Aliados não significava que eles não eram perigosos.

Ele observou o corte de suas casacas e camisas, que eram diferentes das que um homem americano comum usaria. Inferno, até mesmo o estilo de cabelo deles não era exatamente ao que ele estava acostumado.

Ambos os homens se levantaram.

— *Zdravstvuyste* — disse um dos homens e o outro seguiu o exemplo.

Daniel enfim compreendeu que aqueles eram os russos.

A mensagem de Bryant falava que tinham encontrado informação russa, mas Daniel não sabia que eles tinham feito contato com agentes de fato.

— Cumberland e Sanchez, conheçam Sokolov e Vasiliev. Eles são emissários *passeando* pelos Estados Unidos.

A forma que Lake disse *passeando*, com apenas um pouco de ênfase, chamou a atenção de Daniel.

— Escolheram uma época perigosa para viajar — comentou Daniel, arrancando um riso de um dos homens.

— Sim, queríamos ver por nós mesmos o que estava acontecendo. Temos que relatar para nossos compatriotas que estão curiosos sobre este país construído sobre a premissa de liberdade, mas tão empenhado na escravidão.

— É uma viagem de lazer, então? Bisbilhotar as ruínas da democracia americana, depois voltar para casa e contar para seus amigos? — Daniel não conseguiu suavizar o ataque no tom dele.

Não gostava daqueles homens e tinha certeza de que os poloneses achariam o suposto apoio à liberdade divertido.

— Esta é a primeira vez que visitam o país? — perguntou Janeta, com a voz doce como mel. — Pode ser meio intenso, entender esses americanos.

Os homens riram, relaxando um pouco, e Daniel a encarou. A expressão dela estava alegre e receptiva, seu sorriso era atrativo. Ela enrolou a língua ao falar o *r* em "americanos", deixando evidente que também estava em um território estrangeiro. Ela encontrara a melhor forma de tranquilizar os homens, assim como fizera com os outros detetives. Janeta fizera duas protetoras leais jogarem ameaças não tão brincalhonas assim na direção de Daniel antes de a deixarem com ele.

Ela teria sido uma ótima advogada. Em vez disso, eles estavam em uma tenda fria, lidando com estranhos possivelmente hostis, tudo por um país que ria da ideia de qualquer um dos dois argumentando em uma sala de tribunal.

Os homens tinham voltado a se sentar. Vasiliev se acomodou com mais firmeza no assento para olhá-la, o interesse cintilando nos olhos dele.

— E de onde você é, adorável srta. Sanchez?

— Cuba — respondeu ela com orgulho. A boca dela se enrolou em torno do *u* de um jeito distinto e Vasiliev pareceu apreciar aquilo, a julgar pela forma que o olhar dele se demorou nos lábios dela. Janeta os lambeu, apenas uma escapada rápida da língua rosa, e Daniel desviou o olhar antes de ela continuar a falar. — Minha família veio para os Estados Unidos anos atrás, mas ainda é uma terra a ser descoberta para mim. E vocês?

— Ah, viemos em um navio para apreciar as paisagens mês passado e acidentalmente causamos alguns problemas — explicou Sokolov.

— Sim — confirmou Vasiliev. — Quando nosso navio se demorou no porto de Nova York, muitos o viram como uma ameaça aos britânicos e franceses, que estão sempre metendo os narizes grandes onde não são chamados. Bem parecidos com ratos.

Sokolov deu de ombros.

— A Rússia, é evidente, não declarou tal apoio, mas se é assim que as pessoas desejam interpretar, então suponho que não há muito o que se fazer.

Ambos os homens sorriram com malícia. Janeta também sorriu, seguindo o exemplo, mas Daniel não achou nada de divertido na situação. A demonstração de interesse nada sutil da Rússia fora uma dádiva para o Norte, com certeza, mas era bastante irritante ter o futuro de seu país dependendo dos políticos acima e abaixo da divisa Mason-Dixon. Ver agentes de poderes estrangeiros tratarem aquilo como um jogo não era nada engraçado.

— E se as pessoas fizeram suposições como essa, elas talvez tenham compartilhado informações com vocês? — perguntou Daniel, indo direto ao ponto.

Ou aqueles homens poderiam ser úteis para ele ou estavam desperdiçando seu tempo, e ele já tinha muito com o que lidar cuidando de Janeta.

— Talvez elas tenham — insinuou Vasiliev, com um sorriso enigmático.

Os dois homens viraram um para o outro e começaram a falar em russo, sem se importar em abaixar a voz.

Daniel sentiu a onda de raiva dentro de si e abriu a boca para falar, mas Janeta passou à frente dele, com as mãos juntas.

— Estariam dispostos a compartilhar tais informações? — perguntou ela, docemente, interrompendo-os e impedindo que Daniel aplicasse o próprio método de questionamento. — Estou *tão* interessada em como as forças europeias se posicionaram, como gatos vendo dois camundongos brigando e decidindo se atacam ou não.

— E às vezes o gato não sabe, mas está sendo observado por um urso — adicionou Vasiliev, tomando um gole de seu cantil.

— Ursos enxergam bem — opinou Sokolov. — Eles também são muito pacientes.

Daniel revirou os olhos. Aquela conversa sem sentido era o motivo de ele preferir a tarefa difícil de localizar os Filhos da Confederação. Daniel se arrastara pela noite enquanto os caçava e não fora preciso cordialidades com homens que o achavam sub-humano. Ele com frequência conseguia dispensar as palavras e falar com os punhos. Socar rebeldes não era exatamente o protocolo da Liga da Lealdade, mas alguém precisava mostrar para aqueles homens como era sentir medo, e Daniel se voluntariaria para aquela tarefa toda vez.

— Estão dispostos a compartilhar o que viram e ouviram? — Ele tentou soar neutro ao trazê-los de volta à tarefa em mãos. — Comecei a seguir essa pista porque um membro de um grupo espião de rebeldes foi encontrado carregando consigo a correspondência com um agente britânico.

Os russos lhe lançaram um olhar interessado.

— Ele foi questionado? — perguntou Sokolov.

— Homens mortos não respondem a perguntas — afirmou Daniel com franqueza. Janeta olhou na direção dele. Aquilo era medo nos olhos dela? Não importava. Ele lhe contara quem era e do que era capaz. Ela, de todas as pessoas, não deveria manter ilusões sobre Daniel, dado a missão e a proximidade dos dois durante o futuro próximo. — Mas algumas vezes eles deixam informações valiosas para trás. A mensagem discutia um movimento para pressionar a causa sulista com diplomatas europeus no solo estadunidense, enquanto seus compatriotas aplicavam pressão no exterior.

Sokolov concordou.

— Isso combina com os boatos que temos ouvido. Estamos dispostos a compartilhar o que sabemos. Na verdade, procurávamos especificamente detetives negros para fazer isso.

A expressão de Daniel deve ter denunciado algo, porque o homem ergueu as mãos como se para evitar dúvida.

— Buscamos negros por dois motivos: porque todo agente sabe que, quem quer boa informação nesta guerra, deve conseguir com os negros. E, se tem informações delicadas, também se passa para os negros.

Vasiliev se mexeu na cadeira.

— Ninguém mais tem tanto em jogo nesta guerra. A Liga da Lealdade, Furney Bryant, um escravizado na estrada: todos eles têm interesse em impedir que a informação chegue às mãos erradas, certo? Se o Norte perder, todas essas pessoas vão voltar aos grilhões.

O homem falou aquilo com um sorriso bizarro, estendendo as mãos como se estivessem presas. Daniel queria muito ter a sensação da mandíbula de Vasiliev contra seu punho esquerdo.

— Não vejo o que há de tão divertido nisso — comentou Daniel com calma.

— Não há nada de divertido — respondeu Sokolov, franzindo as sobrancelhas. — Ainda estamos nos recuperando de uma guerra que tomou muitas vidas de nosso povo, e nosso país não está ansioso para entrar em outra por causa da boca grande de alguns que diz que estamos mais envolvidos do que de fato estamos. Somos observadores neutros que por acaso sabem uma coisa ou outra, e que talvez não sejamos tão neutros diante da ideia de a França ou a Grã-Bretanha ganhar poder por meio de qualquer aliança. Se acontecer de ouvir qualquer coisa de nós, a informação é destinada a você e apenas você.

A ameaça na voz dele foi inconfundível.

Daniel concordou com a cabeça, num aceno curto.

— Como disse, temos um incentivo bastante forte para impedir que qualquer informação chegue às mãos erradas.

Ele encarou Janeta, que estava olhando para a frente com uma expressão tensa. Ela se virou para olhá-lo, em alerta; então relaxou o rosto.

— Sim, podem confiar em nós e julgaremos se essa informação é realmente tão valiosa quanto parecem achar — garantiu ela.

Ele tinha que admirar como ela usava da indiferença para gentilmente incentivar os homens.

Os russos se entreolharam.

— Bem, então — começou Sokolov. — Ouvimos aqui e ali que há um cônsul britânico no Mississippi com laços fortes com os Filhos da Confederação. Presumo que conheçam esse grupo.

Daniel lutou contra o tremor que reverberou na base de seu pescoço, pronto para descer pela coluna. Ficou ali, uma terrível vibração doentia com a qual ele estava muito familiarizado.

— Filhos da Confederação — repetiu Janeta, devagar.

A incompreensão nos olhos dela não parecia forçada, ainda que qualquer detetive devesse ter ouvido falar deles.

Os russos olharam para ela, e Sokolov fez uma careta.

— Homens muito maus. Fique contente por não ter atravessado o caminho deles.

Os dois homens começaram a conversar em russo de novo, ignorando-os. Daniel tentou buscar os olhos de Janeta, mas ela estava passando a mão pelo cabelo, parecendo mais interessada na aparência do que no que quer que os homens estivessem dizendo.

Ele soltou um suspiro.

Vasiliev tomou um gole do cantil e estalou os lábios.

— Esse cônsul deixou bem nítido que tem como persuadir o Parlamento, considerando que ele é parte da aristocracia, um lorde ou um visconde ou algo do tipo.

Os britânicos já eram contra o secretário Seward e por isso não eram muito favoráveis ao Norte, mesmo com eles supostamente lutando para acabar com a escravidão em todo lugar — depois de terem enchido os cofres com a prática, óbvio. Daniel não gostou de os rebeldes terem um contato direto com o Parlamento, que só reforçaria a desinformação enviada para a imprensa britânica e os incidentes que ameaçavam a reputação da União. O Caso Trent, no qual dois agentes britânicos foram presos a bordo de um navio confederado, quase levara o Norte à guerra contra a Inglaterra, e os dois países ainda estavam pouco à vontade. Daniel achara que a mensagem que ele tinha descoberto era idealismo dos Filhos, mas já não estava tão certo disso.

— Antes de encontrar essa mensagem, eu tinha ouvido que Chattanooga e Vicksburg colocaram um fim aos boatos sobre os europeus intervirem — comentou Daniel com cautela. Ele sabia que aquilo era falso, mas se perguntava o que aqueles homens tinham ouvido. — A ideia de uma reunião, acontecendo aqui na América, mostra uma coragem que eu não esperava, mesmo se esses boatos fossem falsos.

— Bem, sempre se deve pensar qual o propósito de um boato. Ocasionalmente, é o de desviar a atenção da verdade — respondeu Vasiliev com displicência. — O Sul vai sem dúvidas perder porque eles não têm munição nem homens, é o que dizem. Mas e se alguém provesse as coisas que lhes faltam? Bem. Talvez eles não perdessem.

— *E* — complementou Sokolov, dando peso à palavra —, tenho certeza de que sabe sobre a viagem do presidente Davis. Ele está no momento saindo de Atlanta a caminho do Sul, se o itinerário dele estiver correto.

Daniel sentiu a barriga se retorcer.

— Davis saiu de Richmond? Por quê? — perguntou Janeta, claramente surpresa.

Daniel também estava. O presidente estivera escondido em Richmond havia um tempo, tanto para sua segurança quanto, de acordo com as fontes de Daniel, por uma doença crônica.

— A moral nos Estados Confederados da América está baixa, minha querida. As pessoas perderam a confiança, e não sem um bom motivo! Se soubesse as coisas que sabemos… — Vasiliev riu e puxou o colarinho da camisa. — Tudo o que direi é que ele está tentando reunir as tropas antes de haver um motim. Ou mais motins, uma vez que os homens do exército de Bragg no Tennessee já pediram pela substituição dele.

— E as eleições estão chegando — acrescentou Daniel, tentando se recolocar na conversa.

Naquele momento, os russos estavam com a vantagem, mas ele queria pelo menos lhes mostrar que sabia das coisas.

Vasiliev assentiu.

— Quando se enche seu gabinete com homens que não são qualificados para o emprego, exceto pela amizade e suposta lealdade, mesmo seus apoiadores mais leais podem precisar ser persuadidos para votar em você de novo. Então, o presidente do Sul está em viagem.

Daniel sentiu o corpo pesado de repente, mas a mente estava frenética. Davis estaria longe de sua costumeira rotina de segurança de Richmond. Elle fora posicionada naquela cidade — fora onde ela conhecera o marido. Outros detetives da Liga da Lealdade estiveram por lá também. Tão perto da casa de Davis. Eles provavelmente passaram por ele durante suas explorações. Daniel sempre se perguntara por que eles simplesmente não…

— Ah, esses americanos e suas políticas — comentou Sokolov. — A dor de crescimento da juventude.

— Davis vai se encontrar com esse cônsul?

Daniel percebeu que as mãos estavam suadas. Ele as fechou em punhos quando uma lembrança o atacou.

"Agora você tá no país do Davis, garoto. Aqui embaixo, não mimamos nossos escurinhos. Você vai trabalhar e, se não gostar? Bem, é melhor se acostumar, só isso que vou te dizer."

O feitor de Daniel, Finnegan, fora pobre e sem formação. Mas, com o chicote na mão, ele tivera tanto poder sobre Daniel quanto qualquer homem branco no Congresso. E, mesmo se Finnegan não soubesse daquilo, ele sentia. Por isso que chutava e batia nos negros da plantação sem provocação ou motivo. Por isso que inventava ofensas onde não houvera e exigia que homens, mulheres e crianças negros se curvassem para ele — e pior. Por isso que se revoltara contra as tentativas de Daniel de falar com ele de homem para homem. Porque ele não nascera mais rico do que um negro pobre, mas, com o poder que lhe foi dado sobre os escravizados naquela plantação, ele se tornara um deus. Que as pessoas presumissem que uma nação de rebeldes repletas de homens como Finnegan desistiria de tal poder mostrava a ingenuidade que levara os Estados Unidos ao apuro daquele momento.

Vasiliev se mexeu na cadeira.

— Pode ser que Davis e alguns homens importantes dos Filhos da Confederação estejam planejando um encontro. Esta seria uma reunião bem interessante, não?

Daniel sentiu o coração bater mais rápido. A alta cúpula dos Filhos da Confederação era tão protegida quanto a da Liga da Lealdade. Se ele conseguisse tal informação, seria uma benção para os Quatro Ls. Se conseguiria chegar *perto o bastante* para coletar a informação era outra história.

— Onde exatamente no Mississippi podemos encontrar o cônsul? — Janeta parecia estar sempre preparada com as perguntas.

Os dois homens conversaram em russo de novo e riram, baixinho, de um jeito insinuativo.

— Hum. O que está disposta a dar para mim por uma informação tão valiosa? — Vasiliev sustentou o olhar de Janeta e sorriu com lascívia.

Daniel deu um passo para perto dela. Seu instinto era bloqueá-la da visão dos homens, mas ele se conteve pouco antes de fazer aquilo. Não faria o mesmo por um detetive homem. Além do mais, precisava ver como ela lidaria com a situação.

Ela piscou para os homens de modo charmoso e Daniel franziu a testa. Se ela quisesse flertar além de ser um fardo, eles precisariam seguir caminhos diferentes o quanto antes, Dyson que se danasse. Daniel não queria ter que tomar mais conta dela do que já estava fazendo.

— Isso depende, sr. Vasiliev — respondeu Janeta com um grande sorriso. Seus dentes pressionaram o lábio inferior por um momento e Daniel se sentiu fisicamente abalado com aquilo, embora ele não fosse pensar no motivo. — Suponho que eu possa lhe dar muitas coisas, mas, se continuar olhando para mim desse jeito, a única coisa que receberá será a ponta afiada da minha lâmina.

O russo cuspiu uma risada. Janeta não. Em vez daquilo, ela colocou a mão no bolso e puxou de lá uma faca fina e achatada, adequada para ser lançada. Ela a segurava com um controle delicado, junto com um ar de quem aguardava a resposta com tédio, como se pouco importasse se precisasse o fazer sangrar.

A pontada de irritação que perpassara Daniel se transformou em divertimento e algo que deixou seu pescoço um pouco quente. Ele havia subestimado a destreza dela; talvez houvesse descoberto aquilo se não tivesse passado a maior parte do tempo deles juntos focado na irritação que ela lhe causava. Planejara ignorá-la porque ela parecia inapta para a tarefa, mas ele teria que reavaliar. Ela ainda era inexperiente, mas algumas pessoas tinham talentos inatos e, se fosse o caso ali, ele estaria prestes a ter uma jornada inteiramente diferente.

Sokolov assentiu e ergueu as mãos, como se reconhecesse que ela tinha justificativa para a ameaça.

— Eu gosto disso. Sim, gosto muito disso. Mas não gosto de sangue, então vou me desculpar.

— Desculpas aceitas — respondeu Janeta com graciosidade, embora continuasse pressionando os lábios em uma linha impassível e seu olhar fosse sério.

Ela guardou a faca.

Sokolov falou:

— Uma cidade chamada Enterprise. O nome dele é Roberts. Brendan Roberts. Não podemos ir nós mesmos depois do incidente com os navios. Russos levantariam suspeitas e, bem, somos o que somos.

— Suponho que *poderíamos* passar por aristocratas, como aquele polonês fez para a União — pronunciou Vasiliev, gargalhando. — Dá para acreditar nesses sulistas? Tão ávidos por legitimidade que trataram um polonês como rei porque ele disse que era um duque.

Sokolov riu com desdém, antes de se virar de novo para Daniel e Janeta.

— Não faremos isso, embora pudesse ser divertido. Mas talvez vocês encontrem alguma informação útil e, se for relevante para nossos interesses mútuos, garantam que o cônsul russo na capital seja informado.

— Posso fazer isso — confirmou Daniel, distraído.

A cabeça dele já estava girando: eles teriam que ir ao Mississippi sem ser capturados, encontrar aquele Roberts e descobrir como se introduzir na vida dele.

— Vamos pensar em algo. Obrigada por nos confiar informações tão valiosas — proferiu Janeta.

As coisas seriam diferentes de quando Daniel viajava sozinho. Ele teria que levar Janeta em consideração. Teria que pensar por dois e não conseguiria apenas dormir de qualquer jeito, ou lidar com os elementos mais desconcertantes. Ou talvez sim. Se ele pudesse se livrar dela antes de chegar à Enterprise, não precisaria se preocupar com Janeta se metendo em problemas.

— Obrigado por sua ajuda, cavalheiros — enunciou Daniel.

Daniel e Janeta caminharam em silêncio depois de sair da tenda. A expressão dela estava contemplativa.

— O grupo que eles mencionaram — comentou ela, baixinho. — Os Filhos da Confederação. Eles são homens maus mesmo?

— Não sabe nada sobre eles? — perguntou ele, irritado.

Daniel estava cansado, mas também ansioso com a jornada adiante, e aquilo ia além da ignorância. Uma detetive, novata ou não, ser tão desinformada era pura negligência.

— Não — confessou ela, e depois soltou um suspiro. — Bem, ouvi o nome deles sendo mencionado. Mas não sei quem são e o que fazem. — Ela o encarou, e ele viu sua humilhação por ter que perguntar aquilo. — Por favor. Sei que deveria ser mais consciente, mas você está me treinando. Me diga quem são eles.

Como ela tinha chegado tão longe sem saber quem eram os Filhos da Confederação era um mistério, mas ela parecia sincera o suficiente para Daniel sentir uma pontada de algo como pena por ele ser a pessoa a contar para ela sobre tal maldade. Era possível que ela estivesse apenas tentando forçar uma conversa; ele vira com bastante nitidez que ela era excelente em persuadir as pessoas a seu favor. Ele contaria; se Janeta não soubesse mesmo, estava prestes a descobrir com o que exatamente eles estavam lidando.

— "Homens maus" foi um eufemismo — iniciou Daniel. — Assim como existem forças como a Liga da Lealdade, que conspiram para levar o país em direção à reunificação e à liberdade, existem outras que levam ao caos e à escravidão para seus próprios objetivos egoístas. Os Filhos mostram como uma crença passional pode ser distorcida: enquanto a Confederação pelo menos finge que seu verdadeiro objetivo é a liberdade financeira, os Filhos impulsionam a ideia no centro deste desejo por liberdade: que a raça branca é superior. Qualquer pessoa ou instituição que desafie essa ideia é um traidor que precisa ser esmagado. Eles se glorificam por causar dor e caos, e seus inimigos declarados são o Norte e os negros. Tenho os rastreado e até encontrei alguns, mas a maioria das pessoas foge para o outro lado quando ouve que o grupo está por perto.

— Mas... — Janeta sacudiu a cabeça. — Não compreendo.

— Olha, por que você se juntou à Liga da Lealdade? — perguntou ele de forma concisa e a cabeça dela se virou depressa na direção de Daniel.

Por um segundo, ela pareceu ter medo, e o medo mexeu com os nervos dele, que já estavam tensos. Ele não teria pena dela; Janeta se candidatara para aquele trabalho assim como ele, e ela tinha que saber o que aquilo implicava.

— Você me disse que se juntou por causa da abolição e justiça ou alguma bobagem semelhante. Os Filhos? Eles não dão a mínima para a justiça. Querem que este país seja um lugar onde homens como eles sempre tenham poder absoluto. São motivados por ódio e desprezo por qualquer pessoa que não seja um deles.

— Entendo — murmurou ela, baixinho, olhando para o chão.

— Entende mesmo?

Daniel sentia uma irritação incompreensível na presença de Janeta, pela forma que ela andava tão perto dele, como se ele fosse um amigo, e fazia perguntas para as quais ela devia saber as respostas, dada a situação deles.

Ele de repente se sentiu cansado e frustrado, pensando nos dias e talvez semanas com mais daquela besteira; quando conversara com Logan, ele concordara em ficar com ela por quanto tempo precisasse para a missão se provar frutífera. Com a informação recém-descoberta deles, parecia que ele ficaria preso a ela por mais tempo do que previra, e em territórios mais perigosos do que imaginara.

— Seu russo, sua única suposta habilidade, foi de grande ajuda — disparou ele, sabendo que as palavras eram duras e desnecessárias, e serviam apenas para colocar a raiva para fora. Aquilo não o impediu de continuar: — Lenta, ignorante e nem ao menos conseguiu qualquer coisa útil para nós. Você tem sido uma benção para esta investigação.

Janeta não olhou para ele, mas Daniel queria que ela o fizesse, assim poderia comandá-la a reconhecer o que ele dissera desde o começo.

Agora você entende? É por isso que ninguém quer ser parceiro do Cumberland.

— A informação que nos deram não foi confirmada. Estão nos usando como cobaias porque não fazem ideia do que esse homem em Enterprise é capaz — explicou ela com calma. — Eles receberam relatos divergentes e querem que averiguemos se ele está mesmo do lado da Confederação e, se estiver, querem saber o que está tramando e o que isto significa para a Europa. Querem saber por que um membro da aristocracia britânica se colocaria em uma cidade pequena do Mississippi e se as promessas do homem estão sendo feitas para aqueles que poderiam prejudicar os interesses dos russos. — Janeta o encarou. — Também queriam saber se você estava me comendo e se estaria disposto a compartilhar.

Talvez ela esperasse que as palavras o chocassem mas foram os olhos dela que o fizeram. Eles estavam escuros pela raiva e por uma frustração que ressoavam profundamente dentro dele.

— Por que você não...

— Por que eu não o quê? Revelei a única vantagem que tinha sobre eles e deixei que soubessem que eu podia entender? Achei que era para você estar me treinando, detetive Cumberland. Talvez você não seja tão sábio quanto imagina.

Com aquilo, ela andou a passos largos na frente dele, caminhando até Lake, com um sorriso no rosto como se a conversa entre ela e Daniel nunca tivesse acontecido. Daniel subestimara tanto a Janeta quanto aos russos, distraído pela notícia que eles deram. Ele precisava tomar mais cuidado. Senão, o plano se formando em sua mente estaria arruinado antes que pudesse elaborá-lo. E, embora estivesse inteiramente disposto a morrer, naquele momento ele tinha um propósito definitivo, que o esperava em Enterprise.

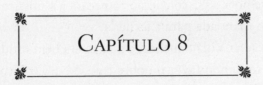

Capítulo 8

Janeta queria privacidade, mas aquilo não estava disponível no acampamento de contrabando. Muitas coisas estavam indisponíveis, coisas que pensara serem normas até partir em sua missão cheia de culpa e falta de visão.

Ela continuava reproduzindo as palavras dos russos na mente. Não a lascívia (aquilo era bastante comum), mas a suposição que fizeram de que a informação estaria segura porque o sigilo beneficiava Janeta e Daniel, simplesmente pela cor de suas peles. Mal sabiam eles que a beneficiaria mais contar.

"Seria uma pena se ele e suas irmãs descobrissem que ele foi preso por sua causa..."

Henry estivera certo, era óbvio. Sua família ficaria devastada se descobrissem que a falta de cautela dela levara ao aprisionamento do pai, e Janeta sempre soubera que o lugar dela com eles era tênue depois da morte de mami. Ela não poderia arriscar. Mas, quando fora até Henry para pedir ajuda, ela esperara receber apoio, não ser mandada para o grosso da guerra a fim de conseguir a informação de que ele precisava. Janeta sabia que a penitência era necessária para a reparação, no entanto, e faria qualquer coisa por aquilo.

"Não quer que os ianques paguem pelo que fizeram com seu pai?"

Ela também quisera aquilo, logo depois do acontecido. Vingança. Fazer os soldados da União que ocuparam sua cidade e sua casa sofrerem pelas ações deles contra papi. Ela estivera certa de sua fúria, mas naquele exato momento olhava ao redor e a certeza se dissipava. Se Janeta fosse honesta, a convicção começara a se dissipar logo depois de ela ter sido mandada para a jornada.

Em Palatka, na Villa Sanchez, a guerra era bem nítida: os ianques eram vilões, tentando fazer o nobre Sul se curvar à vontade deles. Quaisquer dúvidas foram afogadas pelas constantes histórias sobre os nortistas maus, as conversas sobre como a secessão era boa e correta e os argumentos de que, uma vez que o Sul fosse livre, homens como papi seriam capazes de aumentar suas fortunas sem interferência. Mas logo que partira, Janeta conseguira pensar em *como* aquelas fortunas cresceriam desimpedidas.

Quantas vezes, desde que começara a viagem, ela estivera pronta para parar? No começo fora porque estivera cansada e com medo, mas, enquanto viajava, vira e ouvira coisas que abalaram sua determinação. Apenas a consciência de que a liberdade do pai, e talvez a vida dele, estava em risco a incentivou a seguir em frente.

Antes, ela não tinha noção das coisas. E não soubera sobre os Filhos da Confederação. Henry apenas os mencionara algumas poucas vezes, o grupo de que ele queria fazer parte. Os homens para quem passaria as informações de Janeta. Ela pensara apenas que era um nome bobo que haviam dado para si mesmos a fim de se sentirem importantes, como homens tinham o hábito de fazer.

A descrição feita por Daniel fizera o sangue dela gelar; não havia nada de bobo nas intenções deles. Se ela desse para Henry qualquer informação, eram aqueles homens que se beneficiariam. Janeta estaria ajudando o mal. Poderia fazer aquilo? Odiou perguntar aquilo para si mesma, porque dissera que faria qualquer coisa pelo amor do pai, mas será que o amor tinha limites?

Ela deu uma mordiscada no suculento porco assado que lhe deram sem questionar, então se forçou a levantar o olhar e ver as pessoas que haviam sido fáceis de esquecer quando concordara desesperadamente com o plano de Henry.

— É bom, né? — perguntou o homem que a chamara para se juntar a eles para jantar.

Ele era magro, mas Janeta podia ver a força nos braços expostos sob as mangas dobradas de sua camisa gasta. A luz do fogo dançava sobre a pele escura, revelando o cinza salpicando o cabelo curto.

— *Sí*. Sim. Obrigada.

O porco estava mesmo delicioso, considerando as comidas as quais fora submetida desde que partira de Palatka. Ela quase contou para ele sobre o *mojo* picante que comera com porco em casa, mas então se lembrou de que o molho era feito pelo cozinheiro deles, Roberto. Ele era escravizado, assim como o homem ao lado dela tinha sido. Roberto sempre fora bom para Janeta, lhe dando pão doce escondido e não contando para as irmãs dela quando via Janeta afiando as facas. Ele continuou sendo gentil com ela mesmo depois do dia que o encontrara chorando na cozinha, quando o filho dele fora vendido para outra plantação.

Por quê? Por que Roberto não me odiou?

Ela se forçou a comer mais um pouco.

O homem sorriu.

— Quando os ianques apareceram e levaram o sinhô velho embora, a gente não sabia direito o que fazer. A gente tava com medo. Então a gente percebeu que tava livre. Passei a maior parte da minha vida criando esses porcos e não ganhava nada além das tripas, dos pés ou do rabo. Então juntei um punhado dos bichos e coloquei na carroça com a gente. Não foi uma viagem muito confortável, mas agora a gente pode comer o resultado do nosso trabalho suado. Tudo, não só os restos. Agora a gente pode dividir. E é assim que deveria ser.

Ele sorriu, mas havia uma emoção profunda em seus olhos enquanto dava outra mordida. Janeta engoliu em seco, a garganta apertada. Ela não merecia dividir aquela refeição.

Olhou para Daniel, ladeado por duas crianças pequenas. Ele segurava um caderninho e um pedaço de carvão, e aquelas crianças olhavam animadas para o que ele escrevia.

— S-I-M-O-N-E — soletrou ele. — Simone.

— S-I-M-O-N-E — repetiu a menininha ao lado dele, então caiu na gargalhada. — Sou eu!

— Sim, é — confirmou Daniel e, pela primeira vez desde que Janeta o conhecera, suas feições estavam relaxadas. Calmas. — Estas seis letras formam seu nome.

— A mamãe disse que vou pra escola agora, igual o filho do sinhô.

— Também quero ir pra escola — adicionou o garoto do outro lado de Daniel, ansioso, como se pudesse ser deixado para trás se não falasse também.

— Pode fazer qualquer coisa que quiser agora, menino — afirmou o homem ao lado de Janeta. — A gente é livre agora. A gente parou de buscar pela terra prometida. Assim que aprender as letras, nada vai poder parar você.

Daniel suspirou e fechou o caderno, guardando-o de novo no bolso.

— Lake disse que podemos dormir na tenda dele, Janeta. Vou para a cama. Temos uma longa jornada à nossa frente.

Ele não disse nada para as crianças quando se levantou com pesar, mas colocou brevemente a mão na cabeça de cada uma antes de se afastar. Ele se movia devagar, como se arrastasse um peso atrás de si. Janeta estava acostumada a calcular como dar para as pessoas o que elas queriam, do que precisavam, mas não sabia o que dar para um homem como Daniel. Ela não sabia *por que* queria dar algo para ele.

— Seu homem. Ele ficou mal, não ficou?

Janeta virou a cabeça para o homem ao lado dela. Pensou em corrigi-lo — Daniel não era dela —, mas não era necessário. Eles iriam embora pela manhã.

— Como assim? — perguntou ela, revirando as palavras na mente naquele idioma para tentar descobrir o que ele quis dizer.

— Existem algumas pessoas que sobrevivem no corpo, mas as almas são destroçadas, entende? Meu irmão era assim. O sinhô vendeu a esposa dele e o filho e, depois disso, ele só começou a... murchar, como uma planta esquentando no calor sem chuva por semanas. Um dia ele entrou na mata e encontraram o corpo flutuando no lago. — O homem balançou a cabeça. — O sinhô disse que ele tava tentando fugir, mas Deke não sabia nadar, não ia tentar atravessar o lago. Acho que ele entrou e não quis sair.

— Sinto muito — disse ela.

Uma lembrança que ela evitava havia anos ganhou destaque em sua mente. Mami, que tivera orgulho da própria beleza e elegância, magra, fraca e despenteada na cama, com lágrimas escorrendo pelas bochechas.

"Você precisa ser perfeita. Eu tentei. Tentei muito. No minuto em que não for perfeita, eles vão te lembrar que você é só mais uma morenita *que deveria estar cortando cana. Que podem te mandar para o campo, e nada vai te salvar."*

Janeta tentou dar para a mãe um pouco do caldo de cana que Roberto tinha feito para ela e mami atirou o copo no chão, despedaçando-o. Ela segurou o pulso de Janeta com força e esfregou a pele do rosto da filha com a mão esquelética.

"Queria que você não tivesse nascido tão escura, princesa. *O que vão fazer com você? O que vão fazer?"*

Janeta sentiu o coração apertar. Ela não deveria pensar naquilo. Tentava se lembrar apenas dos bons tempos com mami, de sua beleza e seu jeito galante, e como ela era a rainha de qualquer salão que entrasse, não de seus choros que ecoaram pelos corredores até que em certa manhã eles se silenciaram. Mas ela se perguntava sobre aquelas almas sendo destroçadas. Talvez mami tenha entrado em um lago de sua própria dor e não quisera sair de lá.

O homem suspirou.

— Fica de olho nele, tudo bem?

Na sua terra, homens grandes e fortes como Daniel eram valorizados por quanta cana podiam cortar e quanto valor atribuíam à plantação. A ideia de eles também terem vidas internas (emoções, esperanças e sonhos) não era algo levado em consideração por seus donos. Se um senhor fosse gentil, ele considerava o desgaste no corpo do escravizado. Ela nunca ouvira falar de um que considerara o desgaste nos corações e almas daqueles que escravizava.

"Eles não sentem do mesmo jeito que nós. Eles são mais felizes com essa vida, porque precisam ser guiados. Não conseguem pensar por si mesmos. Estamos os ajudando."

Aquilo não fazia sentido para Janeta. Ela sabia que papi era o homem mais inteligente do mundo, mas para ela parecia que eram os escravos que estavam o ajudando. Afinal de contas, ele não podia trabalhar na plantação sozinho, podia? Ou limpar a casa ou manter o engenho de cana?

"Mas, papi, se eles são felizes, por que tentam fugir? E como inventam um plano se não podem pensar sozinhos?"

"Porque alguns deles são perversos e são punidos por essa perversidade."

"Mas se mami era feliz sendo uma escrava, por que você a libertou? Mami está triste e não consegue sair da cama. É por que ela sente saudade de ser escrava?"

"Dios, Janeta! Chega de perguntas. Termine seu jantar."

Janeta olhou para o homem ao seu lado, que estava molhando um pedaço de pão na gordura do prato.

— Qual é seu nome?

Ele hesitou.

— Hudson.

— Hudson, você acha que seu senhor já foi gentil?

Hudson estreitou os olhos.

— Aquele homem sempre falava sem parar sobre como era *gentil* com a gente. Por nos dar as roupas que arranhavam nossas peles o dia inteiro, mesmo que os algodões que colhíamos fossem mais macios do que você pode imaginar. Por vender apenas uma criança, em vez de todas elas. Por dar apenas dez chicotadas em vez de cinquenta, quando a verdade era que ele era preguiçoso demais pra dar mais do que aquilo. Não havia um osso de gentileza no corpo daquele homem, a não ser na imaginação dele.

Ele deu uma mordida descontente no pão, e suas feições, que antes eram animadas com a celebração, obscureceram com raiva.

Janeta sentiu a vergonha a tomar, pois tinha cometido mais um deslize.

— Peço desculpas — murmurou ela com suavidade. — Eu apenas ouvia as pessoas dizendo isso, sobre a gentileza dos senhores nos Estados Unidos, e me perguntava por que falavam essas coisas.

— Para se sentirem melhor com eles mesmos — explicou Hudson. — Do mesmo jeito que o sinhô dizia que minha esposa queria o que ele fez com ela. Eles falam tanto todas essas mentiras que começam a acreditar. Mas Deus nunca mentiu e, quando eles encontrarem o Criador, ai ai! Vão ter uma surpresa.

Ele sorriu com crueldade, e Janeta sentiu o estômago se revirar.

Papi deve ter se confundido. Ele simplesmente não entendia. Deus perdoa os erros, não é?

Ela sentiu o coração apertado no peito porque sempre vira seu pai como um homem bom, mas, naquele momento, não tinha certeza do que aconteceria quando ele fosse julgado. Ela teve um pensamento muito, muito ruim.

Talvez ele não seja perdoado. E talvez eu também não.

— Seu sinhô era gentil com você? — perguntou Hudson de repente, olhando para ela de esguelha.

Ela se levantou de maneira brusca.

— Preciso ir para a cama, Hudson. Obrigada por dividir sua comida.

— Noite — respondeu ele e depois coçou a nuca com força. — Não sai fazendo esses tipos de perguntas pra mais ninguém daqui. Sei que sua intenção é boa, mas algumas pessoas não vão levar tão bem quanto eu.

— *Sí*. Peço desculpas.

Ele assentiu, e ela andou na direção da tenda. Os murmúrios e as conversas ao redor se misturaram com o som dos pássaros na noite de outono, criando um ruído na cabeça dela que quase cobriu seus pensamentos frenéticos. Lampejos de seu pai na última vez que o vira, preso e humilhado. Henry, dizendo que havia apenas um jeito de ajudar papi. Hudson. Daniel. Mami.

Antes de sair de Palatka, nunca imaginara que poderia duvidar de algo que o pai dissera ou das coisas que mami compartilhara com ela antes de cair de cama e nunca mais sair de lá. Disseram para ela, muitas e muitas vezes, seu lugar no mundo, tudo que era *apesar* de sua pele marrom. Naquele momento ela estava aprendendo o que era *por causa da pele marrom.*

Era alguém que não deveria estar espionando para os Confederados.

Janeta cerrou os punhos e estremeceu quando uma brisa gelada soprou, o golpe frio como um lembrete de que ela não tinha a opção de fazer o que *deveria.* Não importava o que qualquer pessoa achasse que ela devesse ser. A única coisa que importava era garantir que o pai saísse vivo da prisão, e logo, e havia apenas um jeito de fazer aquilo.

Quando ela se abaixou para entrar na tenda, a luz fraca de uma vela queimava na escuridão, iluminando vagamente Daniel esticado no chão exposto. Ele deixara o colchonete para ela.

Janeta se ajeitou no chão, duro mesmo com o colchonete, e conteve a irritação. Então não haveria colchões macios para ela.

Ela desenrolou uma ponta do colchonete para colocar uma de suas facas ali embaixo, caso precisasse, e por um momento ficou confusa quando, em vez do chão, viu mais tecido.

Daniel não tinha deixado apenas um colchonete para Janeta. Ele deixara o dele também. Apesar das ameaças de mandá-la embora, fizera aquela pequena gentileza.

Lágrimas brotaram nos olhos dela e Janeta se curvou para assoprar a vela. Um soluço de choro ficou preso em sua garganta quando ela exalou.

Daniel estava certo. Janeta era uma tola.

Ela fungou.

— Está tudo bem, Sanchez?

— Você está acordado? — perguntou ela, secando os olhos e o nariz em silêncio no escuro. Perdera seu lenço vários estados atrás.

— Não durmo muito — respondeu ele, sem nenhum traço de sono na voz grave.

— Obrigada. Por me dar seu colchonete.

Ele resmungou em resposta.

— Cumberland... — Ela respirou fundo e tentou engolir o tremor na voz. — Esta noite perguntei a um homem se ele achava que senhores de escravizados podiam ser gentis.

— Por que você faria uma coisa tola como essa?

— Porque às vezes queremos acreditar em algo mesmo sabendo que é falso. — Ela fechou os olhos e deixou as lágrimas quentes fluírem, que ficaram presas no cabelo em suas têmporas e esfriaram no ar da noite. — Se eles são todos ruins, e são as pessoas tidas como os pilares da nossa sociedade, então que tipo de mundo é este?

Se minha espionagem mantém pessoas como Hudson em grilhões, que tipo de pessoa sou eu?

— Sanchez, em vez de fazer tais perguntas para os outros, você pode decifrar se já não sabe a resposta.

Ele ficou em silêncio depois daquilo, assim como ela. Janeta fechou os olhos e desejou que aquela guerra nunca tivesse começado, que a família nunca tivesse deixado Cuba e talvez até que ela nunca tivesse nascido. O que fosse necessário para que nunca tivesse contato com aquela noção terrível. Mais do que aquilo: desejava ser mesmo uma agente da Liga da Lealdade, corajosa e boa. Ela não era nem uma das duas coisas.

Teve diferentes lembranças ali na escuridão: papi e mami de mãos dadas quando eles não sabiam que ela estava vendo, o pai deixando Janeta se sentar no joelho dele enquanto ele conversava com os amigos. Como ele sempre, sempre dizia que a amava e queria o melhor para ela. Janeta estava confusa sobre muitas coisas, mas não sobre o quanto o pai a amava. E nem sobre o fato de que sua tolice tinha o levado à prisão.

Ela não era uma agente da Liga da Lealdade, era uma Sanchez e, na próxima oportunidade, passaria a informação que tinha recolhido dos russos. Sua recente experiência de vida não mudava o fato de que ela precisava salvar o pai; apenas significava que pagaria um preço ainda mais alto. Mas papi era seu mundo, e ela não o abandonaria, mesmo que aquilo lhe custasse a alma.

Capítulo 9

Daniel estava bem desperto quando Lake entrou na tenda com um lampião e se sentou no chão entre ele e Janeta.

O corpo dele estava exausto da viagem, mas sua mente não o permitira nem ao menos um momento de descanso. Ele queria muito dormir, porém aquilo escapava dele como muitas coisas que anteriormente subestimara. O sono quase não vinha e, quando vinha, não havia garantia de que seria pacífico. Era outra parte do conforto fora de seu alcance.

— Cumberland? Sanchez?

A voz de Lake estava rouca; Daniel não era o único que não dormira.

Sempre pensando nas próprias dificuldades. Egoísta. Fraco.

— *Estoy despierta.* Ah! Estou acordada.

A voz de Sanchez estava rouca de sono, e Daniel não gostou de como aquilo vibrou por todo seu corpo, apesar do cansaço.

Ele passara parte da noite como de costume: encolhido enquanto lembranças da sua época na plantação o atacavam. Sua raiva, a forma que ele presumira saber mais do que as pessoas escravizadas que pareciam trabalhar de bom grado e as repercussões de sua resistência teimosa à nova realidade. Sua insistência em tentar argumentar com o mal, em tentar contorná-lo, fizeram a chibata talhar suas costas e, pior ainda: as de outras pessoas.

Ele também revirara as palavras dos russos na cabeça. Jefferson Davis estava em movimento, longe da fortemente protegida Richmond, onde estivera intocável enquanto liderava aquela guerra para defender o mal. O testa-de-ferro da Confederação estaria vulnerável, assim como os homens que controlavam os Filhos da Confederação. Daniel fora ensinado pela própria instituição da escravidão exatamente como destruir uma pessoa usando suas vulnerabilidades. Como arrancar suas esperanças e seus sonhos, rasgar os vínculos que oferecem a ilusão de segurança.

Poderia fazer aquilo? Ele, entre todas as pessoas? Daniel era fraco, mas talvez tivesse força suficiente em si para aquele único ato. Talvez sua vida tivesse sentido se ele realizasse aquela única coisa.

Outros pensamentos, menos nobres, o atormentaram, angustiantes de um jeito amplamente diferente. A mente dele divagara para uma estrada revestida por pensamentos sobre Sanchez. A forma que ela piscara de maneira charmosa para os russos antes de distribuir ameaças. Como ela tirava um momento para avaliar cada situação antes de falar e conseguia dizer a coisa certa na hora certa. A devastação em sua voz quando percebera tardiamente que o mundo funcionava com uma crueldade explícita.

Ele afastara a tentativa dela de conversar, mas aquilo o lembrara dos debates com Elle, durante os quais ela o informara com aquele tom superior que moralidade e justiça não tinham nada a ver com liberdade, que ele poderia estudar até ficar doente e não encontraria a cura para a maldade da escravidão.

Daniel um dia fora a pessoa fazendo as perguntas cujas respostas estavam agora gravadas em suas costas com o chicote.

"Não duvide da minha crença no decreto da leĭ, Daniel, mas compreenda que as leis são implementadas por homens. Elas não florescem do éter. Até eu poder confiar que esses homens se importam com pessoas como nós, ou que podemos forçá-los a se importarem, as leis sozinhas não serão suficientes."

As constantes correções de Elle o deixavam furioso; ele quisera mostrar para ela apenas uma vez que podia estar certo. Quisera que ela experimentasse a mesma sensação de maravilhamento e reverência que ele vivenciava quando ela compartilhava seu formidável intelecto, e a inveja e a frustração que ele sentia quando sua argumentação definhava diante dela. Daniel aprendera tarde demais que não se podia forçar o tipo de admiração que queria que alguém sentisse mais do que se podia forçar tal pessoa a sentir um tipo de amor.

Não importava mais; Daniel pensara que um dia mudaria a cabeça de Elle, mas, de acordo com todos, o homem que ela escolhera no lugar dele a seguia por toda a parte como um escocês bobo apaixonado. Ele estivera errado sobre ela, como estivera errado a respeito de tudo em sua vida patética.

— Cumberland? Você está bem?

Daniel se virou e observou Lake; as feições duras do homem estavam escondidas na escuridão do início da manhã.

— Quase isso — respondeu ele.

Ainda estava vivo e ainda conseguia lutar. Aquilo era suficiente.

— Me encontrei com alguns homens da União do acampamento Defiance — informou Lake.

A fortificação próxima ficava no cume dos rios Ohio e Mississippi, uma posição estrategicamente vantajosa para o Norte.

Daniel se sentou, seu desejo de dormir pesando sobre ele como as pilhas de algodão que fora forçado a transportar.

— Alguma notícia? — perguntou Daniel.

Obviamente havia alguma, se não Lake ainda estaria do lado de fora procurando por uma.

— Eles têm um transporte carregando tropas e suprimentos indo para o Sul esta noite. Tem espaço para vocês dois. Não estão planejando fazer outra viagem por alguns dias, então, se quiserem, precisam ir agora.

Sul.

Daniel sentiu o estômago se revirar e tentou esconder o breve pânico que o tomou. O limite entre Norte e Sul era intangível, mas o medo que serpenteou por ele e o fez perder o fôlego parecia mais real do que qualquer coisa. O medo de ser escravizado de novo, de ser forçado a circunstâncias talvez até piores do que enfrentara, sempre surgia dentro dele antes de aceitar missões perigosas. As pessoas o achavam corajoso ao ponto de ser imprudente, mas ele era um covarde, tentando acalmar a tremedeira repentina de suas mãos.

Fuja. Chega disso. Você é fraco demais, não serve para carregar o título de detetive.

Daniel passou a mão pelo rosto, como se pudesse limpar o resíduo dos pensamentos sombrios que o açoitavam. Ele fez um *hmmm* contínuo para soterrá-los em sua cabeça antes de responder:

— Nós vamos.

Sanchez começou a recolher as coisas, e ele fez o mesmo. Daniel apertou as cartas de Ellen depois de colocá-las na bolsa. Ele não podia lê-las, mas o barulho que faziam com a pressão de sua mão o acalmava um pouco.

— É possível? Viajar de barco? — questionou Janeta, cheia de dúvida.

— Como você veio da Flórida? — perguntou Daniel em um tom irritado.

— Voando — respondeu ela com um sorriso, enquanto se alongava e agitava os braços.

Daniel revirou os olhos. Ela estava ali, e ele estava preso com ela, não importava como tinha chegado.

— O Norte tem tido o controle do Mississippi desde a queda de Vicksburg — respondeu Lake de modo prestativo. — Ainda há ataques da costa, mas imagino que vocês vão em uma das tartarugas do Pook, então estarão a salvo.

— Pook?

Janeta inclinou a cabeça para o lado, com o olhar indo para o canto da tenda. Foi então que Daniel se lembrou que aquela não era a língua materna dela e a referência ao criador do navio da esquadra da cidade a confundira.

— É um couraçado — explicou ele. — A Marinha equipou barcos a vapor com placas de metal para proteger quem está a bordo de ataques.

— Ah. Obrigada — respondeu ela, parecendo encabulada. — Tartarugas do Pook. Que nome estranho.

Lake riu, puxou a abertura da tenda e esperou que Janeta passasse. Daniel colocou a faca na bainha do cinto e esfregou os olhos cansados antes de os seguir pela manhã gelada de outono lá fora.

O acampamento estava em silêncio e escuro; a maioria das pessoas ainda dormia, embora houvesse murmúrios de conversas aqui e ali. Eles passaram por um homem, envolto por um cobertor e sentado diante de uma fogueira com fogo baixo, enquanto se balançava nos calcanhares, um olhar perdido no rosto. Os olhos dele se prenderam aos de Daniel, que sentiu uma pontada de familiaridade com o medo daquele homem. Em seu olhar obscuro, ele encontrou um conhecimento compartilhado: que as pessoas naquele acampamento estavam livres, mas não estavam seguras. Que talvez nunca estivessem.

A emoção ficou presa na garganta de Daniel e ele engoliu em seco, assentindo com a cabeça para o homem, que retribuiu o gesto antes de voltar a olhar na direção das chamas.

Embora Daniel pensasse com frequência sobre as razões pelas quais ele *deveria* deixar a Liga da Lealdade, geralmente mantinha uma distância segura do questionamento sobre suas motivações para ficar. As razões estavam nos olhos daquele homem e não havia escapatória. Ele fazia o trabalho por pessoas como aquele homem. Talvez porque desejasse que alguém tivesse feito por ele. Se o governo tivesse abolido aquele comércio bárbaro, ou se as leis de escravizados fugidos não tivessem permitido que negros livres fossem sequestrados com tanta facilidade ou se, em vez da concessão, a questão da escravidão tivesse recebido uma rejeição definitiva e retumbante... mas nem uma daquelas coisas aconteceram. Naquele momento Daniel precisava trabalhar com os materiais que lhe foram dados. Sua raiva e sua dor, seu corpo e seu sangue.

A vitória do Norte talvez não fosse a salvação que tantos achavam que seria, mas, maldição, seria uma visão bem melhor do que a situação que produzia homens que não conseguiam dormir por medo da possibilidade de perderem a família, a vida ou a liberdade se fechassem os olhos por muito tempo.

Ele pensou no que poderia garantir a um homem como aquele diante da fogueira uma boa noite de sono, pelo menos uma, e seus pensamentos divagaram para Enterprise. Para Jefferson Davis viajando livremente e com estilo, destemido.

Daniel levou a mão até o cabo da faca; ele veria o que poderia fazer para ajudar o homem se balançando diante das chamas.

— É verdade que a esposa de Davis é *mulata*? — perguntou Janeta, como se eles estivessem no meio de uma conversa vívida e não andando em silêncio.

Daniel se perguntou como deveriam ser os pensamentos dela. Janeta era cheia de perguntas, mas nunca fazia uma que ele esperava de uma detetive.

Ela olhou em volta subitamente, como se tivesse percebido que aquela era uma coisa estranha para se perguntar.

— Ouvi alguém dizer ontem à noite e fiquei pensando nisso.

— Pensando por que uma de nós se casaria com o presidente dos rebeldes? — perguntou Lake com um riso ríspido. — Acho que esse boato é bobeira. Ninguém se rebaixaria tanto.

— Certamente posso imaginar por que um de nós que pode se passar por um deles faria isso — contrapôs Daniel. Lake fez uma careta e começou a falar, mas Daniel o interrompeu: — Digo, se casar com Jefferson Davis, não o presidente da Confederação. Ele era apenas um homem como qualquer outro quando eles se casaram.

— Bom, ele não é mais esse homem — opinou Lake. — Aqueles rebeldes tolos o tratam como um deus.

— Talvez ela sinta que não pode ir embora — sugeriu Janeta.

— Muitas pessoas sentem que não podem abandonar os cônjuges, mas elas nem chegam a ter escolha, por causa de homens como Davis. Em vez disso, elas veem aqueles que amam serem vendidos — respondeu Lake, depois balançou a cabeça. — Acho que é apenas um boato, mas, se ela for uma de nós, bom, fez a escolha sobre sua posição.

— *Sí* — concordou Janeta, baixinho.

— Mas ela podia considerar compartilhar algumas informações para a Causa — acrescentou Lake com um riso baixo, dissipando a tensão deixada pela pergunta de Janeta. — Nos dê uma ajuda, Varina. Vamos lá.

Daniel riu.

Eles saíram do acampamento de contrabando, com Lake parando para conversar com as sentinelas da União posicionadas ao longo do caminho. Daniel não pôde evitar notar como todos os homens pelos quais passavam olhavam para Janeta; alguns coravam, outros a olhavam com malícia. Ela andava com o queixo erguido, respondendo educadamente aos cumprimentos, mas havia algo diferente no comportamento dela. Seu modo de andar era duro, as mãos estavam fechadas em punhos. Ele não conseguia compreender Janeta (o comportamento dela mudava como as ondas quebrando ao longo da costa rochosa de Massachusetts), mas, se ela estava demonstrando desconforto, ele faria algo a respeito.

Daniel suspirou irritado, então apressou o passo até estar andando ao lado dela. Janeta o encarou, mas logo voltou o olhar para a trilha diante deles. Ainda assim, o corpo dela se inclinou na direção de Daniel enquanto caminhavam, com seu braço roçando no dele de vez em quando por causa da proximidade. Se eles não estivessem prestes a entrar em território inimigo e se ela não fosse um fardo indesejado que poderia causar a morte dele, poderiam ser confundidos com um casal em um passeio agradável. Ele supôs que era uma hora tão boa quanto qualquer outra para descobrir mais sobre ela.

Tentou se lembrar do que conversava com Elle nas caminhadas que faziam: abolição, seu futuro como advogado, o país deles. Tópicos que se tornaram repugnantes para ele, mas lhe ocorreu que nunca perguntara muito para Elle sobre o futuro dela, porque presumira que seria ao seu lado.

— O que planejava fazer da vida antes desta guerra? — perguntou para Janeta, surpreendendo a si mesmo no mesmo tanto que a surpreendeu, a julgar pela forma que as sobrancelhas dela se ergueram.

Ela precisou lutar para tornar a expressão tranquila de novo.

Ele deveria estar perguntando sobre a situação atual, mas disse para si mesmo que estava usando uma das ferramentas mais práticas de qualquer detetive: conversa banal.

— Eu... bem, tem um homem que disse que queria me pedir em casamento — respondeu ela.

Havia uma hesitação constrangida no tom dela com a qual Daniel tinha familiaridade.

— Ele queria? — pressionou ele. — Queria no passado ou tem intenção de fazer no futuro?

— Tem intenção, suponho.

— O que o impediu de fazer a proposta quando ele expressou a intenção?

Parecia estranho deixar as intenções nítidas sem motivo. Ele dissera para Elle que se casaria com ela quando eram crianças, mas, quando se colocara de joelhos na fase adulta, quisera que ela fosse sua esposa sem demora.

Janeta suspirou.

— Bom, as coisas eram complicadas. Ele precisava pensar na família e na posição deles. Queria esperar até o fim da guerra e nossa situação estar resolvida. Disse que não seria justo me deixar viúva.

Ela disse as palavras com tamanha determinação que Daniel soube tudo o que ele precisava saber. Tal determinação era apenas necessária quando alguém estava tentando convencer a si mesmo; ele usara o mesmo tom quando contara para todo mundo que Ellen mudaria de ideia assim que voltasse da Libéria. Podia ter contado a Janeta que a situação já estava resolvida, mas ele a deixaria manter a fantasia.

— Certo.

— E você? — perguntou ela. — Quem é ela?

Daniel virou a cabeça na mesma hora na direção de Janeta.

— Ela?

— A mulher que tem seu coração — elucidou Janeta.

— Nenhuma — respondeu ele, ríspido. — E também nenhum coração.

— Sei.

Ao que parecia, não era o único sentindo pena por um parceiro equivocado.

Eles andaram em silêncio e logo chegaram ao acampamento Defiance, por onde ainda mais homens se movimentavam. Soldados brancos da União preparando provisões; negros libertos trabalhando como estivadores, carregando os suprimentos para os navios.

— Estes são os detetives dos quais falei, capitão Hooper — anunciou Lake, indo até o oficial com um bigode loiro grosso e costeletas grisalhas.

Hooper voltou a atenção para eles, com os olhos semicerrados na direção de Janeta.

— Uma mulher?

Lake também ficou evidentemente confuso com a irritação no tom dele.

— Senhor?

Hooper fechou os olhos, respirando fundo.

— Eles podem ir na frente, na cabine do piloto. Não posso ter uma mulher como ela no meio de homens indo para a batalha.

— Uma mulher como eu?

Janeta olhou para o rosto de cada homem, com as sobrancelhas erguidas, antes de voltar a encarar Hooper.

— Mulheres dão azar. E devo questionar a moralidade de uma que pensa em viajar com um bando de soldados fedorentos — proferiu Hooper, crispando os lábios.

Daniel já encontrara reticência e hostilidade explícita ao trabalhar com oficiais da União antes, mas sempre direcionadas a ele. Era estranho ver o preconceito direcionado a outro lugar e ouvir pensamentos que eram, de maneira chocante, semelhantes com as próprias reclamações quando Elle decidira se unir à Liga da Lealdade. Sua frustração consigo mesmo e o olhar de choque constrangido no rosto de Janeta agiram como foles nas chamas sob a raiva que estava sempre fervilhando dentro dele.

Ele deu um passo na direção de Hooper, pronto para falar umas verdades para o homem, mas Janeta ergueu a mão até a boca de modo recatado e fez um som de pena.

— Ah, entendi. Estou acostumada com oficiais cujos homens o respeitam o suficiente para não se comportarem de forma desonrosa com qualquer mulher presente. Uma vez que não consegue controlar seus homens, *senhor*, fico bastante feliz em passar a viagem na cabine. — Fazendo um movimento com a saia, ela passou por Hooper e foi até o homem que parecia ser o segundo no comando. — Esse cavalheiro estaria disposto a nos mostrar o caminho?

O homem robusto olhou de um jeito nervoso para Hooper, que assentiu, forçado, apesar de estar com o rosto vermelho. Janeta acenou uma despedida para Lake e seguiu o homem em direção ao navio de aparência bizarra.

— Bom, ela parece capaz de cuidar de si mesma — comentou Lake, sorrindo ao observar a postura tensa de Daniel, que ainda não tivera tempo para relaxar; ela contornara a situação tão depressa.

— Vamos partir logo — disse Hooper, virando-se e seguindo Janeta.

Daniel e Lake se despediram com um aperto de mão e Daniel acenou com a cabeça.

— Obrigado pela informação e por conseguir nosso transporte.

Lake balançou a cabeça.

— Você está indo em direção ao perigo para tentar ajudar a acabar com esta guerra. Eu quem deveria estar agradecendo. Vocês dois fiquem seguros, está me ouvindo?

— Esse é o meu plano — respondeu Daniel, tentando incorporar algum entusiasmo na voz como um dia fora capaz.

Lake voltou na direção do acampamento e Daniel andou até o navio, onde encontrou Janeta conversando com o homem a quem ela pedira para levá-la até ali.

A tartaruga de Pook era um modelo maravilhosamente ridículo. Era uma coisa com um fundo vasto, dois remos enormes no meio do navio e duas chaminés sobressaindo do motor a vapor. A cabine do piloto onde eles deveriam passar a viagem ficava no convés tumultuado, um escudo de ferro octogonal a cercava e baluartes permeavam os conveses mais altos na altura do ombro. As placas de ferro protetoras e o fato de que a maior parte do navio não podia ser vista embaixo da superfície fazia mesmo parecer que ele era uma tartaruga ancestral que se levantara das profundezas lamacentas do rio Mississippi — uma tartaruga preparada para a batalha.

— Tem três armas na proa, oito na bateria lateral e duas na bateria da popa, com alcance de 64 até 32 libras. — O guia de Janeta estava apontando as armas para ela enquanto falava.

— Puxa, quantas armas grandes! — exclamou ela com um riso deliciado, e as bochechas do homem ficaram rosadas. — E as armas dos confederados são inúteis contra este tipo de navio?

— Ah, inúteis não, mas menos efetivas, a não ser que nos atinjam com algo grande ou se encontrarmos uma bomba flutuante.

— Entendi. — Janeta lançou um olhar preocupado para ele. — Isso acontece com frequência?

— Ah não, nós temos uma escotilha para acabar com qualquer coisa em nosso caminho, depois que perdemos um destes em 1862.

— Você já terminou com a Inquisição? — perguntou Daniel.

— Eu só estava curiosa — contrapôs Janeta, revirando os olhos.

— Parece ser seu estado natural — resmungou ele.

— Se não fizer perguntas, como se aprende as coisas? — revidou ela, sorrindo.

Uma parte bem pequena e inconsequente dele guardou aquele sorriso e sua eficácia, rendendo a pessoa que o recebia e a deixando incapaz de responder. O arsenal dela talvez fosse mais formidável do que ele imaginara.

Um grupo de soldados perto do navio se virou para encará-la e o sorriso deles tinha um toque de lascívia. Eles também notaram o sorriso de Janeta.

— Podemos embarcar agora — anunciou Daniel, chegando perto dela.

Tentou suprimir a vontade de protegê-la, mas Janeta já demonstrara que a atenção indesejada de homens a deixava nervosa, e Daniel era o parceiro dela, por mais que ele ressentisse daquele fato.

Ela assentiu com a cabeça e entrelaçou o braço no dele. O roçar da manga do casaco dela em sua cintura causou o arrepio de uma sensação inesperada pelo corpo de Daniel. Uma sensação boa. Ele ficou tenso e quase se afastou dela.

— Me desculpe — murmurou ela baixinho enquanto eles seguiam o homem. — Pela minha experiência, homens só respeitam aquilo que acreditam ter dono. É um pouco assustador entrar neste navio cheio de soldados depois de me dizerem que minha segurança é um incômodo.

— Uma verdade lamentável — respondeu ele, suspirando.

Ele não podia dizer o contrário. Ela enfrentava perigos diferentes, os mesmos que ele apontara para Elle ao tentar dissuadi-la de partir para a Libéria.

Daniel se preparou por um momento antes de entrar na cabine do piloto: não era um espaço muito pequeno, mas também não era grande. O suor brotou na sobrancelha quando entraram. Ele com frequência conseguia evitar a lembrança de acordar naquele caixão, mas seu corpo e mente pareciam incapazes de esquecer da sensação. Ultimamente, todo lugar que pudesse mantê-lo cativo engatilhava não um medo de ficar preso, mas um medo de como seu corpo reagiria se ele pensasse que estivesse.

Ele entrou, viu que tinha um trinco do lado de dentro da porta para fechá-la com firmeza, mas não havia buraco de fechadura. A porta abria para dentro e ninguém poderia os trancar ali pelo lado de fora. A tensão dele diminuiu enquanto secava as palmas na calça e apertava a mão do taciturno capitão Kendall, que parecia tão interessado nele e em Janeta quanto estava no par de moscas que zunia dentro do espaço fechado.

Kendall estava ocupado se preparando para a viagem.

— Como podemos ajudar? — perguntou Janeta.

— Você pode se sentar bem ali — respondeu Kendall sem olhar para eles, mas seu tom era mais concentrado do que zombeteiro.

O motor a vapor ganhou vida com um rugido e o navio vibrou ao redor deles. Janeta arfou e colocou a mão na parede de ferro, deslizando o dedo dentro de um dos muitos buracos de bala que salpicavam o metal.

— Deveríamos nos preocupar com este barulho? E a oscilação? — perguntou ela ao capitão, falando mais alto para ser ouvida.

— Não há motivos para se preocupar com o que Deus planejou para nós — foi tudo o que Kendall disse antes de se virar para a roda do leme. — Mas uma oração não machucaria ninguém.

Janeta fez o sinal da cruz e começou a sussurrar para si mesma. Daniel não fez nada — existiam coisas piores do que a morte. Ele se aconchegou em um dos sacos de grãos que estavam encostados na parede de ferro atrás da roda do leme. Janeta ficou de pé ao seu lado, espiando pela fenda acima dele.

— Quando navegamos de Cuba para os Estados Unidos, havia apenas o oceano e o céu azul — comentou Janeta, puxando conversa. Ela se virou e se sentou ao lado de Daniel. — Fiquei aterrorizada durante toda viagem, mas me forcei a ficar de pé na balaustrada com papi. Ele queria que eu olhasse a vista.

O navio balançava de um lado para o outro ao ser golpeado pela correnteza do rio e os dedos dela afundaram no saco embaixo de si.

— Você tem medo de água — percebeu Daniel, observando como ela mantinha as costas eretas como uma vareta e cerrava os dentes.

— Não seja bobo. Não tenho medo de nada. — Ela falou com tanta confiança que ele ficou confuso, pensando que tinha interpretado errado a história dela sobre a viagem a partir de Cuba. Então o navio deu uma guinada, e ela respirou fundo e virou os olhos arregalados para ele. — Você sabe nadar?

Daniel suspirou. Podia ter ficado irritado com o nervosismo dela, mas ele não era exatamente o bastião da coragem resoluta. Se as dobradiças da porta estivessem dispostas na direção contrária, ele podia ter tido espasmos de pânico. Aquilo, colocar o medo de outra pessoa antes do próprio, o ajudava.

— Não sei nadar, mas suponho que consiga flutuar se for preciso — respondeu ele, ajeitando-se sobre os grãos que se deslocaram sob suas coxas. — Eu conseguia quando era menino.

— Você cresceu perto da água?

Ela não afastou o olhar; estava *mesmo* curiosa. E amedrontada. Eles tinham horas adiante e, se Daniel pudesse distraí-la com um pouco de conversa fiada, talvez pudesse ter paz pelo resto da viagem.

— Tinha um lago, mas não nadávamos muito — contou ele. — Não tínhamos permissão porque as famílias brancas nadavam ali. Às vezes íamos escondidos e dávamos um mergulho nos dias que estava quente demais para viver. No inverno, o lago congelava e íamos com patins de gelo que meu pai fazia.

Janeta guinchou de alegria.

— Patins de gelo? Li sobre isso nos livros, embora deva admitir que acho difícil de imaginar. Como é?

Daniel abriu a boca para responder, então percebeu que nunca pensara muito naquilo. Era um agrado, algo que ele esperava muito para fazer, mas nunca pensara muito no porquê. Ele se lembrava de Elle deslizando para o gelo, os primeiros passos desajeitados dela. Daniel se lembrou de deslizar, despreocupado, com ela e as outras crianças negras da igreja durante o tempo designado para eles.

— Bom, é frio, óbvio — disse ele.

— Mais frio do que está aqui?

Ela tremeu dramaticamente e ele fez uma careta para conter o sorriso que quase surgiu.

— Isto não é nada. Ainda é outono e nem está tão frio como fica nesta estação. — Ele tentou se lembrar de qual era a sensação de todos aqueles invernos no gelo. — Quando íamos patinar, estava tão frio que nossos dedos ficavam dormentes depois de alguns momentos de exposição e as lágrimas brotavam nos olhos, e cada respirada parecia encher o pulmão de agulhas congeladas.

— Isso parece horrível — respondeu Janeta, colocando a mão no peito.

— Não, era bom. Tinha algo em estar do lado de fora no inverno que fazia você se sentir... vivo, suponho. — Daniel se recostou na parede de ferro um pouco mais. — Como se cada agulhada do vento gelado fosse um lembrete de que o sangue quente estava correndo em suas veias. E a patinação... é como... já viu um pássaro voando? Como ele só meio que se coloca em uma brisa e desliza? — Ele fez um movimento longo e vasto com a mão, e ela assentiu. — Se conseguir uma boa porção de gelo, pode sentir um pouco da sensação, com o vento frio golpeando o rosto e o coração batendo forte no peito.

Daniel se esquecera dos prazeres simples como prender com correias as lâminas na sola dos sapatos e sentir por um momento que nada na vida podia te pegar. A alegria um dia fora algo tão simples que ele podia correr atrás dela com um bom impulso no gelo. Não podia se imaginar se divertindo de forma tão trivial naquele momento.

— Na verdade, isso parece maravilhoso — disse ela. — Eu gostaria de tentar.

Daniel deu de ombros. Sua família tentara levá-lo para patinar depois que ele voltara para casa, mas não conseguira reunir energia para sequer sair da cama.

— Nunca senti frio de verdade — contou Janeta. — Quando partimos para a Flórida, eu estava com muito medo de acabar morrendo de frio aqui. Eu disse isso para um dos homens no nosso navio, e ele riu de mim.

— Por que sua família saiu de Cuba? — perguntou Daniel da maneira mais casual que podia.

Ela inclinou um pouco a cabeça e olhou para as tábuas de madeira do chão.

— Minha mãe morreu — explicou Janeta. — Ela se sentiu mal, começou a se movimentar com mais lentidão, e aí começou a sair cada vez menos da cama. Meu pai tentou salvá-la, mas, depois que ela morreu, ele quis ir embora. Uma oportunidade de negócios surgiu na Flórida, e eu, ele e minhas irmãs fizemos as malas e seguimos viagem.

Ela não parecia exatamente triste — melancólica talvez fosse uma palavra melhor. Mas a história dela levantou mais perguntas. Não se morre por não se levantar da cama, embora Daniel tenha desejado que aquilo fosse possível quando voltara para casa, e se mudar de um país para outro não era algo que qualquer pessoa poderia fazer, especialmente alguém como eles.

— Seus pais eram miscigenados?

Ela o encarou, sustentando seu olhar. Parecia levemente indignada.

— Minha mãe nasceu escravizada. E meu pai não.

Aquilo também não respondia à pergunta dele, mas Daniel não pressionou. Ainda não. Se alguém perguntasse algo que ele não queria responder e não deixasse para lá, ele mentiria. Daniel queria a verdade, e o fato de ela não falar do assunto livremente significava que provavelmente valia a pena dar uma olhada mais a fundo. Seus companheiros detetives o achavam um bruto desatinado, mas ele tinha um bom nariz para farejar uma pista, e estava cheirando algo naquele momento.

— Meus pais nasceram livres — contou ele. Voltaria a mencionar a linhagem dela em algum outro momento. — Meus avós foram libertos, alforriados depois da morte do senhor deles.

— Entendo. Ouvi dizer que você entrou na Liga da Lealdade por vingança. Como você acabou... perdendo a liberdade?

Daniel tensionou o pescoço. Os motores grunhiam em algum lugar atrás deles e as águas do Mississippi batiam nas laterais do navio. As conversas dos soldados flutuavam no ar. Ele focou naqueles barulhos em vez de nas batidas do coração pulsando nos ouvidos enquanto falava.

— Fui sequestrado por traficantes de escravizados. Eles me disseram que estavam recrutando para um trabalho abolicionista. Achei que estava me juntando a uma boa causa, apenas para acabar algemado e enfiado em um caixão. Fui vendido para uma plantação, onde fui forçado a trabalhar do amanhecer até bem depois de escurecer.

Janeta se mexeu ao lado dele. Daniel esperou que ela oferecesse falsa compaixão enquanto secretamente sentia pena por ele ser um homem patético. Talvez ela enfim considerasse mudar de parceiro.

— Sobreviver a isso deve ter exigido uma força de vontade enorme — comentou ela, baixinho.

— Não mais do que qualquer outro irmão que nasceu escravizado — contrapôs ele.

Ela balançou a cabeça.

— Às vezes fico com tanta saudade de casa que quero apenas me deitar e chorar. Às vezes sinto que mudei tanto que nem sei como um dia vou voltar para lá. Mas fui embora por escolha, e não fui forçada a trabalhar. Passar por uma mudança tão repentina e ainda estar aqui lutando é admirável.

Ela estava olhando para ele de um jeito estranho, com algo como respeito.

— Trabalho forçado é apenas parte dos horrores da escravidão — afirmou ele, com firmeza.

Daniel estava bravo por algum motivo, bravo por ela ter chamado ele de forte e descrito tão habilmente como ele se sentira.

As coisas não deviam ser daquele jeito entre eles. Ele queria chocá--la, afastá-la dele na pequena cabine do piloto.

— Eu preferia ter colhido tabaco sob o sol quente até morrer do que conhecer as outras coisas que eles não veem problema em forçar os negros a fazer.

A mente dele começou a deslizar para o passado, mas então ela começou a falar de novo, puxando-o de volta para a conversa.

— Como você se libertou?

Fui salvo pelo homem branco que conquistou o amor da minha vida.

Não. Elle não era um objeto para ser conquistado.

— Eventualidade. Uma amiga de infância descobriu sobre minha venda iminente e o marido dela ajudou a assegurar minha liberdade.

Aquilo era próximo o suficiente da verdade, embora ele tenha maquiado alguns detalhes.

— Ela descobriu sobre a sua venda por acaso e você foi liberto por isso?

Ele assentiu.

Os olhos de Janeta se arregalaram.

— Isso é um milagre! Você é um milagre, Cumberland.

Ela o olhou como se ele fosse Cristo emergindo do túmulo e aquilo fez a pele de Daniel pinicar de vergonha; ele sempre vira seu salvamento com maus olhos. A pena de Elle, a esperteza de McCall, a união dos dois. Deus virara as costas para Daniel Cumberland, estava certo daquilo. Ele não gostou da forma que a palavra *milagre* saiu dos lábios de Janeta, desafiando a visão dele da situação, que pensara ser imutável.

— Essa é uma forma de ver as coisas — concedeu ele.

Ela fez um som zombeteiro, seu medo do navio aparentemente esquecido.

— Que outra forma teria?

Que teria sido melhor morrer do que conviver com o que aconteceu.

Ele podia sentir uma dor de cabeça chegando e não quis mais falar de si mesmo.

— Como você se juntou à Liga da Lealdade? — perguntou ele.

Se ela gostava tanto de perguntas, podia responder a algumas.

A expressão de fascínio no rosto dela foi sumindo aos poucos.

— Meu pai. Ele está preso porque o exército que ocupou nossa cidade acha que ele cometeu traição. Ele não cometeu. — Janeta pressionou os lábios e desviou o olhar. — Me juntar à Liga da Lealdade significa que posso ajudar a acabar com esta guerra e libertá-lo. — Ela estava apertando o saco de grão de novo, mas daquela vez não por medo. Quando voltou a encará-lo, seu olhar era feroz. — Nada vai me impedir de fazer isso.

Quando ela entrara apressada na casa de reuniões da Liga da Lealdade, com os olhos arregalados e falando sobre abolição, Daniel ficara irritado. Depois de ser escolhido como seu parceiro, ele ficara bravo. Mas havia um sentimento no olhar dela naquele momento, determinação revestida por dor, que despertava uma pequena sensação de familiaridade nele. Aquilo era algo que conseguia compreender mais do que comentários incisivos feitos para impressioná-lo.

— Você vê seu próprio objetivo como admirável? Libertar seu pai? — perguntou ele, e ela fez uma careta.

— Não, não admirável. Mas é o que devo fazer de qualquer maneira.

A expressão dela era séria, e Janeta não disse mais nada por um longo momento. Daniel a observou pelo canto do olho. Enfim, ela murmurou algo em espanhol e riu baixinho.

— O que foi? — perguntou Daniel, tenso.

Ela estava rindo dele?

— Só estava pensando que essa talvez tenha sido a conversa mais agradável que já tive com um homem. Em um navio de guerra, cruzando o território inimigo.

Daniel ficou estranhamente comovido. As pessoas o evitavam, achavam-no desatinado. Ninguém conversava com ele como um homem cujas opiniões importavam havia um tempo, muito menos achavam sua conversa agradável. O próprio Daniel garantira aquilo. Ele não queria se dar ao trabalho de interagir com os outros. E ainda assim...

— Eu era conhecido pelo meu jeito cativante — comentou ele, e foi um lembrete para si mesmo também.

Os amigos o procuraram depois da igreja; seus colegas o escutavam falar. Ele com frequência se via no centro de círculos sociais em reuniões em qualquer esfera de sua vida. Talvez tenha sido por isso que voltar para casa fora uma tortura tão grande. Ele fora relegado para as margens de todos os grupos, afastado por perguntas intrusivas, olhares de pena ou silêncios desconfortáveis.

— Seu jeito cativante?

Janeta sorriu para ele e foi um sorriso acolhedor, acolhedor demais para ser calculista.

Daniel um dia soubera quando uma mulher o achava agradável, embora ele próprio sempre quis agradar a apenas uma. Os olhos de Janeta eram castanho-claros, como xarope de bordo se derramando em um balde, e havia algo de sedutor em sua profundidade desconcertante. Ele desviou o olhar, traçando com os olhos a curva do pequeno nariz arredondado e a forma do lábio inferior carnudo antes de voltar os olhos para o chão da cabine.

— Você ainda pode ser conhecido por isso se não tomar cuidado — alertou ela.

— Não coloquemos a carroça na frente dos bois. Eu não estava completamente irritado com nossa conversa, só isso — acrescentou ele, e foi premiado com um riso.

— Esse é um elogio enorme do detetive Cumberland. Não se preocupe, não vou contar para ninguém que você pode ser bem tagarela quando está preso em um navio.

Ela se levantou de novo e olhou pela fenda na parede de metal, e Daniel afastou o olhar da curva do quadril que estava na altura de seus olhos.

Ele se forçou a não pensar na conversa deles e sim em Enterprise, e no que os esperava lá. A nova meta dele era encontrar um jeito de participar daquela reunião. Conversar era bom e agradável, mas Janeta não era a única com um objetivo a alcançar.

⊶⊷

Os olhos de Daniel se abriram de repente... ele tinha adormecido? Em um momento tudo estava envolvido em escuridão, no outro ele estava bem desperto, com o olhar analisando a cabine do piloto. A cabeça dele estava repousada em algo firme; tecido roçava em sua bochecha e o suave aroma de baunilha chegava a seu nariz. Quando se afastou, percebeu que estivera descansando no ombro de Janeta.

Seu rosto ficou quente; o trabalho exigia alguma intimidade com seus companheiros detetives, mas normalmente não daquele jeito. Ele nunca se permitira a liberdade de usar um deles como travesseiro. Quando olhou para o rosto dela, a expressão da mulher estava tensa.

— Nós...

O som de balas acertando as paredes de metal que os cercava foi seguida por gritos de ordens no convés do navio, interrompendo-a, e ele compreendeu por que despertara.

Ele segurou Janeta pelas lapelas da casaca e a empurrou para o chão, cobrindo o corpo dela com o dele enquanto uma chuva de tiros assolava a embarcação. Soldados gritavam ao se posicionarem; a voz de Hooper se ergueu sobre o tumulto, dando ordens aos homens. Daniel torcia para que o capitão tivesse mais controle de sua tripulação do que Janeta tinha insinuado.

A fuzilaria durou o que pareceu ser uma eternidade e então, enfim, houve o barulho do ataque de resposta do navio deles; o estrondo de armas pesadas disparando na direção da margem do rio junto aos rifles dos soldados.

Sob si, o coração de Janeta batia forte por baixo das costelas, e ele podia sentir a pulsação no próprio peito. O rosto dela estava pressionado na clavícula dele, e Daniel envolveu o topo da cabeça dela com as mãos.

Ele se lembrava da primeira vez que tinha confrontado o inimigo. Ele não era um guerreiro de nascença, pelo amor de Deus. Era grande, e anos ajudando o pai ferreiro o deixaram forte. Mas, mesmo depois de tudo que passara (mesmo com seu desejo ardente por vingança), quase se mijara na primeira vez que uma bala passara de raspão por ele. Daniel não valorizava muito a vida, mas algo dentro de si gritara de medo e insatisfação diante da possibilidade de um pingo de metal tão pequeno e inconsequente acabar com ele. Depois do medo viera a raiva. Não sobrevivera a tantas coisas para ser morto com tamanha facilidade.

Mas Sanchez era nova naquilo, e mole, mesmo com toda a bravata e o suposto propósito — ela não tivera tempo de endurecer e parecia que estava apenas começando a entender a gravidade de sua missão. Ele sentiu uma pontada suave de pena dela, embora não devesse. Ela era uma detetive, como qualquer outro, e escolhera ser.

Ela tremia de medo embaixo dele, e Daniel começou a se erguer e se afastar.

— Vou retribuir o ataque — anunciou ele com calma, erguendo a cabeça para localizar uma das fendas que permitiria uma ação ofensiva.

Em algum lugar na mente, ele compreendeu que, se alguém deveria receber sua proteção, aquela pessoa era o capitão Kendall, mas não importava mais.

— Tem um rifle bem ali — disse o capitão. — Imagino que tenha uma mira mais útil do que o que quer que esteja carregando.

Daniel pegou a arma, as munições e a carregou, ignorando os projéteis acertando o ferro que revestia a cabine do piloto em intervalos regulares. Ele deslizou a boca do rifle pela fenda alocada ali exatamente para tal propósito quando ouviu alguém atrás dele. Ao olhar por cima do ombro, Janeta se levantara, hesitante, e estava empunhando seu pequeno revólver com as mãos trêmulas.

— Fique abaixada, perto dos grãos — falou ele, e se virou para dar o tiro.

— Sou sua parceira — disse ela, com a voz distante, pois tinha ido para a fenda do outro lado da cabine. — Não vou deixar a defesa da minha vida ou da sua apenas nos seus ombros.

A voz dela falhava, mas havia uma determinação ali que o surpreendeu. Ela não tinha perguntas, apenas superara o choque e começara a fazer o que era preciso.

Daniel não discutiu e não prestou atenção à admiração que o atingira com mais força do que qualquer coisa que sentira em meses. Qualquer coisa além de resignação cautelosa era um perigo quando se tratava daquela mulher. Em vez daquilo, ele olhou por meio da fenda, procurando por lampejos delatores na floresta sombria na beira do rio, mirou e atirou.

Capítulo 10

Janeta achava que conhecia a escuridão, mas o preto profundo das matas do Mississippi em uma noite sem luar era algo completamente diferente. Estava repleto de sons desconhecidos e ruídos estranhos, e ela estava assustada. A escuridão a lembrava das histórias que sua criada — sua escravizada — contava para ela, sobre *El Cuco*, *El Viejo del Saco*, o monstro que perambulava pela noite com seu enorme saco procurando por crianças malcriadas para as raptar e as levar embora.

Ela não era mais criança, mas mereceria qualquer punição a que fosse sentenciada se *El Cuco* chegasse ao acampamento deles.

Janeta fizera uma única trança no cabelo depois de montarem o espaço e colocara entre os fios a anotação dobrada que fizera no acampamento da Liga da Lealdade e no barco enquanto Daniel dormia. Ela se preparara calmamente para traí-lo, assim como à Liga da Lealdade e ao Norte.

Agora não sabia ao certo o que fazer a seguir.

Henry e seus superiores explicaram que ela precisava encontrar forças confederadas, se possível encontrar uma estação de telégrafo, e repassar as informações. Tudo que Janeta conseguira desde sua primeira e única carta para Henry, contando que ela fizera contato e estava sendo levada a uma reunião da Liga da Lealdade, foi aquela trança desajeitada e disforme com uma anotação presa dentro. Não conseguia se forçar a pensar na realidade de entregar as informações para as forças confederadas naquele momento, depois de tudo que vira desde que saíra de Palatka. Depois dos últimos dias com Daniel e os outros detetives.

Não pensara direito sobre nada daquilo. Concordara com a missão porque não quisera decepcionar papi ou Henry, mas naquele instante também não queria decepcionar Daniel. Mais surpreendentemente, ela não queria se decepcionar.

Janeta estava muito perdida, tropeçando ainda mais em seu labirinto de emoções quanto mais tentava compreender como exatamente acabara naquela situação. Seus esforços para conquistar Henry custaram a liberdade do pai, e seus esforços para libertar o pai poderiam custar a vida de pessoas como Daniel — e pessoas como ela também. Janeta estava começando a entender melhor tanto o lugar dela naquele país quanto sua geografia interna; estava renovando o mapa de si mesma, agora que podia sair e explorar o terreno ao redor. Mas, no fim, seu novo conhecimento não mudava muita coisa. Se ela não enviasse mensagem alguma, perderia tanto o pai quanto Henry. Poderia lidar com o último, embora um dia aquilo fora impensável, mas o primeiro... não podia perder papi.

Fora tola de pensar que o amor era algo puro. Fazer o que era certo para o seu coração poderia parti-la em pedaços e custar sua própria alma.

Fez-se uma breve fagulha; então a madeira pegou fogo. Daniel se inclinou até as chamas da fogueira do acampamento para avivá-la, o brilho fraco alaranjado iluminando as curvas das bochechas dele e a largura de seu nariz.

Janeta vira aquele rosto de perto, sentira o peso dele quando Daniel se jogara sobre ela, protegendo-a com o próprio corpo quando o navio tartaruga fora atacado. Ela conhecera o peso do corpo de Henry sobre o dela quando ele se satisfizera — Daniel tentara dar a Janeta sua vida. Não ajudou em nada que, depois de terem saído vivos do ataque, depois que seus nervos zunindo se acalmaram, ela não conseguira impedir a mente de continuar voltando ao momento que estivera sob ele no chão da cabine. Aquilo mudara algo nela.

Quando fora pedir ajuda a Henry, a primeira reação dele fora convencê-la a colocar a si mesma em risco. A segunda fora acariciar o rosto dela, o pescoço... Ela pensara que ele estivera oferecendo consolo, até que uma mão fora para o ombro dela, para pressionar suas costas na árvore, enquanto a outra fora para o cinto dele. Henry dissera que queria fazer amor com ela mais uma vez e não se importara com o fato de que Janeta estivera muito tomada pelo luto para querer o mesmo. Ela segurara na árvore enquanto ele estocava nela e murmurava como a amava no seu cangote. Janeta sempre presumira que o amor fosse daquele jeito, quando se encarava os fatos: se entregar ao desejo de alguém com a esperança de que talvez aquela pessoa se importasse com o seu.

Daniel olhara em seus olhos quando se deitara sobre ela, com balas bombardeando as paredes de ferro, e ali Janeta encontrara o que estivera buscando quando correra até Henry naquela noite que sua vida mudara.

Força. Preocupação pelo bem-estar dela. Determinação em protegê-la.

Não era amor, mas a deixara tão presa quanto o corpo dele tinha feito, com o peso a mais de saber que estava no meio do processo de traí-lo.

Janeta era uma tola.

— Obrigada. De novo.

As palavras dela foram tão baixas que quase acabaram devoradas pelo crepitar da fogueira, mas ele pareceu ouvi-la.

Daniel se agachou sobre os calcanhares ao lado do fogo.

— Não precisa agradecer. De novo.

— Estava falando a verdade mais cedo? — perguntou ela de repente. — Sobre não ter nenhuma mulher?

— Não vejo como isso tenha relação com algo — respondeu ele, sucinto.

— Desculpe por insistir. — Ela se sentiu esquisita, como uma folha levada pelo vento e arremessada ao redor. Não estava acostumada a falar o que realmente pensava. Mas algo na noite escura do Mississippi, e em Daniel, permitiu que assim fizesse. — Eu estava apenas pensando sobre o amor. Como sempre me disseram que era a única coisa que poderia me proteger.

Ela respirou fundo ao perceber aquela verdade horrível. Que foi o que sua mami a ensinara, com suas lições sobre como se tornar agradável. Que, se encontrasse o homem certo para amá-la, não teria que se preocupar com mais nada. No entanto, o amor não salvara mami. Naquele momento, Janeta estava começando a pensar nos delírios de sua mãe e se perguntar se talvez o amor tenha sido o que a empurrara para a morte.

Ela suspirou.

— Alguém ama de verdade? Ou está todo mundo apenas agindo como a sociedade espera, usando isto para conseguir o que querem dela?

Daniel a encarou. Sua boca formava uma careta.

— Não posso responder isso. Não tenho coração, lembra? Essas perguntas parecem ser mais apropriadas para o seu pretendente, de qualquer forma. — Ele cutucou o fogo com um graveto. — Não se preocupe, não criei expectativa alguma sobre você. Não precisa me alertar com essas discussões sobre a natureza do amor.

Janeta sentiu as bochechas esquentarem: constrangimento e raiva.

— Não foi por isso que perguntei. — Ela pensou no cinismo de Daniel sobre as intenções de Henry em se casar com ela. Pensou em Henry sendo parte dos Filhos da Confederação e como ele a mandara ao mundo para agradar a um grupo que aparentemente preferiria matar alguém como ela do que a ver livre. — E ele não é meu pretendente.

— Que volúvel da sua parte.

— Não sou eu a volúvel — retrucou ela. — Tola, talvez, por acreditar na conversa dele sobre nosso futuro e ignorar suas ações presentes.

O nariz dela ardeu como sempre acontecia quando segurava o choro. Todas as pequenas preocupações sobre Henry que afastara para o fundo da mente agora pareciam pressionar seus olhos e ela piscou para afastar as lágrimas.

— Ah, é mesmo. "Queria se casar." — Daniel jogou o graveto no fogo. — Será que essa reticência quanto ao matrimônio pode ter sido causada por você ter se juntado aos Quatro Ls?

Ela riu, sem se importar em suavizar os sinais de ressentimento em seu tom.

— Não, ele estava todo ansioso para que eu entrasse. Meu sucesso seria um sucesso para ele, afinal de contas.

— Hum. Então ele te incentivou a se tornar uma detetive?

Ela concordou, envergonhada.

— Ele disse que era como eu podia ajudar meu pai. Mas estou começando a pensar que não é coincidência que o beneficie também.

— Então é desse jeito. O amor te leva a fazer as coisas mais absurdas. — A expressão de Daniel não mudou, mas sua voz estava um pouco mais suave quando falou de novo: — Queria que ele tivesse pedido para você ficar em vez disso?

A dor no nariz se juntou à secura na garganta. Janeta não choraria.

— Eu queria muitas coisas, Cumberland. Mais que tudo, queria ter parado para pensar por que ele me despachou com tanta facilidade. Mas ficar longe dele me ajudou a começar a ver as coisas com mais nitidez, e a visão não é agradável. — Ela balançou a cabeça. — Acredito que às vezes um homem vê algo que quer e almeja, seja uma propriedade, ou uma mulher ou prestígio. Alguns homens não veem diferença entre os três. Eles fazem tudo que puderem para os conseguir. Os fins justificam os meios... é assim o ditado? Para algo que te ajude a conseguir o que quer? — Ela o encarou, e Daniel assentiu. — Acho que talvez eu fosse o meio e me confundi achando que eu era o fim. E talvez tenha feito o mesmo com ele. As mulheres também querem coisas, sabe? — Janeta suspirou e riu de novo, tentando suavizar o clima. — Me desculpe. Eu deveria guardar esses pensamentos para mim e não te importunar.

Ela sempre soubera, em algum nível, que Henry sussurrara exatamente o que ela quisera ouvir. Dissera a si mesma que ele o fizera pela mesma razão que ela: para lhe agradar, para que ela gostasse dele. Janeta não considerara motivos mais abomináveis para aquela manipulação.

Daniel suspirou.

— Tive uma mulher que amei a vida inteira. Minha melhor amiga desde que era criança. — Ele encontrou outro graveto, o pegou e partiu. — Ela queria ajudar a União, e eu disse que não era função dela.

Janeta enrugou o nariz.

— Você disse estas palavras para ela? "Não é sua função?" *Dios mio*. E agora não tem mulher alguma.

— E nem coração. — Ele fez uma careta. — Mas ela é a detetive mais condecorada da Liga da Lealdade. E se casou com outro homem.

Janeta lembrou de coisas que ouvira. Burns, era o nome que cochichavam. Algo sobre terem ateado fogo em uma casa e um navio de guerra confederado roubado. Uma heroína que teria sua história contada muito depois da guerra, se o mundo fosse justo — óbvio que Daniel amara alguém como ela. Alguém que podia fazer tais coisas não se preocuparia em agradar aos outros.

— Você deve odiar esse homem — sussurrou ela.

— É errado odiar o homem que ajudou a te libertar — contrapôs ele. — Mas consegui. Consegui por um bom tempo, porque não é muito difícil odiar. Mas estive pensando, apesar de tentar não pensar. — Então suspirou. — Eu amava Ellen, mas talvez ela tenha sido meu meio para um fim, como você colocou. Um atalho para o conforto e a felicidade que eu achava merecer, que eu almejava. Eu tinha construído um futuro para nós em minha cabeça quando ela me disse que já tinha os planos dela e que eu não estava neles. Você me deu algo para pensar, Sanchez.

Algo ocorreu a Janeta naquele momento.

— Você não queria que ela fizesse parte, mas agora você está aqui. Por quê?

— Bem, quando fui resgatado, me ofereceram uma forma de me vingar. E acho que parte de mim queria mostrar para ela que eu também poderia fazer isto. Que também poderia fazer diferença.

— Então você sabe como é fazer algo porque era o desejo da pessoa que você acreditava amar.

— De certa forma, acho que sim. Mas agora faço por mim e pelos meus motivos. E você deveria ficar apenas se realmente acredita no motivo pelo qual está fazendo também. — Ele se espreguiçou e depois olhou para ela através da fogueira. — Deveríamos tentar dormir.

Janeta não queria que ele fosse dormir; se Daniel dormisse, então ela teria que tentar repassar a informação. Não por Henry. Mas por papi, quem ela colocara naquela bagunça por causa da paixão por Henry. Ele manipulara Janeta pelo corpo dela, mas naquele momento era a única esperança, mesmo que tênue, que ela tinha de libertar o pai. Papi não deveria ter que pagar pelos erros dela.

Ela colocou a mão na bolsa.

— Tenho um pouco de pão e carne. O capitão Hooper me deu quando você estava ajudando a limpar o convés. Acho que ele se sentiu um pouco culpado por nos colocar em perigo.

— Vou comer de manhã — afirmou ele, ajeitando-se no colchonete. — Agora durma. Teremos que acordar assim que clarear e talvez tenhamos que viajar até depois de anoitecer.

— Tudo bem.

Ela partiu um pedaço para si e comeu depressa enquanto Daniel se esticava ao lado da fogueira de costas para Janeta. Quando terminou de comer, ela também se esticou no tecido fino sobre o chão duro e frio, usando a bolsa como travesseiro.

A beira pontuda da anotação que dobrara e trançara em seu cabelo estava pressionando seu couro cabeludo, um lembrete do que precisava ser feito. Ela precisava encontrar alguém para quem pudesse passar em segurança a informação, sua alma que se danasse. Era uma informação minúscula, na verdade, apenas o suficiente para mostrar para Henry e os superiores dele que ela estava tentando — o suficiente para persuadi-los a ajudar papi o máximo que pudessem.

Janeta ficou deitada, observando as nuvens que se moviam depressa pelo céu estrelado, pelo que parecia ter sido horas. Observou por tanto tempo que começou a ver que havia mais do que achava possível existir, pequenos agrupamentos que apareceram depois que os olhos dela se ajustaram, acrescentando uma nova profundidade ao que pensava conhecer das constelações. Como alguém usava aquela desordem confusa de beleza cintilante e piscante como guia? Talvez na verdade todos estivessem tão perdidos quanto ela, chegando a seus destinos com a sorte guiada pela confiança, como Colombo tropeçando na costa do Caribe.

Ela ouvia enquanto observava, e em algum momento a respiração de Daniel se tornou uniforme e lenta... Ele dormiu. Daniel suspeitara de que houvera uma sentinela dos confederados na área a alguns quilômetros para trás. Janeta conseguiria fazer a viagem para passar o recado e voltar antes que ele acordasse?

Podia tentar. Por mais que odiasse, teria que fazer aquilo.

Ela se levantou em silêncio, segurando a saia para não agitar as folhas ao redor, e começou a se afastar em direção ao caminho que eles haviam seguido. *Por suerte*, não teria que depender das estrelas.

— Aonde está indo?

Ela estacou, com um pé levantado e o coração disparado no peito.

— Fazer minhas necessidades — mentiu.

— Não vá muito longe. Se um rebelde atravessar seu caminho, ou um patrulheiro de escravizados... — Ele deixou a frase no ar.

Ela compreendeu o que ele não disse em voz alta.

A verdade da insinuação dele foi como mais um aglomerado de estrelas que estivera nas imediações de seu campo visual, mas que naquele momento entrava em foco, sua obviedade ofuscante.

Janeta respirou fundo.

Daniel estivera dizendo para ela desde que se conheceram: nos Estados Unidos ela era negra, e no Sul era diversas outras palavras grosseiras usadas para a mesma característica. Henry a colocara com uma acompanhante na direção da linha do Norte, onde Janeta conseguira se insinuar para ser recrutada para a Liga da Lealdade. Mas, para passar informações, faltava para ela a única coisa que categoricamente mostraria sua aliança à Confederação e a protegeria: a pele branca.

Aquilo era perfeitamente irônico.

Ela voltou para seu colchonete e se jogou no chão com alguma força, ignorando a dor que se espalhou por seus ossos. Fora enviada com a intenção de espionar para pessoas que a machucariam em um piscar de olhos se não houvesse um sinal visível de que fosse "uma das pessoas boas" e de alguma forma ela ainda racionalizara a decisão. Fizera tanto sentido em Palatka, com Henry a alimentando com declarações vazias de amor.

"Você não é como as outras."

Algo dentro dela se rasgava em dois ao lembrar das palavras de Henry; queimava de vergonha por seu ego ter sido usado contra ela com tanta facilidade. Janeta lembrou de todas as manhãs em que Lucia, sua criada, a vestira e escovara seu cabelo com óleos adocicados. Como ela perambulara por toda a parte com seu vestido sofisticado e comera comida boa, mantendo o olhar cuidadosamente distante dos escravizados trabalhando em todo lugar ao redor dela. Como parara de fazer aquelas perguntas que enfureciam o pai e irritavam a mãe assim que parte dela começou a compreender que não gostaria das respostas. Suprimira a curiosidade e engolira mentiras, doces e fáceis de comer, como tortas.

Ela pressionou o rosto na bolsa e deixou as lágrimas caírem. Janeta fora tola de achar que poderia libertar papi daquela forma, e naquele momento estava presa, a não ser que fugisse durante a noite. Se o fizesse, estaria sozinha e sem ideia para onde ir ou como chegar em casa sem ser capturada, ou pior. Henry fizera tudo parecer tão certo, mas naquele momento ela avançava por um caminho sinuoso e perigoso na própria alma.

Quem era Janeta Sanchez? O que ela poderia fazer naquele mundo? Para o pai, fora uma princesa; para a mãe, a prova de seu triunfo contra os grilhões que uma vez a prenderam. Para as irmãs, era uma menininha que precisava ser mais feminina, mais recatada, menos *morenita*.

Para Henry, ela fora uma iguaria peculiar para ser consumida na noite escura, quando ninguém podia os ver. Ele sempre tivera um motivo para não poder contar para os pais ou amigos, ou informar o pai dela de suas intenções. Ela sempre se forçara a engolir as mentiras dele, mas a distância dera às verdades, que um dia Janeta ignorara com toda força, espaço para galoparem. Estiveram atrás dela desde Palatka até Atlanta e depois Illinois, e finalmente a alcançaram e pisotearam o mundo de fantasia que ela construíra com Henry.

Janeta sempre fora do tipo questionadora, como Daniel a chamara, mas parara de questionar Henry, assim como acontecera com seus pais, e havia apenas um motivo para aquilo. Não quisera saber o que ele diria se ela insistisse demais. Colocara a vida e a alma nas mãos de um homem em cuja honestidade nem sequer podia confiar.

Ah, sua tola. Sua tola ridícula.

Sabia que Daniel estava acordado, escutando, assim como ela devia ter percebido que ele estivera acordado quando tentou escapar. Ele dormia pouco, assombrado pelo sofrimento causado pelo mesmo sistema que ela supostamente estava ajudando.

Pela primeira vez, não estava com medo do que aconteceria se fosse pega pelas autoridades. Janeta temia a expressão no rosto de Daniel quando ele percebesse a traição dela. Temia que ele a olhasse com nojo e ódio e, pior ainda, que aquilo fosse merecido. Ficou deitada no escuro, remoendo a própria desgraça, até que o sono a tomou.

<hr>

Um berro tão doloroso que parecia inumano a acordou. Um grunhido perpassou por qualquer vestígio de sono que ainda se agarrava a ela e Janeta segurou a faca, pronta para atacar fosse lá qual fosse a fera indo para cima deles. Enquanto lutava contra a névoa insistente do sono, se perguntou se não seria *El Cuco* chegando para, enfim, buscá-la.

Ela se levantou, cambaleando, e procurou por Daniel, e o medo congelou seu coração quando o olhar repousou no homem. O rosto dele, iluminado com o pouco de luz que vinha da fogueira, era um espasmo de dor, a boca aberta e os olhos fechados com força. Não, não era dor, e sim medo, diferente de qualquer outro que ela conhecera.

As mãos dele foram para o pescoço e arranharam a pele, e os pés chutavam o chão.

Ela correu até ele, sem saber ao certo o que fazer. Lucia lhe contara histórias sobre homens que morreram ao serem acordados no meio de um pesadelo, e Janeta nunca vira um tão preso no mundo dos sonhos como Daniel naquele momento.

Ela embainhou a faca e mexeu nas folhas congeladas pelo orvalho ao lado da brasa esfumaçada da fogueira deles. Não podia acordá-lo, mas vê-lo em tanta agonia era demais para aguentar. De modo mais pragmático, eles teriam problemas se os gritos chamassem atenção. Ela se ajoelhou ao lado dele e segurou suas mãos, tentando gentilmente impedir que elas continuassem o arranhando. Ele resistiu no começo, mas então cedeu e começou a bater a cabeça. Ela chegou os joelhos mais para perto para que, quando a cabeça dele se levantasse, caísse depois no colo dela em vez de bater no chão duro.

Depois de cair com força em cima da saia volumosa dela algumas vezes, a cabeça dele lentamente repousou no colo de Janeta, com os olhos ainda fechados. Daniel se mexeu e projetou o corpo para cima, a maior parte se movendo para que seu rosto ficasse pressionado nas coxas dela. O calor da respiração dele passava pelas camadas de tecidos, só um pouco, esquentando a pele dela, mas não havia nada de desagradável no movimento. Em vez daquilo, invocava uma ternura sentimentalista, a mesma que suas irmãs provavelmente sentiram quando tentaram descobrir o que fazer com os vestidos rasgados e o cabelo crespo de Janeta depois que mami morrera e antes de Lucia tomar aquele posto.

Mami.

Ela soltou as mãos dele e fez o que a mãe sempre fazia quando Janeta ficava assustada por causa de pesadelos. Acariciou os cachos macios e fechados dele, cantarolando uma canção de ninar que a mãe cantava apenas quando estavam sozinhas.

Drume negrita,
Que yo voy a comprar nueva cunita...

Estranho como sua mãe insistira que ela não era como os outros escravizados durante o dia, mas cantara as mesmas canções de consolo que se podiam ouvir no alojamento dos escravizados na noite escura.

Janeta cantou baixinho, acariciando Daniel delicadamente e torcendo para que ele acordasse logo. A mata em volta dos dois estava em silêncio, mas ela manteve os ouvidos apurados para o som de galhos se partindo. O grito dele fora tão alto; qualquer pessoa poderia estar vindo.

La negrita, se les salen
Los pies la cunita
Y la negra Mercé
Ya no sabe que hace

A cabeça de Daniel estava quente e encharcada de suor, e seus cílios tremeram. Os olhos dele encontraram os dela por um momento, arregalados e cheios de medo, e um segundo depois ele se levantou e ficou de pé mais depressa do que um gato assustado.

— O que aconteceu?

Ele ainda respirava com dificuldade, mas já desmontava o acampamento, ouvindo ao redor enquanto chutava terra em cima do que restava da fogueira.

— Você teve um pesadelo...

— *Maldição*!

Janeta se assustou, mas ele não estava bravo com ela. Daniel se inclinou sobre as chamas, com os punhos cerrados repousando nas coxas.

— Minha garganta está arranhada. Eu gritei, não foi?

— Sim — confirmou ela.

— Me desculpe — disse ele, apertando mais os punhos. Respirou com dificuldade e depois balançou a cabeça.

— Não acho que seja algo sob seu controle, Cumberland. Não precisa se desculpar.

— Peço desculpas exatamente por esse motivo. Eu *deveria* conseguir controlar e, por não conseguir, o inimigo pode estar vindo na nossa direção enquanto conversamos.

Os movimentos dele ainda eram lentos por causa do sono, mas ele começou a enrolar as cobertas de dormir e pegou as bolsas. Janeta de repente ficou muito consciente da mata escura ao redor deles, do céu que clareava e da ameaça bastante real das sentinelas confederadas que ela, apenas algumas horas antes, pensara em procurar.

— Está bem. Precisamos nos orientar — afirmou ela. — Devemos ir para o leste, não é?

— Isso.

Daniel olhou para um lado e para o outro, a expressão sombria; depois colocou a mão no bolso para pegar uma bússola. Antes de abri-la, uma voz ressoou das árvores atrás deles.

— Vocês são fugidos?

Era a voz de um homem, e o som dela fez um calafrio passar pela espinha de Janeta.

Eles não ouviram nada, nenhum passo se aproximando, quebrando gravetos ou agitando folhas.

Daniel soltou a bússola de novo no bolso e pegou a arma.

— Não, não somos fugidos. Somos pessoas livres e temos documentos para provar.

— Não sei ler nada. Não precisa mostrar documento nenhum.

Não. Ah Deus, Janeta também não pensara naquilo — muitos dos homens mandados para capturar escravizados eram analfabetos.

— Já estamos indo embora, se não se importar — afirmou Daniel em um tom de voz que deixava bem nítido que eles partiriam mesmo que o homem se importasse.

— Vocês tão bem? A gente ouviu gritos e achou que era assombração.

— Estamos bem — respondeu Daniel.

A respiração dele ainda estava rápida; para ele, aquele poderia ser seu pesadelo se tornando realidade.

— Tudo bem, então. Tão com fome?

A voz estava mais perto naquele momento, e Janeta podia ouvir as folhas se mexendo por perto.

— É uma armadilha — murmurou Daniel. — Não acredite em nenhuma gentileza falsa.

Ela se lembrou de como ele fora capturado.

— Bem, a gente não tá muito longe daqui — informou o homem. — A gente tá prestes a comer antes de ir embora, se quiserem companhia na estrada. Na direção de Meridian.

Lake mencionara que Meridian era perto do destino deles. Janeta ficou tensa. Aquilo poderia mesmo ser sorte? Ou era uma armadilha? Os russos tinham armado para eles?

— Por que você nos ofereceria comida e companhia?

Daniel já estava com o revólver na mão. A pulsação de Janeta disparou, as batidas do coração ecoavam forte nos ouvidos.

Um homem branco saiu de trás de uma árvore. Seu cabelo escorria liso sob a aba do chapéu, fino o bastante para ser levado em uma lufada de vento, mas, quando se aproximou, ficou evidente que ele não era somente branco. Os traços e ângulos do rosto dele não eram tão diferentes dos de Daniel, embora seu tom de pele fosse.

Uma das mangas de sua casaca se mexeu com o vento, se agitando contra o peito. A manga estava amarrada no meio, mostrando que seu braço esquerdo terminava perto do cotovelo.

— A gente tá se refugiando — explicou o homem. Seus olhos eram claros e azuis. — O sinhô mandou a gente junto com o povo dele pra Meridian, porque tava com medo dos ianques virem libertar a gente. A gente tá indo pra lá, e se estiverem também... — Ele deu de ombros. — Só pareceu que não faria mal perguntar.

— Refugiando? Isso significa que tem soldados ou um feitor com você? — Daniel apertou a arma com força. Ele olhou brevemente para Janeta, que estava inclinando a cabeça, tentando entender a palavra. — Alguns senhores mandam seus escravizados para áreas onde acham que vão estar seguros dos soldados da União, frequentemente com uma pequena escolta armada para prevenir que eles sejam roubados ou fujam por conta própria. Chamam isso de refugiar.

O homem balançou a cabeça.

— Não, nada desse tipo. O sinhô não é rico assim, e a gente não precisa de feitor. O velho sabe que vamos ir pra onde ele mandar. — Ele enrugou um pouco a testa.

Janeta encarou o homem. A expressão dele era sincera demais para esconder malícia, a não ser que ele fosse muito, muito bom em fingir. Fora enganada antes, mas principalmente porque queria ser. Não era o caso ali, e ela o analisou com atenção. Havia preocupação nos olhos dele e uma hesitação que alguém forçando uma mentira não teria reservado espaço para sentir. Ele queria que os dois fossem junto, com certeza, mas principalmente porque parecia estar preocupado com o bem-estar deles.

Janeta se aproximou de Daniel e falou em voz baixa:

— Ao que me parece, se quisermos evitar que descubram quem somos, não faria mal nos cercarmos daqueles que não são como nós.

— Como assim? — Daniel manteve o olhar no homem, mas se inclinou para ouvir Janeta.

— Quando estávamos no navio, fomos atacados como se fôssemos soldados. Se estivermos com um bando de escravizados refugiados, as pessoas não vão pensar em checar para ver se somos detetives. Podemos seguir nosso caminho quando chegarmos a Meridian, e temos nossos documentos para provar que somos livres.

Ele não disse nada e ela se perguntou se talvez não estivesse sendo ingênua de novo.

— Não tenho certeza de que seja assim tão simples — respondeu Daniel. — Mas vamos ver onde dá. — Ela ficou surpresa por ele se render com tanta facilidade. — Talvez seja mais seguro para você ficar com outras pessoas. Eu coloquei você em perigo com meus gritos — acrescentou ele soturnamente antes de se virar para o homem. — Visitaremos seu acampamento e então decidiremos se vamos ou não partir com vocês, se estiver tudo bem.

— Eu me chamo Augustus — apresentou-se o homem, estendendo a mão direita.

Daniel o cumprimentou com relutância, e Janeta inclinou a cabeça na direção dele.

Augustus sorriu, revelando dois grandes dentes da frente, tão imediatamente encantadores que Janeta ficou ainda mais certa de que ele não estava os guiando para o perigo. Esperava ter razão.

— Vamos voltar.

Capítulo 11

Daniel não sabia ao certo o que esperara encontrar (ele estivera tenso e preparado para uma armadilha, o que não era muito diferente de como lidava com a maioria das situações naqueles dias), mas eles encontraram um pequeno grupo de homens, mulheres e crianças negros, ocupados com o preparo do desjejum ou o desmonte do acampamento.

Aquilo o inquietou, o quanto estavam perto uns dos outros dentro da grande vastidão da mata. Se os gritos patéticos de Daniel tivessem atraído atenção indesejada, aquelas pessoas podiam ter sofrido também. E, se estavam tão perto daquele jeito, aquilo significava que outros também poderiam estar.

Daniel seguiu Augustus até onde um homem que parecia uma versão mais velha e extenuada de Augustus estava abastecendo a carroça. O cabelo dele era cacheado em vez de liso escorrido e a pele tinha um tom mais escuro, embora ainda claro o bastante para deixar Daniel inquieto à primeira vista.

— Jim, este aqui é Cumberland — apresentou Augustus. Daniel conseguiu escutar algo no tom de voz dele. Respeito? Desculpas? Ou talvez algo ainda mais sinistro? — Encontrei ele e a dama dele lá na mata e pensei que ia ser bom eles viajarem com a gente. Eles tão indo pra Meridian também, então simplesmente faz sentido.

Jim soltou um suspiro profundo; Augustus mudou o peso de um pé para o outro e franziu a testa.

— Se for um problema, podemos ir embora — informou Daniel.

Ele não sabia qual era a tensão entre os dois homens, mas tinha os próprios problemas e não precisava ser arrastado para os dos outros.

— Não tenho problema com vocês. É ele que tá me dando nos nervos. Você tem irmãos, Cumberland? — perguntou Jim, com o olhar em Augustus.

— Não.

Ele olhou para o lado e descobriu que Janeta tinha se afastado. Rastreou o movimento pela visão periférica e a viu indo na direção das mulheres e das crianças, como se eles não estivessem no meio de estranhos possivelmente perigosos. Era de se imaginar que ela saberia que precisava ficar perto dele, mas, se tinha algo que Daniel aprendera sobre sua parceira, era que ela confiava demais.

Ele olhou de novo para Jim, que tirou o chapéu e esfregou os cachos.

— Então talvez você não entenda como é irritante quando fala pro tolo do seu irmão caçula não entrar na floresta escura para ir atrás de sons que podem ser traficantes de escravizados querendo pegá-lo, e ele faz isso de qualquer forma.

Daniel sentiu algo perpassar seu corpo com uma onda — o relaxamento suave dos músculos tensos. Não tinha como fingir aquele tipo de raiva pelo bem-estar de outra pessoa. Aquilo não significava que o cuidado de Jim se estendesse para Daniel e Janeta, mas significava que eles provavelmente não eram ameaças. No mínimo, não o tipo de ameaça que Daniel pensara.

— Bem, por sorte, não sou um traficante de escravizados e, se eu tivesse encontrado algum, eles se arrependeriam amargamente por nossos caminhos terem se cruzado.

Ele encarou Jim com um olhar fixo, mas o homem estava ocupado demais olhando para o irmão, consternado, para detectar a ameaça sutil de Daniel.

Augustus bufou.

— Me desculpa, Jim. Eu não podia ignorar alguém gritando daquele jeito. Sem chance. A mamãe criou a gente melhor que isso.

Jim suspirou de novo, curvando-se e erguendo uma pilha de cobertores para dentro da carroça.

— Você tá certo. Desde que esses dois não tragam problemas, eles são bem-vindos. A gente pode aproveitar a ajuda. — Uma alta gargalhada surgiu e o olhar de Jim se virou para a fonte do riso. — Vai ajudar Shelley a juntar as crianças pra gente poder colocar eles na carroça.

Depois que Augustus se afastou, Jim se virou para Daniel, esfregando as mãos para afastar o frio da manhã.

— Você está no comando? — Daniel não tinha se livrado totalmente das suspeitas.

— Sim. Mas é Augustus que fala quando param a gente. Ele tem a cor do nosso pai.

Augustus poderia se passar por branco a qualquer momento, dependendo de quem ele encontrasse, e Jim poderia se fosse na noite escura ou perto de uma fogueira. Mandar um Augustus (ou até mesmo um Jim) com seus escravizados se refugiando sem nenhum feitor era no mínimo um risco, até mesmo uma grande tolice, para um senhor de escravizados que realmente quisesse manter sua propriedade. Mas lá estavam eles, indo em direção ao destino como ordenado sem um feitor à vista.

Não fazia sentido, e Daniel não podia confiar em coisas que não tinham lógica. Ele mal conseguia confiar nas coisas que tinham.

— Seu senhor confia em vocês para viajarem sem um acompanhante? O que impede você de fugir?

Jim cuspiu, depois passou as costas da mão pela boca.

— Não tá todo mundo aqui. — Ele levantou um barril e o colocou na carroça, e Daniel ouviu o cacarejo de galinhas vindo de algum lugar atrás da pilha de pertences. — Ele tá com nossa mãe, a esposa de Augustus, meus filhos e o marido da Shelley.

Daniel enfim compreendeu a concessão doentia dada pelo senhor de Jim e Augustus, sentindo uma onda de raiva.

— Ele fez vocês escolherem entre liberdade e família?

— Acho que essa é sempre a escolha pra gente, mas isso mesmo. — Jim desceu o chapéu para perto das sobrancelhas. — Meu velho nunca mostrou pra gente outro sentimento além de raiva, mas com certeza sabe como usar a sensibilidade contra a gente quando precisa. Algumas pessoas podem fugir, mas todo mundo aqui tem algo a perder que a gente não pode imaginar viver sem. Como se ele tivesse organizado o tabuleiro de xadrez e dado pra ele mesmo vários reis ao começar. — Jim balançou a cabeça. — A vida é assim. Vocês são bem-vindos pra se juntarem, contanto que não comecem nenhuma confusão, como falei.

Jim se afastou, deixando Daniel ao lado da carroça. Daniel não podia pensar por muito tempo sobre a esperteza horrível do plano do pai deles. Se estavam indo para o mesmo lado, de qualquer forma, talvez pudessem ser úteis uns para os outros.

Ele começou a colocar as crianças na carroça quando Augustus e a mulher esguia chamada Shelley as levaram para perto. Percebeu que aquela era outra jogada do senhor deles — fugir do Sul com aquele tanto de crianças seria praticamente impossível.

Augustus fez as apresentações.

— Este aqui é o sr. Cumberland. Ele e a esposa vão viajar com a gente por um tempo.

As feições de Shelley ficaram mais receptivas quando ela compreendeu que Janeta e Daniel eram um casal.

— Bem-vindo. Janeta é muito gentil. Já está ajudando com as crianças.

Daniel de novo quase desiludiu os estranhos sobre a falsa noção a respeito dele e de Janeta, e de novo fracassou. Não fazia nenhuma diferença o que desconhecidos pensavam deles e, se a suposta ligação com ela os fizesse se sentirem mais confortáveis, então ele deixaria as pessoas presumirem aquilo. E, se mantivesse Janeta segura, bem, aquilo também não seria ruim.

Daniel girou os ombros, irritado consigo mesmo. Aquela era a parte que ele não queria sobre ter uma parceira: se importar se ela estava ou não segura.

Ele podia se atirar em combates duvidosos sem pensar duas vezes. Não importava se vivesse ou morresse, e muitas coisas seriam melhores se acontecesse a segunda opção. Mas ter uma parceira, mesmo uma tão irritante quanto Sanchez, criava uma ligação semelhante às que faziam aqueles escravizados percorrerem territórios perigosos porque não podiam deixar que seus familiares fossem feridos caso fugissem.

A imagem dela presa embaixo dele no chão de madeira do navio voltou de repente para sua mente. O medo nos olhos arregalados de uma mulher que se metera em uma guerra a qual não parecia conhecer de verdade. A maciez dela.

Ele girou os ombros de novo.

— É muito fácil se dar bem com ela — mentiu.

Daniel podia ser cordial quando queria. Um dia fizera aquilo sem pensar duas vezes. E, embora o cansasse agora, se permitiu saborear as pequenas bênçãos daquele encontro. Para aquelas pessoas, ele era apenas um companheiro viajando, que amava e era amado por uma mulher — a normalidade em tudo aquilo, em meio ao horror das verdades que constantemente perpassavam sua mente sem serem convidadas, o aqueceu.

Óbvio, ele nunca poderia amar ou ser amado de novo, mas aceitaria aquele breve oásis no deserto de seu tormento e continuaria a farsa.

Janeta se aproximou, carregando no colo um garotinho que poderia ser filho dela. Uma fila de crianças seguia atrás junto a uma mulher chamada Mavis, mas o garoto olhava para Daniel com os olhos arregalados.

— Encontrei um amigo para nós, Daniel — anunciou ela, usando o primeiro nome dele. Já havia entendido os papéis que eles desempenhariam. — Moses disse que ele não consegue dormir porque tem medo dos monstros que atacam durante a noite. Contei para ele que conhecia um matador de monstros.

Ela piscou para ele, e Daniel sentiu uma estranha pontada no peito. Ele se lembrou de uma conversa que tivera com Elle, quando ele presumira que os caminhos futuros deles eram o mesmo. Estivera falando sobre como queria filhos, e ela balançara a cabeça e dissera que não sabia como ele poderia considerar aquilo em um mundo como aquele.

"Você não pode mantê-los seguros, Daniel. Não sabe como pode ser ruim."

Ele odiara como nunca podia convencê-la de seu ponto de vista, nunca podia estar certo. Mas ela estivera certa sobre aquilo também. Daniel aprendera aquilo no instante em que fora despejado na plantação e vira as crianças agachadas no campo perto dos joelhos das mães. Aprendera aquilo quando pensara em usar sua formação para ajudá-los e acabara proporcionando apenas dor.

O pai de Winnie saiu da cabana, passando pela multidão de amigos e indo direto até Daniel. Seu rosto era uma máscara de fúria e, embora ele fosse mais baixo, empurrou Daniel com força o bastante para jogá-lo no chão de barro duro. Daniel provavelmente podia ter sido derrubado por uma pena, depois da punição pela qual passara — o laço da corda em volta de seu pescoço, apertado o suficiente para mantê-lo de pé e matá-lo caso suas pernas cedessem. Ele passara horas nas pontas dos pés, com os músculos queimando e as costas ensanguentadas destruídas pela dor, incapaz de relaxar um centímetro sem que aquilo bloqueasse a entrada de ar.

"Winnie está bem?", perguntou ele, com a voz esganiçada. Daniel nem sabia ao certo se as palavras tinham saído. "Eu tentei impedi-lo."

"Não, ela não está bem! As mãos dela..." O rosto do pai se contorceu com pesar, mas então a raiva o afastou do precipício das lágrimas. "A gente tava bem até você chegar aqui achando que é tão esperto. Não é nem esperto o bastante pra esconder o que ensinou pras crianças. Não é nem esperto o bastante pra fazer o feitor achar que você é estúpido. Esse seu cérebro enorme vai consertar as mãos da Winnie? Sabe qual a utilidade de uma menina negra sem mãos boas para colher?"

As lágrimas de frustração do pai, enfim, escorreram pelas bochechas, e a bile subiu pela garganta seca de Daniel.

Ele só quisera ajudar.

O pai dela chutou Daniel, frustrado, mas sem muita força.

"Você tá sempre falando que seu lugar não é aqui, e tá certo. Não é mesmo. Não tem sido nada além de encrenca pra nós."

Ele se virou e voltou para a cabana, as outras pessoas escravizadas o seguiram, deixando Daniel sozinho no chão, arfando.

Imprestável. Ele era imprestável.

Daniel bloqueou a mente das lembranças ruins. Já as revivia em sonhos e precisava se recompor. Além do mais, ver Janeta segurando o menino e a ouvir contando para ele que Daniel poderia protegê-lo o fez se sentir bem, mesmo sendo uma mentira. Poderia fingir por um tempinho também, apenas até chegarem a Meridian.

O menino olhava para ele, maravilhado, e Daniel respirou fundo. *Não* era mentira. Ele mataria qualquer pessoa que tentasse machucar aquela criança ou qualquer uma das crianças com quem estavam viajando. Nunca deixaria tal coisa acontecer de novo.

Ele andou até o menino, forçando um sorriso conspiratório, e alisou a barba.

— Bom dia, Moses. Informaram certo para você. Sou *mesmo* um caçador e matador de monstros quando a situação pede. Tenho uma faca especial que uso para essa tarefa. — Ele ergueu a faca perversa pelo cabo, revelando um lampejo do metal afiado antes de, com habilidade, deixá-la cair de volta dentro da bainha. Os olhos do menino se arregalaram, e Daniel continuou com a bravata falsa. — Os monstros que deveriam ficar com medo agora. Não você.

— Mesmo? Essa faca mata monstros?

Moses olhou para Janeta em busca de confirmação, e ela concordou.

— *Sí.* Mas não é a faca que deixa os monstros com medo.

Ela segurou a mão de Moses com a dela e deu um passo para a frente, diminuindo o espaço entre eles até que pudesse pressionar a palma do garoto no peito de Daniel.

O calor da pressão da pequena mão preencheu Daniel com fascínio e alegria, apagando os últimos vestígios do pesadelo que tivera mais cedo.

— Está sentindo as batidas do coração? — perguntou ela. Moses assentiu. — É *disto* que os monstros têm medo. A faca é afiada e letal, mas não tem nada mais assustador para o mal do que um coração gentil e uma alma forte, e Daniel tem as duas coisas.

A raiva golpeou a diversão de Daniel pela brincadeira. Ele tinha aguentado Sanchez nos últimos dias, mas aquilo era levar as mentiras longe demais. O corpo dele era forte, mas seu coração e alma eram fracos. Ela o presenciara gritando pateticamente na noite. Ela o segurara enquanto ele se lamentava como uma criança. Ela devia estar tirando sarro dele, apontando suas fraquezas para que todos vissem e rissem.

A raiva dele ficou mais feroz, depressa; mas então Janeta espalmou a mão por cima da de Moses, as duas palmas quentes pressionando o tecido da casaca enquanto ela direcionava aquele olhar doce para ele.

Não falou nada, simplesmente o encarou em afronta, como se o desafiasse a se opor às palavras dela.

Não estava tirando sarro dele, ao que parecia. Apenas estava errada. Apenas não estava ciente de que conversava com a casca de um homem cujo único valor estava no sangue que corria em suas veias, sangue que poderia ser derramado a serviço de seu povo, e mesmo aquilo não seria o bastante para salvá-los. No entanto, Moses não precisava saber daquelas coisas. Ele aprenderia um dia, mas não seria Daniel que o ensinaria.

Daniel assentiu e se afastou do alcance do toque duplo, com o ar gelado da manhã se apressando para sugar o calor do local onde as mãos deles tinham estado.

— Moses, você também tem força — afirmou ele. — E gentileza. Nunca deixe que ninguém lhe diga o contrário.

Com aquilo, ele se afastou dos dois e continuou ajudando a carregar a carroça. Era absurdo como, apesar do frio, parecia haver uma brasa brilhando bem no meio dele, onde pensara que sua chama esfriara havia muito tempo. Daniel ignorou aquilo. Não podia se dar ao luxo de se esquentar no fogo de qualquer outra coisa que não fosse sua própria necessidade flamejante de vingança.

Aquela situação era fingimento, mas ele *era* um matador de monstros; eles estavam passando pelo labirinto do Sul, e Daniel tinha a intenção de matar o homem, mítico como o Minotauro, que supostamente esperava por ele se alcançassem o destino.

CAPÍTULO 12

— ADVOGADO, HEIN? — PERGUNTOU Augustus, com os lábios pressionados e as sobrancelhas juntas como estiveram desde que Daniel revelara a profissão que um dia exercera.

Eles estavam fazendo uma pausa ao lado da estradinha esburacada para deixar as crianças esticarem as pernas.

Daniel não estivera preparado quando Augustus perguntara qual era sua profissão enquanto o bombardeava com perguntas sobre a vida além da escravidão, e falar sobre a Liga da Lealdade não parecia a melhor coisa a se fazer naquele momento, por mais amigáveis que fossem aquelas pessoas. Seria necessário apenas uma criança ouvir e repassar a informação para a pessoa errada. E talvez não fosse justo, mas Augustus e Jim eram os negros miscigenados mais próximos de brancos que Daniel já conhecera. Seria muito fácil para os irmãos usarem os privilégios que tinham contra ele se a situação pedisse, e Daniel não podia arriscar seus companheiros detetives ou o sigilo da Liga da Lealdade. Ele já os arriscara bastante com sua negligência desde que lhe fora designada uma parceira. Em vez disso, cutucara o tecido cicatrizado de seu próprio passado e arrancara dolorosamente a verdade.

— Sim. Advogado. — Ele olhou para onde Janeta estava conversando com Shelley, Jim e Mavis. Ela era melhor em manter conversas do que ele, mas Daniel um dia fora um jovem rapaz sociável, e faria sua parte. — Está mudando de ideia sobre ter me chamado para vir junto?

Augustus riu e puxou a aba do chapéu.

— Não! É só que nunca pensei que ia encontrar um advogado negro. Parece que é verdade que qualquer coisa é possível lá no Norte.

— Você ainda não conheceu um. Nunca conquistei aquele sonho — pontuou Daniel. Ele não compartilharia como a própria ingenuidade o impedira. — Mas creio que a liberdade, mesmo a liberdade limitada que temos lá, torne mais coisas possíveis. Tive sorte suficiente de nascer em um lugar onde havia um advogado disposto a me aceitar.

E sua própria fraqueza o fizera perder a oportunidade.

— Parece injusto, não? Como o lugar em que se nasce pode mudar tudo? Jim sempre diz que a gente nasceu amaldiçoado. Papai dizia que tava falando isso na *Bíblia*. A mamãe não gosta disso, mas o que ela pode fazer? — Augustus lançou um olhar funesto para Daniel. — Acha que a gente é amaldiçoado?

— Acho que é conveniente para muitas pessoas que pensemos assim — respondeu Daniel, ofendido.

Uma coisa era Daniel achar ele próprio e seu país amaldiçoados, mas nunca iria tão longe dizendo que seu povo era, especialmente para apoiar um homem que usava aquela ideia para justificar o mal.

— O papai também gosta de falar da glória do Sul. Diz que a gente é amaldiçoado, mas que homens como ele foram abençoados com a terra e os escravos, e um líder como Davis para guiar eles até a vitória. — Os olhos azuis de Augustus não eram mais gentis e joviais. — Davis. Tem dia que eu queria nunca precisar ouvir o nome desse homem de novo.

Daniel assentiu. Aquilo era outra coisa que ele não compartilharia. Não queria o nome de Davis apagado da lembrança. Queria que fosse um nome lembrado para sempre, um nome que causasse medo no coração daqueles que presumiam que a Confederação pudesse se erguer sobre o suor dos negros sem pagar por aquela soberba com sangue. Ele descansou a mão no cabo da faca, se perguntando se a ideia que rondava sua mente desde que os russos contaram sobre a viagem de Davis era ir longe demais — ou se nem sequer chegava perto da linha.

Janeta, então, aproximou-se deles, batendo um pouco os dentes ao sorrir para os dois. Ela já achava aquele frio insuportável, e nem tinha vivenciado a primeira neve. O desconforto dela o irritava, e Daniel odiava que parte daquela irritação fosse pelo fato de não poder fazer nada a respeito disso. Não deveria se importar com o conforto dela, o que não valia de nada quando ele *se importava*.

Nenhum coração, lembrou a si mesmo. *Isso é só fingimento.*

— Seu marido tava me contando sobre a vida de advogado — disse Augustus. — Mas você deve saber tudo sobre isso, imagino.

Janeta balançou a cabeça.

— Não, não sei muita coisa. Ele também não sabe muito sobre minha vida antes de nos conhecermos. Às vezes pode ser difícil, quando se conhece alguém no meio da guerra, explicar quem você era antes. Ou às vezes a gente quer simplesmente esquecer, então não dá explicação alguma. E todos nós estamos mudando, não é? Sou uma pessoa diferente da que era alguns dias atrás.

Janeta disse as palavras com tanta casualidade que tudo que Daniel conseguiu fazer foi olhar para ela. Quem era ela? Ele achava que sabia, mas Janeta continuava se mostrando algo diferente. Melhor. Tentou se lembrar de que ela não era nada além de um fardo que Dyson amarrara a ele. Que era alguém que sabia o que dizer para que gostassem dela.

Ele se lembrou do calor da mão dela sobre seu coração.

— Acho que nunca pensei sobre isso. Acabar de conhecer alguém — comentou Augustus, encabulado. Ele colocou a mão no bolso. — Minha esposa, Clea, cresceu na plantação também, e a esposa do Jim era da plantação vizinha. A maioria aqui cresceu junto, então a gente sempre soube como o outro era.

— Tenho certeza de que mesmo assim você mudou — afirmou Janeta. — Cresci cercada pelas mesmas pessoas e não acho que elas soubessem quem eu era mais do que Daniel sabe. Mas me conte mais sobre onde você morava, se não é algo que deseja esquecer.

Daniel a observou enquanto ela falava com aquele homem que conhecera havia apenas um dia, como ele corou e começou a contar o que ela pedira. Daniel *tinha* a subestimado. Jim se aproximou, mais sério que Augustus, mas sorriu um pouco ao ver que o irmão parecia estar se divertindo.

Se a conversa de Janeta parecesse algo sem esforço, Daniel poderia ter tido inveja do talento dela. Mas, embora seus lábios formassem um sorriso, seus olhos demonstravam tensão quando ela olhava de pessoa para pessoa, quando parava para pensar em perguntas ou respostas. Talvez estar cercada de estranhos não a deixasse inquieta como o deixava, mas aquilo também era trabalho para ela, mesmo que fizesse sem reclamações ou birras.

Daniel conseguiria dar conta até se separarem daquelas pessoas. Aquilo, na verdade, seria um bom treinamento para o que quer que os esperasse. Ele preferia serviços rápidos e sujos, mas, se os Filhos da Confederação fossem realmente encontrar com os agentes europeus, precisaria de algo além de força bruta ou até mesmo um plano de ataque bem pensado.

— Como você se conheceram? Já que não cresceram juntos.

Shelley havia se juntado à conversa, e foi só naquele momento que Daniel se lembrou de Elle, com quem ele *tinha* crescido junto.

Esperou sentir a mesma raiva ou tristeza, mas, antes que pudesse, Janeta começou a falar:

— Bom, alguns amigos nossos nos apresentaram e disseram para Daniel que funcionaríamos bem juntos. Daniel, é óbvio, me odiou.

Todo mundo caiu na gargalhada... exceto ele e Janeta.

— Eu não diria que era algo tão forte quanto ódio — interrompeu Daniel. — Era desconfiança.

— Isso é tão ruim quanto! — Shelley revirou os olhos.

— Ah, mal consigo culpá-lo. Acho que mereci essa desconfiança. Mas então algo aconteceu. Em um momento em que ele podia ter pensado apenas em si mesmo, pensou em mim primeiro. Me protegeu. E provavelmente teria feito o mesmo por qualquer um, porque

Daniel é esse tipo de homem, mas ninguém nunca tinha feito isso por mim.

Ela estava pegando o curto passado que compartilhavam e moldando apenas o suficiente para não ser exatamente uma mentira. Daniel sabia daquilo, sabia o que de fato tinha acontecido, então por que parecia verdade? Eles eram dois detetives da Liga da Lealdade desempenhando papéis de viajantes apaixonados, mas ela parara de encará-lo.

— Não me entendam mal, ele ainda é insuportável quando quer ser. — Janeta ajustou a luva. — Mas eu o admiro muito. E quero ser digna da admiração dele também.

Daniel não achava o clima frio, como Janeta, mas o contraste entre o ar de outono e o calor repentino que se espalhou por seu corpo foi gritante. Queria que ela estivesse mentindo, porque, se não estivesse, significaria que a verdade era que Janeta o admirava. *Ele*. E ela dissera aquilo para ele, com elogios que ele afastara como faria com mosquitos irritantes, mas ali estava, dito em voz alta em frente a todas aquelas pessoas. A partir daquele momento, todos eles o achariam admirável também.

Janeta estava errada. Eles estavam errados. Mas doía como um abscesso o quanto Daniel queria que estivessem certos.

— Ah, dá pra ver o quanto ele gosta dela, olha pro rosto dele — murmurou Shelley, e depois suspirou com melancolia. — Certo, é melhor a gente se apressar.

Daniel ficou na retaguarda, e Augustus se juntou a ele.

— Shelley provavelmente te deixou com vergonha, mas a srta. Sanchez também gosta de você, se é que isso diminui o incômodo.

Daniel assentiu e se ocupou em escutar se alguém podia estar os seguindo com más intenções. Aquilo era muito mais prático do que ouvir as batidas do próprio coração pulsando nos ouvidos, acelerando por anseio em vez de pânico. Era melhor do que lembrar das palavras de Janeta e se sentir aquecido por causa delas.

Sua mãe um dia contara uma história sobre fogos-fátuos que atraíam os viajantes para fora da estrada na calada da noite. Eles queimavam com força, mas sugavam seu calor enquanto você se regozijava da ilusão. Daniel não podia confiar no calor delicioso que se espalhou por seu corpo. Não poderia arcar com aquilo.

Ele caminhou, sozinho, e escutou, lembrando a si mesmo que não era admiração que queria, mas vingança.

⋘∞⋙

Depois de comerem grãos e toucinho no jantar, todo mundo se retirou para dormir, e Daniel aceitou a primeira vigília. O cacarejo ocasional das galinhas que sobreviveram para ver mais um nascer do sol podia ser ouvido durante a calmaria do vento passando pelas folhas lá em cima.

Na hora do jantar, os adultos compartilharam as histórias de como conheceram os maridos e esposas enquanto as crianças interrompiam com perguntas, exigindo atenção de um jeito encantador. Janeta se sentara ao lado de Daniel, mas não tão perto; o riso baixo dela o confundindo pelo prazer que causava dentro dele. Todos estavam falando de seu primeiro amor, e ele devia estar pensando em Elle com a mesma raiva e arrependimento que sentira antes, mas, em vez disso, compartilhou afetuosamente a lembrança de quando era criança, espiando por cima da cerca e a vendo depois que a família dela se mudara para perto dele.

— Então você sempre foi a pessoa que toma decisões apressadas? — provocou Janeta.

— Decisões que talvez não sejam sempre corretas — devolveu ele, sem sentir a costumeira raiva pela rejeição.

— Acho que todos nós tomamos decisões ruins quando o assunto é amor — opinou Janeta, abraçando os joelhos. — Mas aprendemos com elas para talvez tomar decisões melhores no futuro. Aprendemos o que queremos e como pedir por isso. Dessa forma, não ficamos achando que alguém pode nos dar uma coisa que não consegue.

Algo pareceu se estender entre eles na luz trêmula da fogueira, como uma teia fina, quase invisível, de aranha. Ele não se sentiu preso naquela teia; era uma linha de telégrafo silenciosa entre os dois pela qual sentimentos não ditos em voz alta estavam sendo transmitidos.

Era uma conexão. E, enquanto a noite passava e Daniel escutava, ria e se juntava à conversa, ele sentiu a conexão entre si e cada uma das outras pessoas se formando. Moses se aproximou e se aconchegou no joelho dele, deixando uma mancha de gordura de toucinho na calça de Daniel, que já estava imunda. Shelley perguntou para Daniel sobre ter nascido livre e ele perguntara sobre a vida dela.

Quando fora sequestrado e escravizado, não soubera como se comunicar com as outras pessoas na plantação. O mais distante que viajara no sentido sul fora para Nova York, e fora como acordar em uma terra estranha, onde ele não sabia ao certo como falar o idioma. Daniel não conseguira processar a nova vida, ficara amargurado e resistente. Não se importara em fazer amigos. Estava bravo pela forma que as pessoas simplesmente seguiam a vida, como ninguém reagia.

E então reagira e descobrira por que ninguém mais o fazia; não por ele ser mais inteligente do que eles, mas porque sabiam que as consequências eram piores do que Daniel pudera imaginar. Existia hora e lugar para a revolta; e ele escolhera errado e agira sem pensar nos outros. Todos sofreram por causa daquilo.

No momento em que tentara se abrir, depois de ter sido destruído pela corda e pelo chicote, muitos o descartaram como um incômodo que não levara nada além de problema para eles.

Ouvir seus companheiros viajantes falando sobre suas vidas (as partes boas e alegres de suas vidas) o atingiu profundamente. Em vez de sentir a costumeira culpa e recriminação, ele se forçou a focar no exterior, nos outros. Focar nas lembranças boas que compartilhavam e nas vidas plenas que viveram em uma sociedade moldada para extrair a felicidade de dentro deles. O mundo não era, de repente, um lugar melhor, mas talvez não fosse tão irremediável como ele imaginara.

Agora, Daniel estava sentado enquanto todo mundo dormia, com a cabeça tão cheia que bem que poderia estar vazia. Ele se permitira sentir e lembrar, e naquele momento seus pensamentos se voltavam para Elle. Não sentia dor ou vergonha ou raiva; aquelas coisas não tinham mais nada a ver com ela, de qualquer modo. Tudo o que ele sabia era que sentia saudade da amiga, a pessoa que sempre o incentivara e nunca passara a mão em sua cabeça. Sentia falta de Elle, e ela evidentemente sentia a dele, se insistia em continuar escrevendo. Uma vez que não estava tão focado na própria desgraça, Daniel percebeu que seus esforços para a poupar da fraqueza dele provavelmente só serviram para a magoar. E, apesar do que dissera para si mesmo, talvez tivesse *querido* magoá-la como ele se magoara.

Não se autoflagelou. Em vez disso, respirou fundo e pegou a carta mais recente de Elle no bolso.

Talvez fosse o alinhamento das estrelas lá em cima. Talvez Daniel simplesmente tivesse se cansado de odiar tudo e não sentir nada. Não sabia por quanto tempo sua coragem duraria; então rasgou o envelope e o abriu.

Daniel,

Estou ciente de que você não tem lido minhas cartas, então começarei esta da mesma forma que tenho começado as anteriores: sinto muita saudade sua e, se um dia tiver a sorte de te encontrar de novo nesta vida, vou te dar um chute no joelho esquerdo antes de te abraçar até você ficar sem ar.

Espero que esteja bem. Ouço coisas, porque, bem, você sabe por quê. É nisso que sou boa. E porque, quando o assunto é você, quero ouvir tudo.

Não vou perguntar por que está bravo comigo, embora acredite que poderíamos ter um debate vivaz sobre seus motivos, mas devo perguntar: por que parece estar bravo consigo mesmo? Não me importo se você realmente se tornou mal-intencionado e perigoso, como alguns dizem. Não me importo se fez algumas das coisas mais chocantes sobre as quais falam os boatos. Eu me importo com a <u>razão</u> de estar se comportando dessa forma, porque acho que nem você sabe a resposta. Digo isso não para te julgar, mas para que saiba que estou aqui, estou ouvindo, e me importo. Se for considerar qualquer coisa desta carta, então, por favor, que seja isto: EU ME IMPORTO.

Se preferir não discutir nada sério, então devo assumir a responsabilidade de lembrar algo de que pode ter esquecido há muito tempo: aquele verão quando Caroline Dunst se afeiçoou a você e começou a fazer tortas de amora, sem saber que você odiava amoras. Felizmente para nós dois, eu não tinha tal falha de caráter. Não como uma boa amora há algum tempo, e nunca uma torta tão deliciosa quanto a da coitada da Caroline. Ouvi dizer que ela é confeiteira agora e talvez, se esta guerra acabar como desejamos, possamos ir à loja dela na próxima vez que visitarmos nossa cidade natal.

As coisas vão bem para mim. Até que tenho gostado dessa coisa de casamento agora que aprendi que não significa ficar sentada em casa remendando meias (Malcolm é muito bom em remendar, logo, nunca preciso me preocupar com isso). Muitas coisas aconteceram que quero compartilhar com você. Ainda vou escrever de tempos em tempos e espero que um dia você considere apropriado fazer o mesmo, meu amigo.

Com amor e consternação,
Elle
P.S.: Tudo bem, vou admitir que fingir ser paciente não é meu ponto forte. Escreva para mim o mais breve possível ou vou contar para todo mundo que seu passatempo favorito era entalhar bonecos de gatinhos. Vamos ver como sua reputação de "monstro dos Quatro Ls" vai sobreviver a isso. É uma ameaça? Sim.

Daniel leu a carta mais uma vez, com um sorriso no coração, ainda que não nos lábios, e depois a dobrou e guardou. Ele não sabia ao certo o que tinha esperado — recriminação? Provocações e gracejos? Por que sequer se preocupara com a possibilidade de Elle tentar magoá-lo? Existia uma diferença entre não o amar como ele queria que ela o amasse e magoá-lo propositalmente.

Ela estava feliz, ao que parecia. E se importava com ele, mesmo depois de tudo aquilo.

Estivera preocupado com a possibilidade de ela sentir pena dele, ou o tratar como um homem destruído, como seus pais e amigos fizeram, mas ela não pisara em ovos. Daniel não podia dizer que gostava de ler sobre o casamento dela, mas Elle não era do tipo que esconderia a verdade para fazê-lo se sentir melhor. Aquilo o agradara mais do que saber que ela se importava. Não conhecia o homem que ele se tornara, mas não seria desencorajada de conhecê-lo. Talvez fosse a hora de ele fazer o mesmo consigo.

Daniel observou a fogueira por um tempo depois daquilo, com o cobertor envolvendo os ombros e as orelhas apuradas para identificar barulhos perigosos. Depois de algum tempo, ouviu os passos leves de Janeta se aproximando, e o fato de ele não ter certeza se eles indicavam perigo ou não significava que ela provavelmente *era* um perigo.

Daniel lembrou que se jogava de cabeça no perigo naqueles dias.

— Não consegui dormir — anunciou Janeta ao se aproximar. — Vou ficar quieta se não quiser conversa, mas queria me sentar perto do fogo. Este frio é insuportável.

Ela se jogou no chão com evidente cansaço e embrulhou a saia com firmeza em volta das pernas.

— Parece que você vai desmaiar a qualquer segundo — mencionou ele.

— Eu não disse que não estava cansada, disse que não conseguia dormir. — Havia um pouco de irritação na voz dela, mas ele sabia o quanto a falta de sono podia deixar uma pessoa irritada.

— A conversa durante o jantar trouxe lembranças indesejadas?

Ele disse para si mesmo que estava a provocando, que não se importava de verdade com a resposta. Ela mencionara um homem na cidade dela que a mandara para lá. Talvez estivesse pensando nele enquanto estava presa com um impostor danificado.

Ela não parecia se sentir presa quando descreveu como nos conhecemos mais cedo.

Daniel tentou evitar aquele pensamento. Eles estavam mentindo sobre o relacionamento dos dois para prosseguir com o trabalho. Só isso.

— Sim — respondeu ela. Quando ele a encarou, as sobrancelhas dela estavam erguidas, surpresa por ele ter perguntado. — Sinto que todo dia... todo dia acordo e posso ser alguém diferente. E não sei se essa pessoa é boa ou ruim ou uma tola.

Daniel riu com tristeza.

— Isso parece melhor do que acordar tendo certeza de quem você é e desejando ser outra pessoa.

Ela suspirou.

— Sempre tem alguma coisa no caminho da felicidade, não é? — Janeta deu de ombros. — Toda essa conversa me fez pensar. Bem, estou sempre pensando, mas me fez pensar *mais*. Estou triste porque o homem que pensei que me amava não me amava. Não quem sou *de verdade*. Mas talvez isso seja pedir demais quando nem eu sei ao certo quem sou. Sei que esta falação me faz parecer infantil.

Ela o encarou, e a vulnerabilidade em seu olhar o perpassou com rapidez e precisão, como uma lâmina.

— Não tem nada de infantil nisso — respondeu Daniel depressa. — Sempre dizem que precisamos saber quem somos e o que defendemos. Quando voltei do meu aprisionamento e trabalho forçado, o que mais parecia incomodar todo mundo era que já não sabiam quem eu era. "Você mudou," eles diziam daquele jeito decepcionado, e eu nunca sabia como responder. Óbvio que eu tinha mudado! — Ele respirou fundo e abaixou a voz: — Óbvio que eu tinha mudado. Mas queriam que eu sorrisse, dormisse a noite inteira e agisse como se nada tivesse acontecido. Que falasse sobre a guerra e liberdade, mas não sobre a verdade da escravidão. Uma coisa era ler sobre isso em panfletos, e outra era ouvir à mesa de jantar.

Ele esperava que ela lhe oferecesse pena, mas Janeta ficou em silêncio por um momento.

— Acho que é isto que as pessoas querem geralmente. As cordialidades, baseadas no que consideram cordial. Eu *sei* que é o que querem, porque dei isso a eles, e nunca se decepcionaram comigo. Se olhar para as pessoas, para como te encaram e falam com você, é possível ver o que esperam e lhes oferecer. E então ficam satisfeitos.

— Mas e você? — perguntou Daniel. A vida que ela descreveu soava triste. Ele se lembrou da primeira coisa que notara sobre Janeta: como estava sempre observando e interpretando a atmosfera. — Devo dizer que essa característica é bastante útil para uma detetive, mas talvez não seja a melhor coisa para a vida comum.

Janeta soltou um som que pareceu com um riso.

— Eu não era feliz. E é horrível dizer que estou feliz agora, mas estou. Meu pai está preso e este país pode se destruir, mas me sinto diferente. Mais certa sobre mim mesma. — Ela sorriu para ele, e não havia nem um pouco da tentação que usara ao falar com os russos, ou da inteligência sonsa utilizada com o tenente do navio. Era um sorriso sincero e mais atraente do que qualquer um dos outros. — Talvez agora eu seja o mais eu mesma que já tenha sido.

Ele pegou o pedaço de madeira que entalhava quando precisava fazer algo com as mãos.

— Você se arrepende? De ter se juntado à Liga da Lealdade por um pedido do seu amado?

— Não — respondeu ela. — Lamento ter tido motivos para me juntar. Lamento que meu pai tenha sido preso. Mas não lamento isso. — Então bocejou, os belos lábios se abrindo antes de Janeta cobrir a boca com a mão. — Acho que vou conseguir dormir agora.

— Boa noite — ressoou Daniel.

Ele ouviu os passos enquanto ela ia na direção da carroça. Janeta disse que sabia como deixar as pessoas felizes quando conversava com elas. Daniel se perguntou se poderia ser aquela a emoção desconhecida que sentia no peito.

CAPÍTULO 13

JANETA NUNCA HAVIA DEPENADO UM frango antes. Ela também nunca matara um; Shelley descobrira aquilo quando Janeta soltou a ave que estendiam a ela, dando um grito e segurando a saia. A pequena mulher pegara o animal pelo pescoço e dera uma torcida rápida e precisa, com uma expressão divertida, antes de entregar a carcaça para Janeta depenar.

Agora Janeta estava sentada com uma galinha morta no colo, o pânico aumentando enquanto tentava formular uma razão para não poder dar a Shelley o que ela precisava. Mais importante, o motivo de não saber realizar aquela simples tarefa doméstica. Ela era boa em mentir, mas aquilo era algo tão básico, como não saber pentear o próprio cabelo — Janeta aprendera a tarefa com rapidez, embora ainda tivesse emaranhados que torcia para não serem visíveis. Eles precisariam ser cortados quando tivesse tempo para lidar com tal assunto.

Havia tantas coisas nas quais ela nunca tivera que pensar antes de partir, como a preparação da comida. Sabia cozinhar coisas básicas, mas nunca precisara fazer o trabalho sujo de depenar ou esfolar, muito menos de fato matar a pobre criatura que se tornaria a refeição.

Moses passou ao lado dela, com uma expressão dúbia em seu rostinho negro.

— Quer ajuda, srta. Janeta? O cozinheiro me mostrou como faz de um jeito bem rápido lá em casa.

— Obrigada, *chiquito* — respondeu ela, impotente.

O menino segurou a ave e começou a depená-la com agilidade, suas pequenas mãos voando enquanto explicava o que estava fazendo, do mesmo jeito que alguém obviamente tinha falado para ele. Janeta sorriu, mas a repentina tomada de consciência de *por que* um menino possuía aquela habilidade fez seu rosto murchar.

Ele era um escravizado. Aquele menininho lindo, amigável e com medo de monstros tinha um dono e provavelmente só sabia como depenar galinhas porque era útil para seu senhor que ele soubesse tais coisas. Moses olhou para ela, com uma mão segurando a ave e a outra cheia de penas, e Janeta se sentiu enjoada ao se lembrar daquela menininha que se parecia com ela na plantação de cana-de-açúcar. Aquela menina, todas as crianças e todos os adultos na plantação pertenceram a alguém: o pai dela.

Papi é um homem bom. Ele não sabia. Se soubesse, não teria feito daquilo seu sustento.

Ela esticou a mão para pegar a carcaça, tentando esconder a tristeza.

— Você é um menino muito bom e prestativo, Moses. Obrigada por me ensinar. Faço o resto agora.

Ele sorriu, orgulhoso, entregando a galinha para ela antes de se juntar de novo às outras crianças, que brincavam em silêncio ao lado da carroça.

Janeta começou a depenar de novo e, embora estivesse pelo menos fazendo progresso, não era nem de longe tão rápida quanto Moses. Estava decepcionada consigo mesma, mas tentou não deixar transparecer, e as lágrimas que conteve não foram de frustração, e sim de vergonha.

Janeta era lenta porque os escravizados da sua família, as pessoas escuras como ela, com quem não permitiam que se misturasse, cuidaram daquele trabalho. E ela saíra de Palatka, cheia de culpa e raiva, para ajudar a garantir que aquelas pessoas *sempre* tivessem que cuidar dos outros. Aquela não fora sua intenção, óbvio, mas não mentiria mais para si mesma. Se ajudasse a Confederação, poderia muito bem estar colocando os grilhões em volta dos pulsos de Moses ela mesma.

Como poderia fazer parte daquilo? Por que não pensara sobre isso antes de sair de casa?

Porque, se tivesse o feito, as mentiras que sustentavam a própria identidade, instável como era, teriam desmoronado. Talvez devessem ter vindo abaixo mais cedo, antes que Janeta construísse duas décadas de individualidade baseada em quem *não* era em vez de quem era.

Papi nunca fora cruel com ela como o pai de Augustus e Jim. Os irmãos eram resultados de uma união semelhante, embora a cor da pele deles provavelmente lhes concederia mais aceitação dos amigos da família Sanchez do que a dela concedera. O pai deles teria se casado com a mãe se fosse permitido nos Estados Unidos, como era em Cuba? Fazia alguma diferença no final, quando o pai deles e o pai dela ainda eram senhores de escravizados? O homem refugiando aqueles escravizados era dono de sua amada e seus filhos. Ele os forçava a trabalhar para ele. Pensar naquilo deixou Janeta sem chão.

Sua mãe fora mesmo a única a chamar a atenção de Don Sanchez? Janeta fora mesmo a única *princesa* dele? Ela pensou de novo na menina na plantação de cana.

"Ela parece comigo, mami."

Janeta começou a depenar furiosamente, focando na sensação horrível das penas sendo puxadas da pele em vez de na náusea que ameaçava dominá-la. Nunca teria certeza, mas aquilo tornava tudo pior. Na última semana viva, sua mãe tinha berrado e esbravejado, e ninguém soubera o que fazer. Ela definhara na cama, se recusando a comer, murmurando em espanhol e um idioma que parecia com os sussurros dos alojamentos dos escravizados.

"Ìyá rán mi. Eu tentei tanto, Ìyá."

— Essa galinha te fez algum mal antes de ir encontrar o Criador?

Janeta olhou para cima e sentiu sua expressão contorcida por luto e raiva. Ela se forçou a suavizar as feições enquanto observava Daniel, parado a apenas alguns passos dali. Ele estava mais aberto desde que se juntaram aos refugiados, como se os lamentos de seu pesadelo tivessem o feito colocar para fora a amargura, jogando-a em direção ao céu cinza daquela manhã.

Tivera longas conversas com Jim, Augustus e outros escravizados refugiados, falara livremente, sem recorrer a farpas e à raiva, embora tenha ficado em silêncio de tempos em tempos. Tocara o braço de Janeta, até mesmo brincara com ela, seguindo com a mentira de que eram um casal.

Ela odiava o quanto gostava daquela mentira.

Janeta dormira depois da conversa dos dois na noite anterior, repreendendo-se por ter dito demais, por ter se enganado junto com todo mundo. Mas, com a abertura cada vez maior de Daniel, ela se perguntava se ele era daquele jeito antes de ser sequestrado.

— Esta galinha disse algo grosseiro sobre o estado do meu vestido — respondeu ela, com um sorriso curvando os lábios apesar do tumulto na mente.

Ela olhou feio para a carcaça e deu uma sacudida nela, arrancando uma risada de Daniel.

— Bem, então ela fez por merecer essa depenação agressiva. — Ele se sentou ao lado dela e esticou a mão. — Permita-me.

Ela estava confusa, mas passou a carcaça surpreendentemente pesada e ele continuou de onde ela parara. Não era tão bom quanto Moses, mas muito melhor que Janeta.

— Dormiu bem? — perguntou ele.

Ela dormira na parte de trás da carroça cheia de crianças e suprimentos, mas sua resposta foi honesta:

— Dormi melhor do que tenho dormido há algum tempo, depois de conversar com você.

Ele riu baixinho e balançou a cabeça.

— Bom saber que conversar comigo induz o sono.

Janeta estava abrindo a boca para explicar quando ele a encarou, travessura no olhar. Daniel estava brincando de novo, talvez até mesmo flertando. A pulsação dela acelerou.

— Da última vez foi você quem pegou no sono. E me usou como travesseiro, devo acrescentar.

Ela ficara chocada com como Daniel, mesmo mantendo-a distante, ainda caíra no sono encostado nela. Provavelmente fora por causa de pura exaustão, mas... se lembrava de ficar sentada, parada, mal respirando enquanto ele cochilava escorado nela. Tudo aquilo fora esquecido depois do ataque, mas naquele momento ela se lembrava — vividamente. Ao que parecia, Daniel também esquecera.

Ele pressionou os lábios e ela viu a língua dele de relance.

— Isso é verdade. Acho que estamos quites — confirmou ele, com a voz mais baixa que o normal, e algo brilhou em seus olhos.

Ela sabia o que teria dito se fossem mesmo um casal, ou se estivessem flertando de verdade.

Não, para ficarmos quites, eu teria que usar você como travesseiro.

Mas aquele mero pensamento fez todo tipo de ideias rondar sua mente. Ideias que não deveria ter.

— Este é um bom jeito de viajar — disse ela, de repente, então recuou: — Bem, o destino não é bom, e nem o motivo da viagem. Só quis dizer...

— Sei o que quis dizer, Sanchez — falou ele, baixinho, com o olhar concentrado na galinha. — Não é meu estilo habitual. Prefiro ficar sozinho.

Ela pensou na alma destruída dele. Pensou em como ele rira baixo quando Jim contara uma história longa e obviamente exagerada mais cedo enquanto montavam acampamento, então parecera ter se dado conta no meio da risada, como se uma alegria tão simples não lhe fosse permitida.

— Certo — respondeu ela, as ideias parando de girar imediatamente. — Todos têm suas preferências, suponho.

Aquela era uma suposição a favor dela, uma vez que ajustava suas preferências para as de quem quer que estivesse por perto.

Daniel suspirou e espantou as penas da coxa.

— Mas tenho que admitir que talvez ter companhia não seja a pior coisa do mundo.

Ela estivera falando de seus novos companheiros de viagem, mas poderia ele estar falando dela também? E das conversas deles?

Não. Ele fora ríspido e desconfiado com ela apenas duas noites antes. Seu recém-descoberto senso de humor não fora despertado por ela, e Janeta não deveria se importar com aquilo. Ainda estava decifrando o que Henry fora de fato e não precisava sentir o pescoço esquentando por causa do outro homem que lhe direcionava gentilezas de vez em quando. Especialmente um homem que a odiaria se um dia soubesse quais foram as intenções de Janeta quando se juntara à Liga.

— Não, não é. — Ela suspirou e tremeu um pouco por causa da brisa. — Acho que nunca vou me acostumar com este frio. Quase congelei na noite passada.

Daniel não respondeu por um longo tempo.

— Devo me desculpar mais uma vez por aquela manhã. Não vou dormir de novo esta noite. Não posso colocar todos aqui em risco.

Ele não dormira nada enquanto montava guarda? Janeta ficou chocada com a facilidade que ele decidia renunciar o próprio conforto.

— Eles acontecem com frequência? Esses pesadelos?

— Não, mas nunca consigo prever quando vão acontecer. Isso é parte do motivo de eu preferir não ter parceiros. Ninguém para colocar em perigo e ninguém para me olhar com pena quando acordo berrando como se ainda estivesse em um berço.

A voz dele estava perdendo a leveza, como se a amargura estivesse tomando conta de novo, fincando as garras ao subir pela sua garganta e bloqueando os sentimentos bons. Ela se lembrou de como ele a ouvira falar sobre si mesma na noite anterior, como não a julgara.

— Bem, não é como se tivesse feito xixi na calça — murmurou ela, sem pensar. — Fiz isso há alguns meses.

— Como é? — A voz de Daniel saiu estrangulada, mas não pela amargura. Pelo menos Janeta não achava que fosse.

— Estava tão quente que bebi um jarro inteiro de água antes de me deitar. Consigo dormir bem pesado às vezes, então... — Ela não sabia como seguir com a mentira descarada que pulara de sua boca para afugentar a aflição dele. — Suponho que nós dois formemos um belo par. O que chora como um bebê e a que faz xixi na cama como outro.

Quando se virou para ele, Daniel a encarava com os olhos arregalados. Um tufo de pena estava preso em sua barba, e o jeito que aquilo balançou um pouco antes de ele explodir em risos a perpassou com uma onda de prazer, quase tanto quanto o barulho que seguiu. Daniel tinha um riso lindo, grave e baixo, e seus olhos se enrugavam nos cantos. Os pés de galinha eram como as valas de irrigação na plantação, mas carregavam alegria em vez de água, o que não era menos vital.

Ela também se permitiu rir. Eles estavam fingindo, afinal de contas. Que eram um casal. Que ela era uma detetive da Liga da Lealdade. Que não estava presa sem poder sair do nó que ela mesma fizera. Não podia pensar em Henry, em seu pai, ou na sua verdadeira missão naquele momento. Não entre aquelas pessoas. Então Janeta riu e depois pegou a galinha das mãos de Daniel, puxando as últimas penas e a levantando.

— Finalmente acabou? — gritou Shelley, sorrindo também. — Vem cá me trazer essa ave.

Dios, estou cansada de fingir, mas esta parte? Não quero que ela acabe.

Daniel se levantou, pegando a galinha de volta de Janeta e fazendo uma reverência antes de entregá-la para Shelley. Janeta o seguiu, em busca de uma tarefa que pudesse completar sem ajuda. Shelley a mandou descascar algumas batatas enrugadas e cenouras murchas, e ela o fez, se cortando só uma vez.

A galinha assara bem e ficara dourada, com a gordura deliciosa escorrendo pelos vegetais para mascarar como eram velhos, e o sol tinha se posto, quando o som de cascos de cavalos se aproximando os assustaram.

— Crianças, entrem na carroça — orientou Jim.

Ele estivera sorrindo um pouco antes, mas naquele momento seu rosto era inexpressivo. Seus lábios estavam pressionados em uma linha pálida enquanto as crianças corriam, olhando com desejo para o jantar.

Daniel parou ao lado de Jim e Augustus, e Janeta começou a andar na direção dele, mas então ele a fitou com um olhar encoberto por sua frieza familiar.

— Vá cuidar das crianças com as mulheres.

Ela se lembrou do que ele havia dito quando ela tentara vagar pela floresta e não discutiu, embora tenha sacado as armas quando se posicionou na carroça, espiando enquanto três homens com trapos cinzas se aproximavam a cavalo. Homens que, em outra época, teriam implorado por trabalho do lado de fora da plantação dos Sanchez na Flórida. Naquele momento, eles estavam infundidos com a confiança de fardas, armas e poder.

— O que estão fazendo aqui? — perguntou um dos soldados confederados.

Ele parecia ser de uma das patentes mais baixas, o tipo de homem para o qual ela teria passado o recado ainda trançado em seu cabelo. Janeta sentiu um tremor na coluna quando viu como ele olhava para Daniel e colocava a mão na arma que carregava ao lado. Ele desviou o olhar para Jim e Augustus, desconfiado. Ele sabia?

— A gente está só refugiando alguns escravos — explicou Augustus, com a voz em um tom diferente, um tipo de agressividade, mas confiante e amigável, e Janeta se perguntou se ele estava imitando o pai.

Ela não era especialista em gramática daquele idioma, mas estava certa de que aquelas palavras foram ditas de forma vaga. Podiam significar que eles eram escravizados, ou que estavam no comando da viagem, e as duas coisas eram verdade.

— Tem algo para provar isso? — perguntou o soldado.

Augustus procurou no bolso e tirou de lá um documento dobrado. O soldado pegou e leu, lentamente, com a testa franzida. Seus dedos roçavam a ponta da arma e o coração de Janeta começou a acelerar. Ela sentiu o suor brotar entre as sobrancelhas quando se lembrou dos tiros acertando o navio tartaruga; nem mesmo o metal grosso fora impenetrável, e a lona da carroça não seria nenhuma ameaça.

Esses homens, eles podem fazer qualquer coisa conosco. E ninguém saberia. E, se descobrissem, poucos se importariam, fora o senhor de escravizados preocupado com sua perda.

O fato de ela nem conseguir imaginar Henry lamentando sua perda era uma constatação com a qual lidaria mais tarde.

O silêncio tenso se estendeu. Ela podia ver vagamente os lábios do homem se mexendo enquanto ele lia devagar e baixinho. Daniel, Augustus e Jim ficaram parados, mas a luz trêmula da fogueira dançava pelas roupas deles.

— Tudo bem. Parece que é verdade e, mesmo se não fosse, não tem lugar para os escurinhos fugirem. Eles seguiriam aquela Estrela do Norte direto até a boca do rifle de um rebelde.

Ele devolveu o documento enquanto os outros soldados riam.

— Mas este é um jantar muito chique — disse outro homem. — Uma pena ser desperdiçado com escurinhos.

O alívio de Janeta rapidamente virou raiva. As crianças esfomeadas se mexeram atrás dela, e ela apertou as pistolas.

— A gente tem crianças pra alimentar — informou Augustus, com a voz baixa. — O senhor disse que a gente tem que manter eles em boa condição porque ele não quer nenhum escravo que não vai dar pra vender por um bom preço.

Os soldados deram de ombros.

— Bem, temos ordens de requisitar comida e tudo que pode ser útil para nós. Embora, agora que mencionou, talvez alguns escurinhos possam ser mais úteis do que galinha e batatas. Galinha não vai lustrar meus sapatos ou pegar meu desjejum.

Janeta fechou os olhos e rezou. Ela rezou para que um raio caísse naquele homem. Rezou para abrir os olhos e viver em um mundo onde ela não tivesse ignorado tais atos monstruosos, mas, quando os abriu, nada havia mudado. Absolutamente nada, exceto a raiva doentia que a preenchia.

Aquilo não era justo. Em nenhum mundo aquilo poderia ser visto como justo. Mas era a realidade. O mundo em que ela vivera, com lindas bonecas de porcelana e vestidos rendados, fora uma fantasia em frangalhos cobrindo a feiura com uma camada fina, e a camada havia se rasgado de forma irreparável.

— Se for pra ajudar os rebeldes, é evidente que podem levar a comida — interrompeu Jim, tentando soar agradável.

— Pode ter certeza — respondeu o soldado, parecendo irritado que sua chance de pegar à força tinha sido minada pela oferta. — Estamos lutando para manter esses escurinhos longe das garras dos ianques. Diabo, não tem a menor chance de eles comerem melhor que nós. Traz um pouco de bebida também.

Todos os soldados desmontaram. Não queriam apenas levar a comida; se sentariam e apreciariam. Jim e Augustus andaram para longe, mas Daniel ficou parado, com as costas curvadas e os ombros tensos.

— Passa, garoto. Os homens vão comer agora — disse um dos soldados, colidindo o ombro no de Daniel ao passar por ele.

O soldado era bem mais baixo e esquelético; Daniel poderia facilmente surrar o homem até que ele não existisse mais. Mas o soldado nem sequer pensou que aquela era uma possibilidade que valesse a pena ser considerada. Seus amigos tinham armas e ficariam felizes em usá-las.

— Por aqui, Cumberland — chamou Augustus.

Daniel não se mexeu por um longo tempo, e os rebeldes o encararam. Finalmente, ele se virou na direção dos irmãos e se afastou com passos rígidos.

Os soldados riram e comeram fazendo barulho, cantando "Dixie" e outras músicas de confederados. Janeta costumava acompanhar Henry no piano enquanto ele cantava com a voz um pouco desafinada. A lembrança a deixou enjoada. Aquela fora mesmo ela? Mesmo?

As crianças começaram a choramingar, e ela ajudou Shelley a silenciá-los. Moses se arrastou até o colo de Janeta e colocou a beira da lapela da casaca dela na boca.

— Tô com fome — resmungou ele com o tecido abafando a voz.

Ela passou a mão na cabeça dele e suspirou.

— Vai ficar tudo bem — cochichou. — Agora fica quietinho.

Ele assentiu, encostando a cabeça no pescoço dela, e Janeta olhou na direção da fogueira. Os homens estavam finalmente se levantando.

Augustus e Jim se aproximaram, inexpressivos. Os soldados naquele momento estavam olhando na direção da carroça. Um deles tirou o chapéu e coçou a cabeça, e outro arrotou alto. Jim balançou a cabeça, e os soldados começaram a ficar agitados.

— Se quiserem outra galinha, podemos dar — anunciou Jim. — Mas é só isso que vão ter.

Um dos cavalos fez um barulho suave e Janeta viu uma sombra se mexer em contraste com outras perto deles.

— Quem disse? — perguntou o soldado que exigira o jantar. A sombra parou de se mexer. — Porque estou lutando pelo meu país, e isso significa que eu recebo recompensa.

Ele direcionou os olhos, grandes e cobiçosos, para a carroça de novo, e o sangue de Janeta congelou. Ela sabia o que o soldado queria. A mesma coisa que os *yanquis* que a encurralavam em sua própria casa queriam. O que Henry tirara dela com palavras doces.

Ela colocou Moses no chão e empunhou as pistolas de novo. Suas mãos estavam tremendo demais para manejar as facas.

— São monstros? — perguntou Moses.

— Shhh, pequeno. Vá se sentar com os outros.

Ele engatinhou pela carroça até onde Mavis e Shelley estavam de olhos arregalados. Elas não podiam ver o que estava acontecendo, mas pareciam ter adivinhado. Diferentemente de Janeta, provavelmente estiveram tensas por aquele motivo desde que os homens chegaram. Não ensinaram para elas que soldados confederados eram cavalheiros, que eles lutavam para manter as mulheres seguras.

De repente, houve um relincho alto, e um dos cavalos dos soldados empinou antes de correr para a escuridão.

— Ah, merda, aquele cavalo estava com os suprimentos! — gritou um dos rebeldes. — Você não o prendeu, Amos?

— Prendi! Juro que prendi!

Eles correram até os cavalos que sobraram, pularam nas celas e partiram atrás do animal fugitivo. Não deixaram nada além de poeira, silêncio e o vestígio prolongado da intenção lasciva.

Janeta não guardou as armas, ainda não, mas se permitiu respirar fundo, enchendo os pulmões depois das arfadas rasas e ansiosas que dera enquanto observava o horror se desdobrar. Já tinha compreendido antes de Daniel reaparecer no círculo da luz da fogueira, mas ainda assim algo quente, orgulhoso e vitorioso pulsou por ela quando ele surgiu, embainhando a faca. Contudo, ele não parecia estar saboreando o fato de ter enganado os homens. Seu rosto estava fechado quando Augustus e Jim o confrontaram.

Os três debateram por um momento, então todos eles se aproximaram da carroça.

— Não gosto muito de viajar durante a noite, mas acho que é melhor a gente desmontar o acampamento — disse Augustus, baixinho. — *Agora.*

Daniel não encontrou o olhar de Janeta que o buscava quando ela saltou da carroça. Shelley se apressou em descer para ajudar a colocar as coisas em volta das crianças; então todos eles se mexeram. Daniel caminhou atrás da carroça, a arma a postos e o olhar atento à floresta densa, enquanto lentamente percorriam a estrada. A mula ia em um ritmo arrastado no escuro, sendo guiada pelo luar, mas era melhor do que desviar do caminho ou atrair a atenção com a luz de lamparinas.

Janeta pulou da carroça para andar ao lado de Daniel.

— Eu não estava planejando dormir esta noite mesmo — disse ele. — Mas você deveria.

— Vou ficar de guarda com você — falou ela, baixinho.

Queria ficar perto dele e não sabia por quê. Era diferente de quando Henry a olhara de um jeito excitante e segurara sua mão por baixo da toalha da mesa. Ela se sentiu estranha, como se pudesse chorar ou gritar se não falasse o que queria.

— Daniel. — Sua voz falhou.

— Sanchez. — A voz dele estava neutra; ele não queria conversar.

Ela esticou a mão, os dedos descobertos no ar frio da noite porque tinha deixado as luvas caírem na escuridão da carroça, e a colocou sobre o coração dele como fizera antes.

— Você é um homem bom. — As palavras saíram trêmulas, mas ela continuou: — Sei que não confia com facilidade, mas eu nunca mentiria sobre algo assim.

Janeta o sentiu inspirar abruptamente quando o peito largo dele inchou sob sua mão. Então, deixou o braço cair, mas não saiu do lado de Daniel.

Eles caminharam em silêncio, que era rompido apenas pelo rolar lento das rodas da carroça, atentos ao barulho de rebeldes na noite silenciosa do Mississippi.

Capítulo 14

Daniel despertou sem se lembrar de quando havia adormecido.

Ficara de guarda por duas noites depois que o jantar deles fora saqueado antes de Janeta finalmente o forçar a se deitar, lembrando-o que, se qualquer rebelde ou senhor de escravizados os emboscasse, ele não seria útil se estivesse tão exausto que pudesse ser abatido por uma pena. Ela dissera que ficaria de guarda com Augustus enquanto Daniel dormia, mas ele aos poucos ficou consciente do peso atrás dele. Em cima dele.

Não podia vê-la, uma vez que estava deitado de lado, mas ela estava com os dois braços o envolvendo, e a cabeça repousava no ombro de Daniel. Janeta o abraçava com força, de um jeito protetor, como se não fosse soltá-lo por nada.

Era inapropriado, ela deitada com ele daquela maneira. Era absurdo, ele querer ficar ali e deixar o calor confortável do corpo dela ultrapassar o tecido da casaca dele. Era perigoso como ele se imaginava rolando para o lado e se encaixando nela, como fantasiava o que aconteceria caso ela abrisse os olhos e aquele sorriso curvasse seus lábios.

Era *assustador* como ele se sentia seguro daquele jeito, como seus primeiros pensamentos não eram lembranças terríveis, como seu primeiro ruído não foi um choro abafado, mas sim um gemido contido.

Daniel estava em celibato desde que se libertara da escravidão e, durante o tempo que fora escravizado, pensara apenas em voltar para Elle. Tinha muitos motivos para nunca mais deixar ninguém se aproximar de novo, mas a proximidade de Janeta era tentadora. Não por desejá-la, embora o desejo queimasse em suas veias; contudo, era o calor do corpo dela pressionado ao dele que o lembrava que havia coisas boas no mundo (prazeres tão pequenos quanto sentir as batidas do coração de outra pessoa em compasso com as suas) e que ele estava tentando muito esquecer.

Ali, no chão duro, envolvidos pela neblina do início da manhã no outono do Mississippi, Daniel sentia não apenas seu desejo por Janeta, como também bondade, e luz, e risos, e aquilo o aterrorizava. Ele sabia muito bem como aquelas coisas facilmente podiam ser arrancadas de uma pessoa depois que se enraizavam, rasgando as partes do seu coração e da sua alma onde elas estiveram enxertadas.

Naquele momento, ele sabia por que vinha dizendo para si mesmo que nunca poderia ser feliz, para além do fato de que não merecia. Era porque a felicidade inevitavelmente morreria, fosse arrancada à força ou definhando. Ele não queria se envolver com aquela perda iminente, especialmente não com uma mulher como Janeta.

Ele não *deveria* querer, pelo menos.

— Tá acordado?

A voz era fina e aguda: uma tentativa de cochicho de Moses. Daniel levantou a cabeça e encontrou o menino sentado de pernas cruzadas na grama seca com um grande graveto sobre o colo.

— Moses? — sussurrou ele. — O que está fazendo?

— Montando guarda — retorquiu Moses, orgulhoso, jogando os ombros para trás e estufando o peito.

Uma emoção bem diferente preencheu Daniel quando ele olhou para o menino negro e magro com determinação nos olhos.

— Você deveria estar dormindo — falou com suavidade.

— Não tô cansado — insistiu Moses. Então bocejou e sua determinação virou timidez. — Talvez um pouco.

O menino ficou de pé e Daniel esperou que voltasse para a carroça, mas, em vez disso, ele deu três passos e se jogou no chão diante de Daniel, aconchegando-se no peito dele.

Daniel ficou tenso, golpeado por calor e emoção dos dois lados.

— O papai me deixa dormir assim com ele e a mamãe às vezes — explicou Moses. — Espero que cheguem logo aqui. Eles disseram que viriam atrás da gente, mas... espero que o sinhô não tenha vendido eles.

O peito de Daniel ficou apertado. Crianças eram tão resilientes. Era fácil esquecer daquilo enquanto riam e brincavam; elas eram afligidas pelos mesmos medos que os adultos enfrentavam, exceto que podiam fazer ainda menos a respeito daquilo. Podiam apenas torcer para que o mundo fizesse o certo por eles, torcer com a força da imaginação que ainda não estava contida por grilhões, mesmo se os corpos estivessem.

— Também espero que eles cheguem logo — foi tudo o que Daniel respondeu, mas ele jogou um braço por cima do garoto, que suspirou e chegou mais perto.

A cabeça do menino tinha um cheiro doce e de suor, e seu peito começou a subir e descer devagar quase de imediato. Quanto tempo ele ficara sentado ali querendo ser abraçado?

Daniel podia se perguntar a mesma coisa, supunha. Janeta se mexeu atrás dele, sem acordar, mas Daniel não voltou a dormir. Ele olhou fixamente para a floresta, por cima da cabeça de Moses, ouvindo os sons dos pássaros e pequenos animais. Aceitou o calor suave que aquelas duas pessoas lhe deram, mesmo não podendo aceitar que merecia aquilo.

Por fim, ele se mexeu devagar para ficar de pé, desvencilhando-se dos dois. Enquanto tirava a casaca, Daniel viu Janeta se esticar até onde ele estivera e então chegar mais perto de Moses em vez disso. Naquele momento, ela abriu os olhos e sorriu; então Daniel colocou a casaca sobre os dois, assentindo com a cabeça e caminhando na direção das árvores.

Ele lavou o rosto no córrego próximo de onde eles montaram acampamento; a água revigorante o acordou por completo. Se não estivesse tão frio, e o acampamento não fosse tão perto, teria tirado a roupa e se lavado por inteiro. Ainda estava com o fedor do suor ansioso que o banhara enquanto observava os soldados confederados se instalando em volta da fogueira e comendo a comida dos escravizados refugiados. Das crianças.

Estava constrangido por Janeta ter ficado tão perto dele, por ter conseguido sentir o cheiro de medo, raiva e impotência.

Ele queria ter machucado gravemente os soldados naquela noite. Sentira o sangue pulsando, guiando-o na direção deles, exigindo que pagassem pela dor que causaram de forma tão casual, vivenciando-a de alguma forma. Rebeldes insensíveis não mereciam misericórdia, nem de Deus nem do homem. Mas machucá-los podia ter causado ramificações muito mais catastróficas. Ele teria conseguido matar todos os soldados rapidamente e sem fazer bagunça? Ou se um deles tivesse atirado sem direção, talvez acertando uma criança inocente, ou fugido e trazido mais rebeldes para os dominar? Não quisera ver Jim, Augustus ou qualquer outra pessoa machucada por ele não ter conseguido controlar a raiva.

Suas mãos começaram a tremer quando se lembrou do jeito que o rebelde olhara para ele de cima de seu cavalo. Daniel quisera incutir medo no coração do homem, o mesmo medo que morava no dele.

Se ele atingisse seu objetivo em Enterprise, aquele soldado e outros como ele conheceriam o medo. E aqueles como Daniel poderiam sentir um momento de vindicação; o conhecimento de que os homens que faziam o trabalho do diabo não eram imunes à justiça. Por mais que o calor de Janeta e Moses fosse bom, nada seria melhor do que a vingança. Ele precisava se lembrar daquilo. Caso contrário, poderia perder de vista o motivo de ter se juntado à Liga da Lealdade e a oportunidade única diante de si.

— Está se sentindo mais descansado?

A voz dela veio de trás dele e, embora seus pensamentos estivessem em um lugar obscuro, ele sentiu o rosto, ainda coberto pelas palmas das mãos, esquentar e os cantos dos lábios se curvarem. Secou a umidade da barba e se virou para Janeta.

— Estou. Não pude deixar de notar que você estava do meu lado quando acordei.

— Sim.

Uma declaração concreta e fria, dissociada da lembrança acolhedora dela contra a qual Daniel teria que lutar a partir de agora.

Ele esperou que ela aprofundasse a resposta e, quando aquilo não aconteceu, suspirou.

— Por quê?

— Eu estava com frio. — Ela ergueu a sobrancelha, mas seu olhar era suave. — E você estava tão preocupado em... fazer barulhos. Pensei que talvez ter alguém perto pudesse afastar os pesadelos.

Daniel não tinha nada para dizer como resposta. A voz horrível em sua mente lhe dizia que ele deveria se envergonhar por Janeta pensar que ele precisava de ajuda, mas percebeu que outra coisa estava repelindo a vergonha. Gratidão. A emoção não colidiu contra ele como uma onda, mas o preencheu aos poucos, como um riacho vertendo em uma bacia que estivera ressecada pela escassez.

Naqueles primeiros meses em casa depois de ser libertado, houvera um período breve em que pensara que tudo voltaria ao normal. Então os pensamentos obscuros chegaram, junto aos pesadelos que deixavam sua garganta rouca e assustavam seus pais e vizinhos. O pai dele o sacudia para acordá-lo, mandando-o se recompor e dizendo que homens não deveriam se comportar de forma tão imprópria. Houvera tanto medo no rosto de seu pai, e às vezes raiva. Daniel não podia culpá-lo: Richard Cumberland era filho de ex-escravizados. Como deve ter sido irritante ver o próprio filho incapaz de aguentar um período tão breve de algo de que alguns nasciam fazendo parte. Algo que alguns partiam para o além sem vivenciar nada diferente. Ele sabia que o pai tinha tentado ajudar da única forma que um homem idoso sabia como fazer, mas, na época, Daniel ficara taciturno e frustrado.

"Não pode simplesmente ficar ao meu lado? Sem julgamento? Sem pena?"

As palavras pularam de sua boca, e ele se desculpara sem ser sincero. Então dissera para si mesmo que era pedir demais, que não merecia tal clemência, e partira para pelo menos morrer com um propósito uma vez que não tinha um pelo qual viver. Mas Sanchez — Janeta — lhe concedera aquela clemência sem ele sequer pedir.

Ela *era* perigosa.

— Obrigado — disse ele de forma áspera. — Não precisava.

— E você não precisava me proteger quando estávamos no navio, ou carregar Moses nas suas costas ontem mesmo estando cansado demais para andar em linha reta. — Daniel fez um barulho, e Janeta deu de ombros. — Não se ache um fardo. Você não é — afirmou ela com suavidade, e as palavras atacaram aquele desejo secreto que ele acreditara ter protegido de todo mundo. Daniel queria tanto acreditar nela que a esperança doía dentro de si. — Eu fiz porque quis, mas também porque você merece. Merece receber cuidado.

De alguma forma, eles estavam muito perto um do outro naquele momento, apesar da ampla extensão de terra ao lado da água. Daniel percebeu que deram pequenos passos na direção um do outro desde que ela respondera "sim" para sua pergunta. Ela fizera aquilo de forma inconsciente, como ele?

Os lábios de Janeta estavam entreabertos, e ela o encarou através dos cílios espessos. Tendo ou não feito de forma inconsciente, ela agora tinha consciência da proximidade deles e não estava se afastando.

A voz de Daniel estava áspera quando ele falou:

— Você pega coisas que qualquer homem deveria fazer e as faz parecerem nobres.

Janeta balançou a cabeça e deu mais um passo para perto.

— Não compreende? O fato de você achar que qualquer homem deveria fazer essas coisas é o que *te* torna nobre.

Ela estava tão perto que Daniel precisaria apenas abaixar a cabeça para tomar os lábios dela com os dele. O fato de sequer pensar em tal cenário foi um choque para ele, mas menor do que a necessidade repentina e certeira que sentiu de tê-la. Não era apenas desejo que fazia sua pele se arrepiar com o olhar dela. Ele não merecia ter uma mulher olhando-o daquele jeito, como se ele importasse. Como se ela quisesse o fazer acreditar que ele importava.

Daniel se perguntou como deveria ser se *sentir* merecedor de tal expressão. Talvez pudesse fingir, só por um momento, uma vez que já estavam atuando. Apenas até se separarem das pessoas que achavam que eles eram um homem e uma mulher que tinham intimidade. Ele se inclinou, aproximando a boca da dela, ou melhor, permitindo que a boca fosse para onde queria caso ele parasse de se afastar de Janeta.

Ela não recuou. Ficou parada enquanto ele se aproximava, com os olhos arregalados e cheios de expectativas. Ele estava a centímetros do rosto dela quando viu algo saindo do cabelo crespo. Algo pontudo na cor creme, como um papel dobrado. Podia ter sido qualquer coisa, mas algo naquilo lhe causou uma pontada de um presságio inquietante. As mulheres da Liga da Lealdade com frequência escondiam recados em tranças nos cabelos, por onde olhos — e dedos — abelhudos raramente se aventuravam.

— Tem algum recado para mandar, Sanchez? — perguntou ele, de repente, parando de se mexer.

— O quê?

O sorriso que estivera brincando na boca dela se transformou em uma expressão confusa.

Daniel insistiu:

— Estava torcendo para encontrar um jeito de mandar algumas mensagens antes de chegarmos a Enterprise, então, se tiver algo para repassar, pode me dar.

— Você é mesmo um homem interessante — declarou ela, no que ele supunha ser um tom brincalhão. — Não tenho nada.

A mão dela se levantou para ajeitar o cabelo, bem no lugar onde ele vira um pedaço do papel, e o estômago dele se retorceu.

— Tudo bem — respondeu ele ao se virar e voltar para o acampamento, com o manto de humilhação e raiva que temporariamente deixara de lado repousando sobre os ombros mais uma vez.

Perdera o controle de si por um momento. Dyson brincara sobre como Sanchez era inexperiente quando designara Daniel como seu parceiro, mas ela sempre impressionara Daniel com suas habilidades de se adaptar. Ele se lembrou da apresentação dela para os outros detetives, como ela entendera depressa o que as pessoas queriam ouvir e respondera de acordo. Contara a Daniel de forma franca que sabia o que fazer para satisfazer as pessoas e era ótima em lhes dar aquilo, e provavelmente estava retomando os velhos hábitos, se não fosse algo mais abominável.

Ninguém seria gentil com um homem como ele sem um motivo.

Daniel se lembrou daquela verdade. Precisava tomar cuidado quando estivesse com ela dali em diante. Ele se permitira se entregar a sentimentos, porém, por mais que fosse amigável, Sanchez era perigosa. Se nada mais acontecesse, ela já despertara interesses que não deveriam ser despertados, e só aquilo era suficiente para ele se manter distante. Ele tinha planos e não se distrairia com palavras bonitas e um sorriso mais bonito ainda, por mais que desejasse acreditar naquelas coisas.

CAPÍTULO 15

— A GENTE DEVE CHEGAR a Meridian de noite, se o companheiro com quem acabei de conversar sabe do que está falando — afirmou Jim, arrastando um pouco o pé, limpando a lama que se prendera em suas botas ao se aventurar pelo campo pantanoso ao lado da estrada, onde vira um homem consertando um arado. — Então vocês dois podem continuar o caminho de vocês.

Daniel ficou sério. Ele passara tanto tempo tecendo fantasias de vingança contra o Sul ou evitando fantasias com Janeta que não pensara de fato em como chegaria até o homem que era a chave para tudo aquilo: o cônsul britânico. Os russos disseram que ele era um lorde, ou algo do tipo. Não era de se surpreender. Os britânicos gastavam tanto fôlego falando sobre seu abolicionismo sólido, mas a riqueza de seu império estava ensopada com o sangue de escravizados. Chá e açúcar eram deliciosos com um bolinho, mas não apareciam nas ilhas magicamente.

Ele considerou debater o assunto com Janeta, mas a evitara pela maior parte do dia. Ela se aproximara demais, e Daniel levaria um tempo até consertar os estragos em suas barreiras mentais e seu ego. Permitira-se pensar que ela pudesse mesmo… Não. Nada daquilo importava, mesmo que o constrangimento o preenchesse ao pensar o quanto estivera perto de pressionar a boca na dela. Não só porque ele sabia que ela não podia querê-lo de verdade, mas porque, sabendo o que sabia dela, Janeta podia tê-lo deixado fazer aquilo mesmo quando não o queria. Ela tinha consciência de que sua melhor habilidade era ver o que as pessoas queriam, mas não estava ciente de que sua maior fraqueza era querer dar aquilo a elas.

Daniel disse a si mesmo que usar aquela fraqueza contra ela não era retribuição pela forma como ela despertara sentimentos que ele desejava que ainda estivessem adormecidos. O sorriso de Janeta sumira de forma abrupta na primeira vez que ele a cumprimentara com frieza depois do quase beijo. Ele tinha decidido tratá-la como tratara outros detetives antes de ela entrar em sua vida. Aquele comportamento com certeza não lhe rendera nenhum amigo.

"Tolo obstinado que não confia na própria sombra que se esgueira atrás dele."

Daniel não precisava de amigos.

Seus companheiros detetives não compreendiam. Como poderia explicar que uma noite celebrando a própria bravura acabara com ele preso em um caixão, engasgando com a bílis e o medo? Como poderia explicar que seu comportamento na plantação e suas tentativas de melhorar a vida dos companheiros escravizados apenas pioraram tudo?

Ele odiou pensar que talvez Janeta compreendesse. Ninguém o faria.

Sentiu uma pontada na cabeça e o peito começou a ficar apertado. Ele precisava de uma distração para prevenir o que poderia se tornar uma crise vergonhosa.

— O que vão fazer quando chegarem a Meridian? — perguntou Daniel a Jim.

— Bem, a gente vai começar a trabalhar preparando a casa pro nosso pai e o resto deles que vão vir logo em seguida. Ele tem um feitor esperando pela gente, suponho que pra garantir que a gente não vai se sentir livre demais depois de viajar sozinho por todo esse tempo.

Não havia raiva alguma na voz de Jim. Não havia nada, e Daniel sentiu um calafrio ao ouvir o homem falar sobre a própria servidão forçada de maneira tão neutra.

— Você... você quer ser livre? — questionou Daniel, as palavras pesando em sua língua.

Ele não sabia por que perguntara tal coisa, por que sequer abrira a boca.

— O que quero não importa — respondeu Jim com franqueza. — O que quero não muda nada.

— Mas se o Norte ganhar, ou se os ianques tomarem Meridian...

— Se os ianques tomarem Meridian, aí penso em ser livre. — Ele franziu a testa com força antes de falar de novo: — Era pra ele ter libertado a gente, sabe. Antes de começarem os rumores desta guerra. Ele tava deixando eu e Augustus trabalhar por nossa liberdade, ou era o que dizia. Então a conversa sobre separação começou, e algo deu errado na cabeça dele. Disse que a gente era dele e que não ia libertar mais ninguém, mesmo se a gente pudesse pagar. — Jim puxou a orelha, depois passou a mão pela boca. — No dia que a gente soube da proclamação, as coisas ficaram muito pesadas. Como se a atmosfera tivesse ficado toda sufocante. Ele tava quebrando coisas e resmungando e atrapalhando a gente. A gente soube que nosso vizinho não quis se importunar. Ele reuniu os escravizados e disse que, quem quisesse, tava livre pra ir embora. Eles partiram de noite, antes que ele mudasse de ideia e que outra pessoa soubesse e reivindicasse eles. Minha esposa nasceu na plantação daquele sinhô, e podia estar livre se não tivesse casado comigo.

Daniel soubera de tais acontecimentos: senhores que agiram com resignação mesmo enquanto os confederados marchavam em direção à suposta glória dada por Deus.

— A gente não disse nada, mas dava pra sentir que isso fazia tudo e todos vibrarem. A gente *sabia*. E ele não gostou nada disso. Com seu uísque no dia seguinte, o rosto amassado e infeliz, ele fez a gente marchar até a margem do rio. Me fez ficar parado bem na ponta da ribanceira. — A voz de Jim ficou rouca e falhou um pouco naquele momento; ele pigarreou. — O sol tava se pondo, e tava caindo de um jeito bonito naquela água lamacenta, mas o ar tava repleto de maldade. E os olhos e o coração dele tavam repletos de maldade. Ele sacou a arma e atirou antes mesmo de eu perceber o que tava acontecendo. Senti a bala passando de raspão pela minha cabeça.

Daniel lembrou da irritação com o próprio pai, como sentira que o homem não o compreendia mais, mas a relação filial de Jim e Augustus lhe deu uma nova perspectiva. Seu pai o machucara, mas não daquele jeito. Ele não seria capaz de tal maldade.

Augustus interrompeu, com a voz dura em vez de seu tom normalmente animado:

— Ele disse: "Vocês, escurinhos, são meus. E prefiro enfileirar todos e matar vocês antes de uns ianques pegarem vocês de mim." Pensei que ele ia atirar em todos nós bem ali.

— Por que ele não fez isso? — perguntou Daniel, com o peito apertado só de ouvir aquela história horrível.

Ele sabia por que eles demonstravam tão poucas emoções: aquela história era um grito que começaria um desmoronamento de sentimentos se permitissem. Os dois falavam baixo e devagar para evitar serem esmagados pela própria dor.

— Nossa mãe. Ela foi até ele e falou bem baixo, de um jeito doce, e ele abaixou a arma, pegou a garrafa e foi embora com a mamãe. — Jim balançou a cabeça. — Ela tentou convencer a gente a fugir enquanto tivesse refugiando. Disse que Augustus podia levar a gente pra qualquer lugar se ele se limpasse e passasse óleo no cabelo. Mas a gente não pode deixar ela com ele. Não sei o que ele ia fazer com ela ou os outros se a gente fugisse. Então a gente tá aqui.

Daniel respirou fundo. Seu senhor havia sido indiferente com as vidas de seus escravizados; dera todo poder para seu desprezível feitor, preferindo não sujar as mãos com tais interações. Começara a vendê-los em vez de gastar tempo e esforço os refugiando, dizendo que preferia ter dinheiro no banco a se preocupar com *escravos* fugindo ou sendo tomados por nortistas. Fora daquela forma que Daniel acabara no leilão em Richmond. Ele achava que sua experiência fora unicamente grotesca, mas as vidas de Jim e Augustus reforçavam sua vergonha pela incapacidade de superar.

Ainda assim, o cinismo de Jim machucava profundamente. Daniel queria dizer para o homem viver, para pensar em seu futuro e no de sua família, mas o próprio Daniel não vinha conseguindo fazer aquelas duas coisas. Como poderia exigir aquilo de outro?

Augustus suspirou e, enquanto falava, surgiu cor e leveza em sua voz de novo.

— Se a gente se libertar...

— Quando se libertarem — propôs Daniel. Sua garganta ficou apertada pela emoção e ele pigarreou.

Augustus assentiu.

— Quando. Quero conseguir uma terra pra gente, onde a gente vai poder plantar, criar animais e prover pras nossas famílias. Algum lugar legal, com uma escola pras crianças e uma igreja onde a gente vai poder rezar livremente. Acho que não machuca ninguém planejar isso. Não é pedir muito.

— Não. Não, não é — concordou Daniel.

— Acha que vão deixar a gente ter isso? Não é muito, mas é *alguma coisa* — troçou Jim. — Eles querem tomar tudo que a gente tem, irmão. Eu me pergunto se um dia a gente vai poder tirar deles como eles fizeram com a gente.

Enfim, Daniel fez a pergunta que o perturbava desde que os russos haviam revelado os planos da viagem de Davis para ele e Janeta:

— Já me perguntei a mesma coisa. O que podemos tirar deles? Por exemplo, Jefferson Davis, que eles tanto veneram. E se ele fosse impedido antes que seu governo pudesse nos ferir mais?

— Impedido? Tá falando de morte? — perguntou Augustus. — Não acho que a gente deve matar pessoas. Não é nosso papel brincar de Deus.

— Mas a gente tá em guerra — resmungou Jim. — Por que impedir um homem é brincar de Deus, mas matar um monte é certo e excelente?

— Não gosto de nenhum tipo de morte, Jim, mas não há honra alguma no assassinato. É disso que você tá falando, certo? — Augustus olhou para Daniel, nervoso.

Daniel suspirou.

— Não quero ser desrespeitoso, mas que honra existe em deixar viver um homem que trabalha para te manter preso?

— Uhum — concordou Jim. — Ninguém nunca pensa em fazer algo honroso por pessoas como a gente. Não posso dizer que ia ficar triste se alguém ajudasse a conduzir Davis e todos esses rebeldes que a gente ouve falar toda noite pro além. Eu não ia ficar triste se eles fossem arrancados da Terra. Se já existiu um momento de matar e coisa assim, a hora é agora.

Augustus balançou a cabeça, teimoso.

— Bem, acho que Deus vai decidir isso, assim como Ele vai decidir quando e como Davis vai partir. Como disse, qualquer pessoa que pega essa responsabilidade pra si tá brincando de Deus.

— Ou talvez seja instrumento de Deus — contrapôs Jim, evidentemente frustrado. — A gente também precisa ser isso às vezes, em vez de apenas amaldiçoado, não é?

— Sempre me perguntei quando nosso povo terá o próprio Êxodo — disse Daniel.

— Êxodo? — perguntou Jim.

— Na *Bíblia*, quando Moisés guia os escravizados do faraó para a liberdade — explicou Daniel, mas percebeu o olhar confuso que os irmãos trocaram.

— Nunca ouvi falar dessa parte — confessou Jim. — Você disse que tá na *Bíblia*?

— Ah, achei que tava falando do pequeno Moses — falou Augustus, rindo. — Ele recebeu o nome de um moço da *Bíblia*, é verdade.

— É assim que chamam aquela dona Tubman* também — disse Jim lentamente, sua expressão indicando entendimento. — Aquela que leva o povo pra liberdade e fala sobre a Estrela do Norte. Patty da plantação do Winston contou pra mim sobre ela.

---

* Harriet Tubman foi espiã, abolicionista e ativista americana. Resgatou mais de trezentos escravizados e foi a única mulher conhecida a liderar homens em combate durante a Guerra Civil. (N.E.)

Um choque terrível atingiu Daniel; para muitos escravizados, o mais perto que era permitido chegarem da literatura eram as histórias da *Bíblia* que lhes contavam; a maioria não sabia ler e recebia as histórias de outras pessoas. Mas nem todas as partes da *Bíblia* eram adeptas das ideias de escravidão. Seria tão fácil estimular a crença na Palavra em um grupo de escravizados isolados, enquanto escondia o que a Palavra dizia sobre liberdade para eles.

— Vou contar para vocês sobre Moisés, guiando seu povo até a Terra Prometida.

Jim e Augustus ouviram com avidez e a seriedade de Jim desapareceu quando Daniel descreveu a abertura do Mar Vermelho.

— Espera, isso não parece justo — exclamou ele depois que Daniel contara que Moisés nunca chegou até a Terra Prometida.

— Não, mas acho bonito lutar pela liberdade de seu povo mesmo que você mesmo nunca chegue lá.

Ele tocou o cabo da faca.

Janeta apareceu ao lado de Daniel.

— Acho que vamos ter que descansar logo. As crianças beberam água demais. Sabemos onde isso pode levar.

Deu uma piscadela para Daniel, lembrando-o de sua confissão da outra noite. Ela o encarou, como se tentasse fazê-lo se abrir para ela de novo, mas Daniel assentiu de maneira breve.

— Tudo bem.

Janeta ficou ali, como se esperasse que ele falasse mais e, quando não o fez, ela se virou, constrangida, e voltou até a carroça.

Quando Daniel olhou para Jim e Augustus, eles estavam trocando um olhar significativo. Que pensassem o que quisessem. Iriam por caminhos separados logo mais e tinham seus próprios problemas com que lidar. Se Daniel sentiu uma pequena pontada de culpa por não ter conseguido sorrir e continuar o fingimento de um casal amoroso com Janeta, bem, não era a pior coisa com a qual havia lidado.

Capítulo 16

Janeta odiava o abismo de ansiedade que se abria dentro de si quando sabia que alguém estava irritado com ela. Era o medo daquele abismo que a fazia se moldar e transformar quem era no que quer que agradasse mais às pessoas.

Ela sentia que devia algo para família porque, embora sempre tenham lhe dito o contrário, sua aparência provava que ela era de fato semelhante àquelas pessoas trabalhando nos campos, servindo, limpando e realizando qualquer outra tarefa que precisava ser feita. Sentia que devia algo para qualquer pessoa que a tratava diferente deles, que a salvava de uma vida de dificuldades.

Então Janeta oferecia para eles o que podia de si mesma e aquilo chegara a ser... tudo.

Afastou qualquer autopiedade. Ela era livre. Tudo que fora pedido dela em troca era para garantir que conseguiria encantar completamente todo mundo a fim de que não a levassem a mal. Não era dificuldade alguma em comparação com uma vida de dificuldades nas plantações de cana-de-açúcar. Afinal de contas, conseguia reconhecer o que as pessoas queriam; tudo que precisava fazer era se encaixar no molde que dispunham para ela.

Papi quisera uma filha que o idolatrasse, que acreditasse em cada uma de suas palavras e o fizesse se sentir um grande homem. As irmãs quiseram uma menina boa e obediente que fingisse não ter a pele tão escura quanto a dos escravizados. Henry quisera uma mulher sedutora, mas tímida; exótica, porém familiar; ardente, ainda que submissa. E Daniel? Ele só quisera que ela o deixasse em paz. Tinha dito aquilo desde o começo. Então não devia tê-la magoado quando ele voltara mais uma vez ao comportamento frio e indiferente.

Mas magoara. Doera de um jeito bem mais profundo do que devia ter sido possível.

Aquela era mais uma prova de que Janeta Sanchez não sabia de nada. Ela se achara corajosa e determinada quando saíra de casa, mas naqueles dias se sentia como nada mais do que sua essência: uma concha, preenchendo-se com o que fosse necessário para satisfazer as pessoas ao redor. Daniel provavelmente sentira aquilo; afinal de contas, fora apenas quando Janeta tentara ser ela mesma com ele, ou o que pensava ser ela mesma, que ele se afastara.

Tentara conversar com ele de um jeito amigável depois daquela manhã no rio e, quando aquilo não havia funcionado, tentara conversar sobre os assuntos da Liga da Lealdade, e depois disso tentara um flerte desesperado. Ele a evitara toda vez, e Janeta, enfim, desistira, ficando perto de Shelley e Mavis e se esquivando dos olhares de pena das mulheres.

A verdade era evidente: ela fracassara. Não conseguira informações para Henry e não queria mais fazê-lo. Não conseguira fazer Daniel querer a ajuda dela. Janeta deveria apenas ir embora, mas como? Teria que encontrar um telégrafo e torcer para a mensagem chegar até Henry, e depois daquilo? Como voltaria para Palatka? Como Henry responderia ao fracasso dela? E papi?

Ela abraçou a si mesma enquanto a carroça sacolejava pela estrada esburacada.

— Logo a gente chega lá — comentou Shelley, entendendo errado a agitação de Janeta e a lembrando de que tinham pessoas com problemas maiores do que ser uma *princesa* mimada e tola.

Shelley, Jim, Augustus e os outros seriam colocados para trabalhar. Ficariam em uma cidade desconhecida com pessoas que poderiam os tratar ainda pior do que aquelas com quem tinham se acostumado.

— Sinto muito — respondeu Janeta. — Por estarmos quase chegando lá.

— Não precisa sentir muito. As coisas são o que são. — Shelley acariciou a cabeça de uma criança que estava encolhida em seu colo. — Logo a gente vai tá livre. Eu sei. E pessoas como você tão ajudando a gente a conseguir isso.

Janeta congelou, e Mavis riu.

— Ah, óbvio que a gente sabia que vocês não eram só dois negros vagando pela floresta sem um bom motivo em um momento como este. A gente conversou com outras pessoas como vocês antes.

Shelley abaixou a cabeça, tímida.

— Queria ser corajosa o bastante pra fazer isso.

A mulher compreendera mal de novo.

Janeta balançou a cabeça.

— Você é muito mais corajosa do que eu. Vocês duas. De verdade. E... e... — Ela fechou os olhos e engoliu em seco, depois os abriu de novo e sustentou o olhar de Shelley. — E vou dar meu melhor para ajudar a acabar com esta guerra. Pelo Norte. Por vocês.

Lágrimas brotaram em seus olhos, e ela as secou. Aquelas palavras (aquela *promessa*) eram a refutação de tudo que prometera quando partira de Palatka. Eram o abandono de seu pai, mas Janeta poderia ajudá-lo de outra forma. Poderia ajudar Daniel a conseguir informações úteis daquele inglês, e talvez do próprio Jefferson Davis, e ela poderia pedir à União para ter clemência por seu pai em agradecimento. Henry dissera que havia apenas um jeito de libertar o pai de Janeta, mas ela estava percebendo que Henry também falava para os outros o que eles queriam ouvir — e ele quisera mais que aceitação como recompensa. Quisera ajudar e instigar homens muito maus.

Naquele momento, Janeta ficou chocada com o que ela havia se recusado a encarar mesmo depois de admitir para si mesma que Henry nunca a amara: ele não estava apenas ajudando homens maus; ele *era* mau.

— Bem, se você diz que sou corajosa, não sou eu que vou dispensar um elogio — respondeu Shelley com um riso trêmulo.

— Você é. E, mesmo se não fosse, ainda mereceria ser livre. Se houver algo que eu possa fazer para ajudar nisso, vou fazer.

Janeta estava tão acostumada a dizer o que as pessoas queriam ouvir que não teve certeza se suas palavras foram verdadeiras ou simplesmente ditas para fazer ela e Shelley se sentirem bem. Tudo que sabia era que, pela primeira vez em muito tempo, suas palavras não soaram como uma mentira. Pela primeira vez na vida, talvez, se sentiu balançada por algo além do amor por si mesma, ou por sua família, ou por um homem. O peito dela se encheu de algo: um desejo avassalador de melhorar, de fazer mais.

Ela lembrou de sua mãe, despedaçada pelas mentiras que contara para si mesma, para a filha e para todo mundo que a ouvia. Janeta não se despedaçaria mais tentando se moldar aos desejos dos outros.

Janeta Sanchez era uma tola, *fatua*, mas mesmo uma tola podia fazer a coisa certa.

<hr/>

Casas começaram a aparecer ao longo da estrada, muitas abandonadas ou danificadas, além de plantações com as safras colhidas ou que não eram aradas havia algum tempo e estavam em repouso. Foi apenas depois de passarem por vários estábulos vazios que Janeta percebeu que não havia animal algum por ali além da mula puxando a carroça deles. E, embora houvesse casas, não havia muitos moradores, mesmo que ela pudesse sentir os olhares de estranhos vindos das janelas escuras.

A guerra tocara aquelas pessoas de um jeito diferente do que fizera com o povo de Palatka. Em Palatka, tinha acontecido combates na margem da cidade e do rio, mas a luta por controle fora uma questão de quantidade e não de força, tendo como objetivo a ocupação e não a destruição. Os *yanquis* que iam a sua casa geralmente o faziam enquanto fingiam civilidade; eles fumavam cigarros com o pai dela e bebiam o rum dele, enquanto cobiçavam suas belas filhas. Mesmo quando o levaram para a prisão fétida, o fizeram com olhares pesarosos.

A área pela qual passaram para chegar a Meridian não recebera a mesma cortesia; o terreno vira batalha pesada. Janeta ouvira Daniel conversando com Jim: depois de Vicksburg, a terra fora disputada em um jogo de cabo de guerra. Soldados de ambos os lados provavelmente pegaram comida e suprimentos do povo dali, e muito mais.

Ela teria sentido pura pena daquelas pessoas em certo momento; já eram pobres e tinham perdido mais do que poderiam possivelmente recuperar. Na sua casa, ajudara a organizar a comida e as roupas a serem mandadas para as cidades ao redor. Mas naquele momento precisava se perguntar como seria recebida ali se batesse na porta deles e tentasse conversar como se fosse uma vizinha ou, pior, socialmente superior.

Janeta balançou a cabeça; não precisava se perguntar. Ela sabia. Sua ajuda não seria recebida de braços abertos, como fora com os escravizados refugiados. Quando chegaram à rua principal de Meridian, ela sentiu um aperto no peito por saber que deixaria Jim, Augustus, Shelley e Mavis... Mal podia pensar em Moses e nas outras crianças.

— Você vai vir visitar a gente? Depois que a mamãe e todo mundo vier?

Os olhos do menino estavam arregalados e cheios de esperança quando eles desceram da carroça, e Janeta fez o que sempre fizera com facilidade. Ela disse o que ele queria ouvir.

— Óbvio que vamos visitar vocês! Daniel e eu não vamos ficar aqui por muito tempo, mas vamos te ver antes de partir.

Ela olhou para Shelley, que estava encarando o chão e mordiscando o lábio.

— Isso ia ser bom — afirmou Shelley, olhando para cima. Seus olhos estavam marejados. — Seria ainda melhor se o velho Abe mandasse mais jovens de azul pra cá, mas dessa vez pra resistir.

— Não sei ao certo, nada é melhor ou pior até acontecer — disse Jim com seu cinismo usual antes de se virar para Janeta e Daniel com um olhar preocupado. — Têm certeza que vocês dois vão ficar bem?

Janeta sentiu o peito se apertar, pois percebeu naquele momento que, embora fossem escravizados, Jim e Augustus tinham poder imbuído a eles, pela cor da pele e forma como as pessoas a viam. Eles haviam oferecido mais do que companhia para a viagem: ofereceram a pequena proteção que tinham. E naquele momento estavam preocupados com a possibilidade de Janeta e Daniel, pessoas livres, sofrerem com a perda de tal proteção.

Ela engoliu o choro. Nunca se permitiria esquecer de que um dia concordara em ajudar os homens que queriam manter Jim, Augustus e Shelley como propriedade deles, para sempre. Ela se envergonhava, mas usaria aquela vergonha como uma estrela-guia.

— Vamos sim — respondeu Daniel.

A voz dele estava neutra, e ele não parecia capaz de fazer muito contato visual enquanto cumprimentava cada pessoa. Daniel se virou para Janeta, então ela viu a surpresa dolorosa no rosto dele quando Moses abraçou suas pernas.

O menino olhou para cima com uma expressão séria.

— Não se preocupa, sr. Cumberland. *Eu* vou proteger todo mundo dos monstros agora.

Ele segurava o graveto que vinha carregando desde que os soldados rebeldes tinham aparecido no acampamento, ostentando-o com o mesmo orgulho intenso que Daniel ostentara ao mostrar para o menino sua faca quando se conheceram.

Ela esperava que Daniel mantivesse o comportamento quieto e retraído que eclipsara seu lado radiante — e o quase beijo deles. Em vez disso, ele sorriu e levantou o menino, sentando-o em seu ombro. O guincho satisfeito de Moses ecoou pelo grupo.

A voz de Daniel estava grave e rouca quando ele falou:

— Moses se ofereceu com muita bravura para proteger todos vocês dos monstros, mas peço que protejam uns aos outros. Podem fazer isso?

— Sim!

As outras crianças se amontoaram em volta das pernas de Daniel quando ele colocou Moses de volta no chão.

— Bem, então acho que vamos indo — anunciou Daniel. — Cuidem uns dos outros.

— Vocês dois também — respondeu Augustus.

Então os amigos deles seguiram pela estrada. Shelley espiou pela parte de trás da carroça e acenou brevemente.

Janeta não entendia por que era tão doloroso se afastar daquelas pessoas. Eles haviam passado apenas alguns dias juntos. Ela conhecera centenas de pessoas no salão da Villa Sanchez. Estava acostumada a se despedir. Mas aquela era a mesma sensação dolorosa que sentira quando Lynne e Carla partiram para a missão delas, deixando-a com Daniel. Estava deixando pessoas que a aceitaram de olhos fechados e pareciam gostar dela como era. E Janeta estava sendo deixada com Daniel, que continuava sendo frio com ela. Se não tivesse conhecido o verdadeiro frio antes, certamente àquela altura conhecia.

— Hora de ir ver esse sujeito Roberts — anunciou Daniel.

Ele caminhou com firmeza, sem nem olhar para Janeta. Eles passaram por um senhor negro diante de um armazém que lançou um olhar desconfiado na direção deles e depois entrou no local pequeno.

Janeta olhou em volta: era uma rua principal comum, com pequenos negócios, cavalos e pessoas indo e vindo, como ela vira tanto em Santiago quanto em Palatka, mas tudo parecia ameaçador.

O povo da cidade fazendo suas tarefas diárias olhava para ela e para Daniel, cochichavam atrás das mãos, ou os encaravam de forma direta. Um homem cuspiu o tabaco e a massa escura caiu bem ao lado do pé de Janeta; ela precisou se conter para não arfar.

Uma camada de suor se espalhou por sua pele, aumentando as ondas de calafrio, e ela tremeu. Lembrou-se do que a mãe dissera quando Janeta chegara à adolescência, curvando-se para evitar os olhares de homens estranhos e das mulheres desdenhosas.

"Queixo erguido, ombros para trás. Lembre-se de que seu pai pode acabar com qualquer um desses tolos que olham de nariz empinado para nós."

Janeta ajustou a postura. Contudo, seu pai não estava ali para ajudar e ela estava com um pressentimento muito ruim sobre as pessoas ao redor deles.

Puxou a manga de Daniel, que parou sem olhá-la.

— Acho que talvez devêssemos voltar por onde viemos — opinou ela.

— Por que faríamos isso? Já nos demoramos mais do que deveríamos.

— Porque acho que não somos bem-vindos aqui — explicou ela. Daniel suspirou.

— Viu, é por isso que eu não queria uma parceira.

Janeta sentiu uma onda de raiva.

— Por quê? Para que ninguém apontasse quando estivesse agindo como um jumento teimoso?

Quando ele, enfim, a encarou, seu olhar era inexpressivo, e ela tremeu de novo.

— Não — falou ele. — Porque você acha que eu me importo em ser bem-vindo.

A aproximação de passos fez tanto Daniel quanto Janeta virarem a cabeça. Ela já estava assustada e tão chateada com a mudança de comportamento de Daniel que quis chorar ou gritar ou as duas coisas, e o homem emburrado parado ao lado deles com certeza não melhoraria o humor dela.

— Que assuntos vocês têm por aqui? — perguntou o homem. — Onde está o senhor de vocês?

A bochecha e o nariz dele estavam vermelhos, como se ele tivesse bebido recentemente ou bebesse com tanta frequência que aquele era seu tom de pele natural. Os olhos brilhavam, achando graça, mas não do jeito que anunciava coisas boas para Janeta e Daniel.

— Não temos nenhum senhor — respondeu Janeta, tentando manter a voz no limite entre a tranquilidade e o respeito. — Estamos aqui procurando Brendan Roberts.

— Ah, estão, é? — perguntou o homem em um tom zombeteiro. — Por qual motivo?

Outros estavam andando devagar para se juntarem ao interrogador inicial; curiosidade, irritação e maldade em seus rostos pálidos. Janeta sabia o que eles estavam pensando. Fora enraizado nela a vida inteira, mesmo sem ninguém dizer em voz alta.

Vão causar problemas. Estão tramando algo. É preciso mantê-los na linha ou o caos vai surgir.

Ela olhou para Daniel, para a forma que o rosto dele ficou vazio e inexpressivo. Sabia que debaixo daquela máscara ele estava amarrado ao medo. Um medo que o prendia e o restringia como o tecido cicatrizado nas costas dele. Por mais que ele a odiasse — Janeta diria qualquer coisa para acabar com a angústia que o fazia chorar durante a noite e o separava do resto do mundo. Ela contaria qualquer mentira, porque mentiras eram tudo o que tinha para dar a ele.

— O homem perguntou por qual motivo vocês estão aqui — acrescentou um dos recém-chegados, com os olhos semicerrados.

Ela respirou fundo, endireitou a coluna e olhou o homem, erguendo o queixo.

— O motivo é a família real da Espanha, enviando mensagens por Cuba.

Eles se entreolharam e depois caíram na gargalhada.

— Vocês, escurinhos, esperam que acreditemos que estão aqui em nome da *realeza*?

O riso deles continuou, estendendo-se muito além do confortável, até que o ruído entusiasmado passou de gozação a ameaça. Talvez Janeta tivesse ido longe demais, mas não poderia deixar que a dúvida se insinuasse ali. Precisava jogar as cartas certas ou colocaria Daniel em mais risco ainda.

— Somos cubanos, fomos mandados aqui para relatar sobre esta guerra americana e como as pessoas do Sul estão se portando — disse ela com arrogância. — A rainha vai ouvir de nós, seus subordinados, se os rebeldes merecem ou não ajuda, considerando que ela pode usar os recursos para fomentar os próprios interesses nas Américas.

A expressão do homem mais perto dela oscilou entre raiva e fascinação.

— Bem, olha essa daqui falando toda chique. — O olhar dele se voltou a Daniel. — E você, rapaz?

— *Yo soy Daniel. Soy cubano* — respondeu Daniel, com os olhos ainda vazios. — *Un día seré libre.*

Janeta escondeu o choque que sentiu com as palavras dele e se virou de novo para os interrogadores.

— Ele não fala inglês.

— O que devemos fazer com eles, Wil? — um homem perguntou a outro.

— Vocês têm duas escolhas — intrometeu-se Janeta. — Podem continuar insultando a mim e ao meu companheiro de viagem, e recebemos muitos insultos neste país que supostamente quer a ajuda da Espanha, ou podem nos levar até Roberts e deixar que ele decida se somos dignos de gozação.

O homem chamado Wil deslizou o olhar sobre ela e Daniel.

— Acho que temos bem mais escolhas do que essas, docinho.

Janeta deveria estar com raiva ou assustada, mas de repente se sentiu muito cansada. A vida era difícil de formas que ela nunca imaginara quando estivera sendo mimada pela família. Não podia se locomover livremente sem ser ameaçada, não podia falar livremente sem ser ridicularizada, e tudo porque sua pele era marrom como a de sua mãe.

Quando era criança, Janeta às vezes desejara lavar a cor marrom da pele para poder parecer com o pai, as irmãs e os amigos da família. Fora apenas depois que a mãe morrera que Janeta começara a apreciar o tom marrom dourado que via no espelho. A mãe sempre andara com a cabeça erguida, e Janeta percebia agora o motivo: as pessoas estavam sempre tentando fazê-la olhar para baixo, usá-la como degrau. Compreendia menos a mãe à medida que ia se conhecendo mais, mas de uma coisa estava certa: Benita Sanchez fizera o que achava ser necessário para dar à filha uma vida melhor. Ela não quisera que Janeta vivenciasse aquele desrespeito — o tipo de humilhação que parecia ser a única coisa constantemente presente durante a vasta experiência americana.

— Disseram-me que alguém estava perguntando sobre meu paradeiro? — interrompeu um evidente sotaque britânico.

Janeta olhou na direção da voz e viu o escravizado que os observara com interesse alguns momentos antes parado ao lado de um homem cujas roupas denunciavam sua riqueza e cuja conduta servia como um lembrete. Ele tinha uma aparência abatida e o cabelo escuro estava um pouco desleixado, mas seu olhar era cortante e se revezava entre ela e Daniel.

Janeta o observou com atenção. Ela precisava saber como proceder.

— Só esses dois escurinhos arrumando encrenca — explicou um dos homens que os detinham, irritado. — Não queríamos incomodar o senhor. Devem ser só fugitivos inventando mentiras para escapar do trabalho. Sabe como eles são preguiçosos.

Ali estava: o lábio de Roberts retorceu levemente por repulsa quando ouviu a palavra *escurinhos*, antes de rapidamente se forçar a voltar à tranquilidade monótona. Mas ele deveria estar acostumado com tal palavra, e foi uma surpresa não a ter acolhido. Os russos queriam saber quais eram as intenções daquele homem e supunham que ele estava ajudando os confederados, no entanto, a única coisa a qual Janeta podia se agarrar era a migalha de reação que o comportamento dele entregara.

— Somos enviados de Cuba — informou ela com calma. Seu sotaque já era forte, mas o forçou ainda mais. — E temos muito o que relatar para o governo da Espanha sobre este tratamento abominável que estamos recebendo desses sulistas orgulhosos. — Ele ergueu as sobrancelhas, mas a expressão continuou ilegível. — Já roubaram a maioria dos nossos pertences, por isso buscamos sua ajuda, e agora devemos nos sujeitar a ameaças e abusos? Se acha que o incidente de Trent causou problemas para o Norte, isso não será nada comparado aos transtornos pela que estamos sendo tratados trará para o Sul, e para a Grã-Bretanha, se ignorar nosso pedido de ajuda.

Roberts olhou para eles por um longo tempo, e Janeta teve certeza de que tinha entendido errado, de que havia arruinado tudo. O que aconteceria com ela? Tinha uma vaga ideia, visto a forma que o homem chamado Wil olhara para ela. E Daniel, o que seria dele? Janeta duvidava que ele voltaria de bom grado para a escravidão.

Finalmente — finalmente —, Roberts assentiu de maneira breve.

— Ah, sim. Recebi o recado dizendo que dois enviados de Cuba precisavam de minha ajuda em algum lugar no meu território.

Venham, então. — Ele olhou para o grupo de homens e bateu as mãos juntos. — Cavalheiros, agradeço muito por terem garantido que esses dois não estivessem tramando nada nefasto. Agora eles estarão sob meus cuidados. E voltem no domingo depois da missa para tomar chá como prova da minha gratidão.

— Mesmo?

Os homens pareciam ainda mais satisfeitos consigo mesmos, embora não tivessem feito nada para merecer gratidão ou recompensa, na opinião de Janeta.

Roberts se virou e os convidou para que o seguissem, e Janeta começou a fazer aquilo. Ela parou assim que a mão de Daniel se fechou em volta de seu pulso.

— Você está louca? Está concordando em ir com ele?

Ela o encarou. Estivera tão focada na reação de Roberts que não havia conferido com Daniel o que ele achava. No entanto, não havia tempo para delongas.

— Não temos muita escolha agora, Cumberland.

— Devia ter discutido isso comigo antes de fazer alegações mirabolantes.

Ele estava certo, mas uma frustração constrangedora brotou dentro dela.

— Talvez eu teria se você não estivesse fingindo que não existo nos últimos dois dias.

Daniel não tinha uma resposta para aquilo, aparentemente. Ela puxou o braço com gentileza e seguiu Roberts, que estava, ao menos, agindo de acordo com o plano dela.

Na frente deles, Roberts chegou a sua carruagem e seu condutor abriu a porta e os ajudou a entrar. Janeta subiu e se acomodou no assento, com a opulência familiar a deixando fora de prumo depois de semanas na estrada. O interior limpo e confortável a lembrava de tudo que deixara para trás em Palatka, e também do período recente que passara na parte de trás da carroça com Shelley e os outros. Sua garganta se fechou pela emoção quando aquelas duas experiências diferentes se sobrepuseram.

Daniel se sentou ao lado dela; Janeta conseguia sentir a tensão passando por ele. Estava tão tenso que parecia prestes a explodir. Ela não pensara em como aquilo seria difícil para ele quando decidira seguir a estratégia arriscada, mas podia se desculpar mais tarde. Naquele momento, precisava focar em Roberts.

O homem se esgueirou para dentro e fechou a porta; então, a carruagem se movimentou.

— Vocês dois estão confortáveis? — perguntou Roberts.

— Sim — respondeu Janeta.

Daniel não falou nada.

— Que bom. — Roberts casualmente colocou a mão no bolso e puxou uma pistola, apontando-a para eles. — Agora me digam quem são e o que querem.

Capítulo 17

Daniel lutou contra a náusea revirando o estômago e o suor frio brotando em sua têmpora. Se ele viajara para tão longe, chegara tão perto de Roberts e da proximidade com Davis e os Filhos da Confederação que o cônsul poderia lhes dar, apenas para fracassar, nunca se perdoaria.

Não devia ter ignorado Janeta. Devia ter desenvolvido um plano de verdade em vez de apenas chegar a Enterprise e procurar Roberts — não devia ter recorrido ao isolamento que o sustentava desde que se juntara à Liga da Lealdade. Não importava quais fossem seus sentimentos por Janeta, havia ido por conta própria para o extremo Sul, fazendo o trabalho dos negreiros por eles, e naquele momento estavam em uma situação da qual Daniel talvez não conseguisse salvá-los.

Sua cabeça latejava, mas não havia tempo para fazer chá ou acalmar os nervos. As palmas de suas mãos repousavam nos joelhos da calça suja, mas talvez ele pudesse lentamente abaixá-las um pouco na direção do cabo da faca e...

Roberts estalou a língua nos dentes, em desaprovação.

— Os dois, levantem as mãos na direção do teto da carruagem, por favor. Assim mesmo. Excelente, obrigado.

Daniel olhou para Janeta de esguelha. O que ela estivera pensando quando inventara uma bobagem ridícula como aquela? Podia ter dito que eles eram escravizados, ou libertos, ou comerciantes talvez, mas enviados da Espanha? Era ultrajante. Ele soubera que ela não tinha a mesma origem que ele ou a maioria dos detetives nos Quatro Ls, mas o fato de ela não ter pensado em se colocar como inferior e ter, em vez daquilo, decidido elevar sua posição demonstrava de maneira gritante a diferença na vida deles antes da Liga.

Daniel soubera que ficar preso a ela seria seu fim, mas não imaginara que Janeta causaria a morte deles de um jeito tão tolo.

— Quem os mandou? — insistiu Roberts. — Certamente ninguém profissional. Sei que Stewart tem andado obcecado por mim, mas duvido que sejam da agência de inteligência do Norte, com uma história tão desastrosa.

Daniel quase concordou, mas ficou em silêncio.

Janeta bufou.

— Sinceramente, isto é revoltante. Assim que conseguir chegar a um telégrafo...

— Assim que chegar a um telégrafo, você vai... mandar uma mensagem para a rainha da Espanha? Estou certo? — Roberts sorriu e jogou uma mecha de cabelo para trás com a mão livre. — Perdoe--me, sei que hoje em dia e época qualquer coisa é possível, mas estou certo de que estão mentindo. Por estarem mentindo, são uma ameaça direta para mim. Esta carruagem é nova e aprendi do jeito mais difícil como é impossível tirar sangue do tecido, e o cheiro é ainda pior. Então. A verdade?

Ele fez um gesto circular com a arma, incentivando-os. O movimento era tão aparentemente descuidado, assim como o comportamento de Roberts, que Daniel ficou ansioso para ir para cima dele, mas, logo que se mexeu um pouco mais, a arma foi apontada em sua direção com firmeza.

— Você. Cumberland, não é? *¿Quieres decirme la verdad?*

Daniel sabia que *verdad* era verdade, mas não tinha certeza das outras palavras. O vocabulário dele tinha diminuído para uma palavra. Três sílabas.

Escapar.

Ele sabia o que aquele homem poderia fazer com eles, e a morte não era a opção mais provável. Daniel se recusava a ser escravizado de novo e não deixaria aquilo acontecer com Janeta — ela não sobreviveria. Estaria despedaçada em uma semana; não por ser fraca, mas porque aguentar tal crueldade de repente era um choque fatal para qualquer um.

— Sou americano — disse Daniel, devagar. Deliberadamente. — Recebi informação sobre certos acontecimentos nesta área e queria conferir. Esta mulher é alguém que conheci no caminho e decidiu me acompanhar. Se estiver planejando algo inapropriado, ela não merece tal tratamento e deveria ser solta.

Roberts sorriu.

— Acha que eu apenas a soltaria?

Daniel retribuiu o sorriso.

— Não, mas eu precisava tentar. Agora que recusou, é responsável por qualquer mal que aconteça com ela. Vai pagar caro se ela se machucar.

Janeta bufou de novo; ao que parecia, sua irritação com ele era maior do que seu medo.

— Licença. — Ela moveu o olhar de Daniel para Roberts. — Gostaria de participar dessa batalha de gênios entre os dois. Também vou responsabilizar você por qualquer coisa que aconteça com *ele*.

O olhar de Roberts voltou para Janeta, e Daniel resistiu à vontade de grunhir. Ele estava *tentando* afastar a atenção dela. Por que estava tão determinada a participar da conversa?

— Você é amante dele? — perguntou Roberts de modo direto.

— Não, sou amiga dele. E não vou ficar parada deixando que ele ameace você em meu nome quando sou perfeitamente capaz de te ameaçar sozinha. Vai pagar caro se ele se machucar.

Por um momento, Daniel não estava pensando em escapar. Estava pensando no tom de voz de Janeta. Ele ouvira a determinação e revolta fingidas quando ela falara com os homens tentando os deter. Aquilo era diferente. Sua voz era aguda, cortante e perigosa: ela não estava fingindo estar brava. O que dissera era real. *Verdad*. Janeta tinha metade do tamanho dele e Roberts estava com uma arma apontada na direção dela e, ainda assim, ela o defendia como se Daniel valesse o esforço. Ele duvidara dela, afastara-se, e ela ainda estava tentando o proteger.

Podia mesmo ser uma encenação?

Roberts riu e se reclinou no assento, com a arma repousando no colo, mas ainda apontada para eles.

— Suponho que eu possa relaxar um pouco. Vendo a natureza imatura desta conversa, vou adivinhar que não foram mandados para me matar.

— Não, a não ser que tenhamos motivos — respondeu Daniel.

— As pessoas têm muitos motivos para me matar. Alguns meses atrás disseram que um ianque estava investigando ao redor, porque ele sabia que eu tinha ajudado os confederados a romper o bloqueio e criar laços com a Europa. Há algumas semanas, apareceu um homem que tinha certeza de que eu era um espião nortista tentando enfraquecer a causa sulista. Os estadunidenses são terrivelmente estimuláveis. Não deve ser bom para a circulação. — Ele soltou um suspiro longo e sofrido.

— Qual é verdade? — perguntou Janeta, porque óbvio que ela perguntaria.

Roberts deu de ombros.

— Os dois? Nenhum? Por que eu revelaria isso para dois estranhos em firme aliança que contaram uma mentira absurda para conseguirem verificar meu paradeiro?

Janeta revirou os olhos.

— *Dios mio*, foi mesmo tão absurda? Estou começando a ficar ofendida.

— Absurda, mas brilhante de um jeito próprio. — Roberts abriu um enorme sorriso. — Acredito que estivesse tentando uma simplificação da estratégia do duque polonês, certo?

Janeta cruzou os braços em resposta.

Roberts assentiu.

— Os sulistas têm *mesmo* um apego meio patético à aristocracia, para o meu benefício, mas esta é uma sociedade enraizada na escravidão. Tal artimanha funcionou algumas vezes antes, mas estou certo de que, como a maioria das tentativas de moral dúbia que acontece na América, é preciso ser branco para tal esquema ser bem-sucedido.

Daniel percebeu algo enquanto observava o comportamento casual de Roberts e seu tom franco: ele não estava falando de maneira superior com eles. Não estava sendo grosseiro como Hooper do navio tartaruga, ou agressivo como os soldados que invadiram o acampamento, ou os homens que os cercaram na cidade. Apesar de ter uma arma empunhada para eles o tempo inteiro, o cônsul falava de igual para igual.

Provavelmente era uma armadilha, mas uma efetiva. O ritmo do coração de Daniel diminuiu, e as fisgadas e pontadas no topo de sua cabeça começaram a se dissipar. Ele não estava de forma alguma confortável e não confiava em Roberts, mas começava a achar que as coisas talvez fossem diferentes do que os russos haviam suspeitado. Contudo, não conseguia tolerar mais nenhum suspense.

— Bem, o que vai fazer conosco? — perguntou Daniel.

— Realmente não gosto de matar — confidenciou Roberts, fazendo uma careta. — Um serviço desagradável, esse.

— Eu gosto — contestou Daniel, esticando-se para que a cabeça estivesse quase tocando o teto da carruagem.

Roberts o encarou, estreitando os olhos. O sorriso incessante enfim foi sumindo.

— Não. Não, não gosta.

Daniel tentou sustentar o olhar do homem, mas era muito astuto e, pior, muito gentil. Ele bufou e virou a cabeça na direção da janela.

— Gostando ou não, não ficarei de braços cruzados enquanto decide se vai nos assassinar.

— Não vou assassinar vocês. Acabei de dizer que não gosto de matar, e o que é o assassinato senão uma morte? Preste mais atenção, Cumberland.

Roberts passou a mão pelo cabelo e suspirou. Então guardou a arma.

— Acho vocês dois infinitamente menos entediantes do que esses sulistas e suas ávidas pretensões. Por que não jantam comigo? Podemos discutir qual assunto exatamente a *rainha da Espanha* tem a tratar comigo.

Daniel sentiu a mão de Janeta tocando seu braço, com gentileza.

— Não precisamos, se não quiser.

Estranhamente, Daniel se viu mais intrigado do que ansioso. E, além disso, Roberts não oferecera para deixá-los partir. Daniel preferia não forçar aquela porta figurativa só para descobrir que estava trancada até ter certeza de que poderia chutá-la ou explodi-la para sair.

— Eu não me incomodaria em jantar, se está oferecendo — respondeu ele. — É difícil matar de estômago vazio, por mais que se goste disso.

Roberts ergueu as sobrancelhas e riu.

— Ah, você tem senso de humor. Esplêndido.

Daniel ainda estava confuso, sua cabeça ainda doía e ele não sabia ao certo o que esperava por eles, mas pelo menos, se fossem morrer, morreriam bem alimentados.

A carruagem virou, e o sacolejar das rodas passando pela estrada com saliências de repente se suavizou.

— Ah, estamos quase chegando — disse Roberts, espiando pela janela. — Vocês dois estão sendo bastante camaradas sobre sua condição de prisioneiros.

Prisioneiros.

Daniel se lembrou da última vez que fora levado até a casa de um homem branco contra sua vontade. Sua calma temporária evaporou em instantes e então restou apenas o medo, chiando em sua cabeça e acelerando seu coração, tão repentino e violento que ele achou que passaria mal. Seu coração doía, e ele tinha certeza de que morreria se não saísse da carruagem bem naquele momento. Ele se levantou sem pensar, com os braços envolvendo a si mesmo para se proteger das laterais da carruagem sacolejante.

— Que diabo? — murmurou Roberts, alarmado.

Daniel procurou pelo trinco na porta. Precisava sair. Precisava fugir. Ou ele... ou ele...

Daniel socou a porta.

— Não, abaixe a arma — gritou Janeta. — Ele está fora de si! Pare a carruagem!

Daniel tentou acompanhar a conversa, mas não conseguia respirar. Ele se lembrou das farpas da madeira do caixão entrando em suas unhas, dos chutes e socos sem sucesso que dava na tampa e como continuava pensando: *só mais um golpe e vou abrir*. Mas nunca conseguira. Em vez daquilo, defecara em si mesmo e gritara impotentemente contra o pano enfiado em sua boca.

Suas mãos foram até o próprio pescoço.

— Daniel? Daniel!

Janeta. Ele lutaria para escapar. Era preciso, por ela. Só mais um golpe e ele abriria.

Daniel já estava começando a cair de volta no assento, mas golpeou a carruagem o mais forte que conseguiu.

Não poderia deixar Janeta ser capturada também. Não poderia...

⸎

Um aroma forte e pungente encheu as narinas de Daniel, penetrando a incompreensão em sua cabeça e o despertando. Despertando?

Ah, não. Ele se lembrou de pular do assento quando as lembranças o assolaram, de precisar escapar do lugar pequeno, de ter dificuldade para respirar.

Quantas vezes preciso reviver minha antiga humilhação e criar novas?

Vergonha, raiva e a certeza de que nunca escaparia das garras de seu passado o envolveram quando abriu os olhos. Estava deitado em um assento acolchoado confortável e acima dele havia o teto em ripas de madeira, pintadas em um azul intenso que ele à primeira vista confundira com o céu. O ar ainda estava frio, e, quando virou a cabeça, viu a extensão de um jardim bem-cuidado para além da beira de uma bela varanda de madeira.

— Daniel! — Janeta de novo.

Fora aquilo que ela tinha dito por último na carruagem, e agora eles estavam na propriedade de Roberts. Daniel se sentou, tonto, com a cabeça latejando.

Roberts estava sentado na frente dele, com um sorriso convencido à mostra.

— Você devia ter me dito que estava tão faminto que provavelmente desmaiaria. Teria pedido para Richard nos trazer para casa mais rápido.

— Eu... — Daniel engoliu com dificuldade.

— Não precisa se explicar — disse o cônsul.

O olhar dele foi até Janeta, e Daniel compreendeu que ela tinha dito *algo* para o homem. Torceu para que ela fosse uma mentirosa tão boa quanto ele achava que era, porque, se aquele estranho soubesse de seu passado, sua dor e sua fraqueza, ele teria que partir. Mas, quando o olhar de Roberts voltou para Daniel, não estava repleto de pena ou nojo. Na verdade, seus olhos expressavam o mesmo divertimento que tinham expressado na carruagem.

— Sabia que os sais aromáticos seriam úteis um dia. Obrigado por fazer valer a pena eu carregá-los.

— Obrigado — disse Daniel.

Ele se sentia indisposto e zonzo, mas tentou recompor alguma aparência de dignidade.

— Bem, suponho que você queira se lavar. Eu certamente quero. Meus criados levarão vocês até seus aposentos e providenciarão roupas novas. Afinal de contas, tenho certeza de que a rainha da Espanha não gostaria de seus enviados andando maltrapilhos e com cheiro de mula por aí. — Ele bateu as mãos, depois se levantou e fez uma rápida reverência. — Maddie, pode cuidar deles, por favor?

Uma mulher negra mais velha que estivera parada perto da porta se aproximou.

— Por aqui.

Ela fez uma reverência com a cabeça, envolvida em um tecido marrom que combinava com seu vestido limpo de popelina.

A cabeça de Daniel ainda estava girando, e ele sentia que tinha levado um coice da mula da qual tinha o cheiro, mas se colocou de pé. Janeta foi para perto dele, enlaçando o braço no seu.

— Te devo desculpas — afirmou Daniel sombriamente. — Tratei você como se fosse me atrapalhar, mas sou eu quem tenho precisado de constante cuidado nesta viagem.

— Acho que temos definições diferentes de cuidados — retrucou ela. — Eu falei sério. Você é meu amigo. Talvez eu não mereça um amigo como você, mas vou te fazer ver que merece uma amiga melhor do que eu.

Daniel não respondeu, mas apertou mais o próprio braço contra o corpo, pressionando o dela junto. Ele não tinha considerado que precisava de um amigo; não pensava no que precisava havia algum tempo. Querer já era perigoso o bastante, *precisar* poderia ser letal. As duas coisas o deixariam vulnerável à decepção, que parecia uma palavra moderada para o trauma que poderia destruir sua alma e salgar a terra em seguida. Mas fora aquilo que a escravidão significara para ele: uma decepção profunda de que o país no qual precisava acreditar, onde ele e seu povo poderiam ser livres, havia sido uma fantasia inatingível.

Mas ele já era um homem quebrado. Satisfazer aquela única vontade poderia afundá-lo ainda mais?

— Você superestima o que mereço — disse ele. — E subestima o que sua amizade significou para mim hoje. Obrigado.

Janeta não teve tempo de responder. A criada pediu que ela a seguisse e Daniel seguiu um homem chamado Michael, que aguardava perto da entrada do lavabo.

— Precisa que mostre como se usa a banheira, senhor?

Daniel pensou que o homem estivesse de troça, mas então olhou dentro do cômodo. Uma grande banheira de zinco revestida por uma estrutura de madeira estava encostada à parede. Outra estrutura de madeira ficava na perpendicular e uma saída de chuveiro de metal estava presa a uma torneira.

— Esta casa tem água quente. O vaso sanitário está do outro lado da banheira, senhor. A água é ligada aqui, o sabão está ali e pode deixar suas roupas lá que eu as buscarei para serem lavadas.

Daniel examinou a arte do revestimento de madeira e passou a mão sobre o zinco antes de tirar as roupas sujas. Ele usou o necessário, maravilhando-se com o luxuoso toalete enquanto o fazia. O cômodo tinha um belo papel de parede e uma grande janela para deixar a luz do sol entrar. E quando finalmente ligou a torneira e entrou debaixo do jato quente... Prazer. Um prazer puro e despudorado o preencheu. A água era quente! E abundante! Caía sobre ele, deixando suas mãos livres para que se esfregasse, se ensaboasse e lavasse as camadas de suor e imundície.

Era estranho, mas, enquanto se esfregava e se ensaboava, sentia como se estivesse arrancando sua raiva e seu desespero. Mesmo quando as mãos passaram por cima das cicatrizes salientes, ele não foi tragado para uma lembrança terrível, mas pensou, em vez daquilo, no futuro. O que o tempo deles ali conquistaria? Por que Roberts estava tão ávido em deixá-los ficar? Por que Janeta era tão boa em fingir que se importava com ele?

Apenas o tempo diria.

Durante aquele momento passageiro, não se preocuparia com aquilo. Daniel deixou a água se espalhar pelo cabelo, pescoço e costas e encarou a parede com azulejos até que a mente ficasse gloriosamente vazia.

Capítulo 18

Janeta estava sentada à penteadeira do quarto de hóspedes, sendo cuidada por uma mulher escravizada, como fora pela maior parte da vida, e torcendo para não ter cometido um erro terrível.

Eles ainda não sabiam para quem Roberts trabalhava ou qual era seu objetivo. Os russos o descreveram como um perigo, e talvez ele fosse, mas a conversa privada que tiveram mostrara que não sabiam ao certo. O inglês parecia bastante cordial, mas podia ser o inimigo e, mesmo se não fosse, aquilo não significava que ela poderia confiar nele. Afinal de contas, as pessoas da Liga da Lealdade tinham confiado *nela*.

Ela não contara o segredo de Daniel, em vez disso, sacara outra mentira de sua bolsa aparentemente cheia. Temera *El Viejo del Saco*, mas se tornara sua própria versão dele, vendendo mentiras em vez de crianças malcriadas.

Janeta se lembrara de algo que ouvira Henry contando. Um amigo dele que respondera ao primeiro chamado das tropas confederadas, que partira para a guerra sem treinar muito e sobrevivera, relativamente ileso, mas com uma mente que com frequência voltava para o campo de batalha.

Ela contara para Roberts que Daniel tinha o "coração de um soldado", como Henry chamara, incapaz de saber a diferença entre o presente e as batalhas de seu passado. Aquilo não era mentira; cada vez mais Janeta percebia que o que haviam lhe ensinado como a ordem natural das coisas era um tipo de guerra, com mais vítimas do que qualquer pessoa poderia contar.

Depois de Daniel golpear o cônsul na sua última tentativa de se salvar (ou tinha sido ela que ele quisera salvar?) antes de desmaiar, Janeta estivera certa de que Roberts os atiraria na cadeia ou que se vingaria pelo insulto. Um homem negro batendo em um homem branco era o bastante para merecer, aos olhos da lei, qualquer tratamento brutal que Daniel recebesse. O preço de tal ato precisava ser muito alto para deter outros de sequer pensarem naquilo.

Roberts não machucara Daniel. Ele assentira, compreensivo, e mandara seu condutor buscar Maddie e os sais aromáticos e avisar à chefe de cozinha que teriam mais duas pessoas para o jantar. Lançara outro olhar para Janeta e pedira para que a lareira do salão fosse acesa. Cutucara a bochecha inchada, mas não falara mais sobre o golpe. Janeta não sabia o que esperar de Roberts.

Ela fez uma careta quando Maddie puxou seu cabelo emaranhado; Janeta tentara ao máximo limpar os fios, mas desistira, frustrada e cansada.

— Posso cuidar disso — afirmou Janeta, constrangida, esticando a mão para assumir a tarefa. — *Gracias.*

Maddie bufou, soltando um riso, e continuou trabalhando.

— Ah, acho que você já fez o suficiente nessa sua cabeça. Eu não me importo de fazer. O que é isto? Tem alguma coisa aqui.

Maddie lhe entregou os restos do recado que Janeta trançara no cabelo havia muito tempo, ou pelo menos era assim que parecia. Janeta segurou o maço de papel com força, um lembrete do tipo de falsidade de que era capaz.

A ponta do recado antes fora pontuda, mas se transformara em uma massa ensopada e inútil. Suas palavras seriam indecifráveis, e ela encontrou conforto naquilo. Janeta tremeu ao pensar no que estivera, a princípio, determinada a fazer quando chegasse à cabana em Illinois. Para quem quisera fazer aquilo. Concordara em espionar para a Confederação a fim de salvar o pai e satisfazer Henry, e não sabia ao certo qual fora a ordem de prioridade em sua mente na época em que aceitara a tarefa.

Ela já estava espionando antes de sair de Palatka. Por quê? Para conquistar sorrisos, carícias e palavras doces de Henry. Fora o que causara problemas a papi. E naquele momento papi estava apodrecendo na prisão, se é que ainda estava vivo, porque Janeta descobrira novas convicções, novas pessoas de quem queria conquistar sorrisos. Ela se reinventara; ela, que mentia com a mesma facilidade que a serpente mentira para Eva; naquele exato instante estava descamando a pele lhe dada por senhores de escravizados e rebeldes para ver o que tinha por baixo. Contudo, parecia que sempre estava se tornando uma pessoa nova. Como poderia ter certeza se quem era agora seria igual à pessoa do dia seguinte, e no dia depois daquele?

Ela sentiu o pânico encher o peito e fechou os olhos.

Sou Janeta Sanchez. Descendente de escravizados e conquistadores. Sou membro da Liga da Lealdade, parceira de Daniel Cumberland, e vou completar a missão que me foi incumbida.

Sim, ela não podia ter certeza do futuro, mas aquela versão de Janeta era tão real quanto qualquer outra havia sido, e não precisava saber do futuro para que aquilo importasse. Porém, precisava saber de algo muito importante.

— Maddie? Por que o sr. Roberts está sendo gentil com Daniel e comigo? — perguntou ela, com cautela.

— Ah, ele só é um homem bom, suponho — respondeu Maddie, puxando um nó no cabelo de Janeta.

A mulher colocou a mão em um pequeno pote de óleo.

Janeta tentou um caminho diferente.

— Devemos nos preocupar com nossa segurança?

— Com o sr. Brendan? Ah, não. Ele não vai machucar vocês. Não é como os outros brancos por aqui. Mas, também, vocês não são como os negros por aqui, então acho que tenho que perguntar a mesma coisa: temos que nos preocupar com a segurança *dele*?

Janeta fez uma pausa. Não tinha certeza do que estava acontecendo. Os russos haviam contado sobre uma reunião secreta com rebeldes perigosos, mas Roberts os tratava com gentileza. Ele fora franco ao falar sobre o Sul e seu racismo. Poderia o mesmo homem também estar planejando ajudar a Europa a destruir o Norte?

O pai de Janeta se casou com a mãe dela. Aquilo significava que ele pensava que todos os escravizados deveriam ser livres?

— Não queremos machucar o sr. Roberts — garantiu Janeta, com sinceridade.

Maddie assentiu ao terminar a segunda trança rente ao couro cabeludo. Ela deixou a maior parte do cabelo crespo de Janeta solto e juntou as pontas das tranças e o resto do cabelo em um coque.

— Ele é um homem bom — repetiu Maddie, prendendo o coque e depois se levantando. — Diferente, e não apenas pelo sotaque. Está aqui tem… dois anos? Fui obrigada a trabalhar em Enterprise minha vida inteira e nunca fui tratada melhor do que aqui. O dia que ele voltar para a Inglaterra vai ser um dia triste para mim e Michael.

Janeta repassaria aquela informação para Daniel. Ela não sabia como ele se sentiria sobre Maddie defendendo Roberts, mas a mulher não tinha motivos para mentir.

— Vou levar você até a sala de jantar — afirmou Maddie.

Janeta a seguiu pelos corredores decorados com papel de parede caro e molduras de madeira detalhadas. Os corredores estavam imaculadamente organizados, mas alguns cômodos continham caixas grandes no processo de serem descarregadas ou preenchidas.

A casa era menor que a propriedade do pai em Santiago, mas maior e mais opulenta do que a Villa Sanchez em Palatka. As grandes pinturas, os belos móveis e as instalações de luzes modernas eram algo extraordinário, assim como tinha sido a água quente encanada. A casa ficava no meio do nada, mas possuía todos os recursos mais recentes de uma casa moderna, o objeto de desejo das irmãs mais velhas e amigas de Janeta.

Quando entrou na sala de jantar, não estava preparada para a visão inesperada que encontrou. Roberts estava vestido do mesmo jeito e ainda carregava uma marca vermelha no rosto, onde fora golpeado por um punho. Daniel não estava à vista. Ou foi o que Janeta pensou a princípio, antes de perceber que o homem bonito que conversava com Roberts *era* Daniel.

Ele não usara farrapos durante a viagem, mas naquele momento estava vestindo uma calça sofisticada e uma camisa marrom-clara limpa, com colete e casaca marrons combinando. Seu cabelo fora cortado e ele raspara a barba irregular que usava desde que ela o conhecera. Janeta já o achava um homem atraente, mas havia algo sobre conseguir ver a forte mandíbula ressaltada e as maçãs de rosto bem-definidas que consolidou a noção de que Daniel não era bonito apenas por dentro. Não para ela. Ele parecia mais jovem e menos atormentado e, maldição, o rosto de Janeta ficou quente e ela não conseguia afastar o olhar dele.

Barba era apenas cabelo, para ser cortado e crescer novamente, mas ver Daniel sem a dele parecia, de alguma forma, íntimo. De repente, ela conseguia imaginá-lo como um jovem idealista, ávido para estudar a lei, passando um dedo pela mandíbula enquanto lia atentamente documentos jurídicos. Conseguia ver o homem que ele fora antes que o destino cruel — não, não era destino, era humanidade — despedaçasse sua alma. Talvez ele quisesse que ela visse aquilo.

Não, não seja tola. Ele simplesmente quer estar apropriado para uma refeição em um lugar como este. Ou ficar livre de pelos faciais desconfortáveis.

O olhar de Daniel encontrou o dela enquanto Roberts falava com ele e, embora mexesse a cabeça e respondesse, não deixou de encará-la. Ele ergueu as sobrancelhas, de modo discreto, e Janeta percebeu que estava parada e olhando fixamente. Ela foi até eles, tentando reunir os pensamentos que haviam se dispersado pela mudança de aparência do companheiro.

— Você está diferente — disse ela para Daniel depois que os dois homens se levantaram e a cumprimentaram.

Ele passou a mão pelas bochechas macias, e as de Janeta esquentaram.

— Esse é seu jeito educado de me contar que me prefere com barba?

Ele parecia se divertir com o fato de ter sido capaz de surpreendê-la.

— Nada disso, embora ache que vou levar um tempo para me acostumar — respondeu ela.

Janeta abaixou a cabeça, como se de repente não conseguisse encará-lo. Os olhos dele sempre tinham sido amáveis, mas naquele momento eles pareciam maiores e mais profundos, o castanho cálido mais aparente.

— Tenho certeza de que estarei desleixado de novo em alguns dias — falou ele. — Aproveite enquanto pode.

E sorriu, um sorriso grande e charmoso que a fez perder o fôlego. Janeta se sentiu grata por ele ter sido distante e grosseiro quando se conheceram. Mesmo naquela época, ela sentira os indícios da atração. Agora, via como as coisas poderiam ser entre os dois. Brincadeiras, olhares sutis e atração não tão sutil. Sabia que algo com Daniel não poderia durar. Talvez tivessem um ou dois dias, ou até mesmo apenas aqueles poucos minutos antes que Roberts fizesse o que quisesse com eles.

Ela absorveu o calor do sorriso dele como os raios do sol equatorial.

— Acho que aproveitarei — comentou.

Eles se sentaram em seus lugares à grande mesa e os criados trouxeram o primeiro prato, um abundante cozido típico da estação. Janeta se perguntou o que Augustus, Jim e Shelley jantariam naquela noite. Ela também se lembrou que os únicos rostos escuros que vira à mesa de seu pai tinham sido o de sua mãe e o dela própria, mas que Roberts os convidara a compartilhar o próprio jantar.

— Agora que tiveram a chance de comer um pouco, serei insuportavelmente grosseiro e perguntarei o que exatamente querem de mim. Esta é uma semana cheia, com uma importante delegação chegando aqui em casa em apenas alguns dias. Não tenho tempo para jogos de espionagem e gracejos. Não tenho tempo para nada. Nem um de nós tem.

Ele franziu a testa.

Janeta olhou para Daniel, que limpava suavemente a boca com o guardanapo de tecido.

— Você está ajudando a Confederação? — perguntou ele, com franqueza.

Roberts não vacilou.

— Depende de para quem perguntar. Sou um cônsul britânico Mississippi. Alguns acreditam que é meu trabalho estreitar os laços entre o Sul e a Inglaterra. Para garantir que as relações comerciais e o acesso ao algodão e ao tabaco não sejam afetados desnecessariamente. Para pressionar outros países europeus a também reconhecer as corajosas e valentes forças sulistas.

— Estou perguntando para *você* — insistiu Daniel, sem se alterar.

Roberts pegou uma colherada de cozido e mastigou educadamente antes de responder:

— Não, não estou ajudando o Sul. Sou um cônsul britânico no Mississippi. Acredito que é meu trabalho convencer a Grã-Bretanha a cortar relações com esta sociedade abominável para o bem dos Estados Unidos e do mundo. Acredito que não há nada de corajoso e valente em ser dono de outros seres humanos e que é o dever de todos os países civilizados do planeta rejeitar por completo as crenças fundamentais da Confederação.

Roberts mantivera um comportamento ameno desde que o conheceram, mas Janeta viu um lampejo de raiva em sua resposta.

— Por quê? — perguntou ela. — Por que se importa?

Havia se permitido ser enganada por tanto tempo; a condenação evidente nos olhos de Roberts a deixava envergonhada.

— Eu me importo porque, enquanto a escravidão for sancionada neste mundo, seja direta ou tacitamente, somos uma espécie condenada. Não existe esperança para o progresso, não existe esperança de um mundo pacífico e próspero, se for permitido que alguns homens dominem outros por uma razão tão arbitrária quanto a cor da pele.

Daniel segurou a colher sem comer. O talher estava encostado nos vegetais da cumbuca dele.

— Acredita que finanças são um indicador melhor de valor? Disseram-me que você é um aristocrata, então vai entender se eu estiver um pouco cético sobre seu apoio aos oprimidos.

— Nasci rico, sim, e confie em mim quando digo que sei de onde o dinheiro veio. Não foi do trabalho exaustivo dos *meus* ancestrais. Não acredito que um nascimento acidental me faça merecedor de nada. Talvez uma guilhotina, se for checar com meus compatriotas franceses do outro lado do canal.

Janeta abaixou o garfo e a faca.

— Então está dizendo que está do lado da União?

— Estou dizendo que sou contra a escravidão e qualquer governo que a apoie. Uma vez que o presidente Lincoln sancionou a Proclamação, este é um indicador de que é o lado deles que eu gostaria de ver prevalecer nesta guerra. Mas essas são minhas opiniões pessoais. A minha profissional é: a Grã-Bretanha, apesar de seu passado imundo, é no momento uma nação abolicionista. Ainda assim, a Confederação convence meu povo da causa deles. Tenho trabalhado para mostrar que esse governo sulista, uma armadilha suja composta de todas as sobras horríveis desta nação emergente, não deve ser reconhecido. Que fazer isso seria vergonhoso e inferior.

Janeta não sabia o que pensar. As palavras dele a animaram (um aliado!), mas ela sabia melhor no que qualquer um que o que uma pessoa dizia não era necessariamente no que ela acreditava. Ela fora guiada ao centro da Liga da Lealdade com o propósito categórico de descobrir os segredos deles e revelá-los para Henry, que, então, os repassaria aos Filhos da Confederação. Janeta mudara de ideia, mas confabulara com quem queria extinguir uma das únicas esperanças da União — de pessoas como ela — perseverar. Podia mesmo confiar na palavra de Roberts?

— Essa é uma revelação interessante — afirmou Daniel. Ele tomou um gole de água. Era estranho como seu comportamento mudara. Tivera um ar bruto e impetuoso desde que eles se conheceram. Parecera se animar em chocar os colegas detetives com seu escárnio sobre as regras e chocar Janeta ao, algumas vezes, seguir tais regras. Mas lá estava Daniel, parecendo confortável ao conversar com um aristocrata britânico. — Se é esse o caso, por que você precisa esconder suas verdadeiras intenções?

— Suponho que eu poderia perguntar a mesma coisa a vocês — retorquiu Roberts. — Mas já lhes dei minha resposta. Sou um cônsul britânico no *Mississippi*. É muito mais eficaz que as pessoas que encontro diariamente acreditem que apoio a causa delas. As coisas que me contam, as crueldades casuais e a preguiça impregnada do caráter deles que são reveladas em conversas do dia a dia oferecem as provas mais condenatórias que posso transmitir ao Parlamento. E, quando as pessoas acreditam que você está do lado delas, elas lhe contam qualquer coisa.

Ele olhou para Janeta, que ficou aflita pela forma que seus olhos se demoraram sobre ela.

Não. Não tem a menor chance de ele suspeitar. Ele está no meio do nada. Provavelmente nunca sequer ouviu falar de Palatka, que dirá de mim.

Roberts desviou o olhar, deixando um resíduo de medo cobrindo as belas e limpas roupas de Janeta e suas reluzentes novas convicções.

Você é uma fraude, alertou a voz dentro dela. *Daniel deveria confiar mais em Roberts do que em você.*

— É porque as pessoas daqui acreditam que apoio o Sul que o presidente Davis vai parar aqui para jantar em alguns dias na sua jornada de volta do Oeste. E é por isso que algumas pessoas que estão muito investidas no fortalecimento da relação do Sul com a Europa estarão presentes em nossa reunião.

— Terão outros representantes de forças europeias na reunião além de você? — perguntou Daniel.

Roberts ergueu uma sobrancelha, ofendido.

— *Eu* sou a suposta ligação para fortalecer as relações com os europeus. Os britânicos não são conhecidos por renunciarem ao poder com facilidade.

Para Davis. E para os Filhos da Confederação.

Janeta remexeu a comida em seu prato. Quando levantou o rosto, Daniel estava a observando com um fixo interesse. Ela voltou a olhar para o cozido.

— Então. Desembuchem — insistiu Roberts. — Estão com Furney Bryant? As Filhas da Tenda? Ou são dos Quatro Ls?

As Filhas da Tenda? Janeta se perguntou quantos outros grupos existiam trabalhando para acabar com a Confederação. Quantos outros sistemas, grandes e pequenos, trabalhavam em segredo, sendo caçados pelos rebeldes e sem nunca receber o devido mérito por sua coragem. Mas ela não respondeu à pergunta, nem Daniel.

Roberts ergueu um ombro.

— Sou muito bom em descobrir coisas que as pessoas prefeririam que eu não soubesse. Não é meu talento pessoal, tenho agentes que trabalham para isso. Meu talento é ver potencial nos outros e colocá-lo em uso. Não precisam me contar com quem trabalham, pois saberei em breve. Mas vocês dois têm potencial, provavelmente sendo cultivado por outra pessoa no momento, e não parecem *me* querer mal.

Ele olhou para Daniel, e Janeta viu um lampejo ardiloso nos olhos de Roberts.

— Acredito que, se ficarem para essa reunião, será ainda mais interessante. Falando nisso, nenhum dos dois se deu ao trabalho de perguntar que organizações são essas, então posso presumir que estou no caminho certo? Ah, o próximo prato está vindo. Vamos guardar esta conversa terrivelmente entediante para mais tarde.

Janeta mal comera o cozido, mas deixou que levassem sua cumbuca enquanto encarava Roberts. Pela primeira vez na vida, ela não conseguia fazer uma leitura de outra pessoa, e não porque estava se deixando ser enganada. Se esse Roberts fosse tão bom em conseguir informação como fingia ser, se descobrisse por que ela originalmente se juntara à Liga da Lealdade... Seu coração bateu de maneira pesada e dolorosa.

Janeta já tinha perdido tudo, inclusive tudo que lhe ensinaram sobre ela mesma. Agora, também poderia perder Daniel e a Liga da Lealdade.

⚬≋⚬

Daniel estivera certo sobre como Janeta não sabia o que era frio de verdade; o começo de novembro no Mississippi certamente não era nem de perto tão frio quanto em Massachusetts, mas mesmo assim ela tremia por baixo de sua capa enquanto andava pelo jardim, que provavelmente era esplêndido no verão, mas que naquele momento ostentava tons opacos de verde e marrom. Ao que parecia, estava mais frio que o normal, e a chuva e o vento sacudiam as folhas das árvores. As folhas esmaecidas que caíram no chão davam à paisagem sombria um pouco de cor, mas a falta de claridade e sol encheu Janeta com saudade de casa.

Casa.

Mami e papi rindo. O verde vibrante da folha de uma palmeira, os ruídos de pássaros e sapos, o cheiro da brisa do mar e o incrível azul do céu de verão em Santiago. Mais do que aquilo, ela sentia saudade de sua inocência, da época em que não sabia que a escravidão era errada e que fizera parte daquele erro.

Não. Ela jamais gostaria de ser ignorante daquele jeito de novo. Se não tivesse saído de Cuba, nunca teria aprendido quem era e quem poderia ser, e nunca teria conhecido Daniel. Agora que conseguira um pouco de silêncio, doía pensar naquilo também.

Janeta levantou o olhar, repentinamente arrancada das profundezas de suas reflexões, e lá estava ele.

Daniel estava sentado na varanda apenas com a camisa, segurando uma caneca de algo quente e fumegante nas mãos. Ele a observava; ela não fazia ideia de por quanto tempo.

— Não está congelando? — questionou Janeta, incapaz de esconder a descrença, e porque precisava fazer algo com a vertigem boba que explodiu dentro de si ao vê-lo.

Ela começou a caminhar na direção de Daniel, mantendo os passos comedidos.

Ele riu, erguendo os ombros enquanto ela se aproximava.

— Sou da Nova Inglaterra, Sanchez. Estou até usando roupas demais.

Ela riu, então parou sem jeito diante dele ao chegar aos degraus da varanda.

Daniel ainda estava olhando para ela como se Janeta estivesse muito longe, ou como se procurasse algo dentro dela.

— Parecia que estava caminhando para esquecer das preocupações. Uma moeda por seus pensamentos?

O medo a tomou.

— Está oferecendo muito. Um dólar dos confederados já basta — respondeu ela quando seu sapato encostou no primeiro degrau.

Janeta parou e o encarou, imaginando-se contando para ele no que estava pensando. O olhar castanho acolhedor de Daniel ficaria frio e seus lábios carnudos formariam um sorriso de desdém.

Ela o perderia em algum dia próximo, e doeria muito mais do que deveria. Mais do que a mentira de Henry, mais do que a saudade de casa.

— Estava pensando como teria sido minha vida se nunca tivesse saído de Cuba — contou subindo a escada. Era perto o suficiente da verdade. — Eu não teria aprendido muitas coisas se tivesse ficado. Eu... — Talvez pudesse falar um pouco para ele. — Cresci em uma plantação. Por um bom tempo, me ensinaram que eu não era como as pessoas escravizadas lá. E eu acreditei. E, se não tivesse me juntado à Liga da Lealdade, talvez tivesse acreditado para sempre nisso.

Ela esperou que ele comentasse como ela era tola, mas Daniel simplesmente tomou um gole do chá e assentiu.

— Parece que você teve um momento de percepção bem difícil, então, não é?

— Sinceramente? Alguns dias nem sei quem sou. Tento me lembrar de quem eu era, mas aquela pessoa não existe mais. E, de qualquer forma, não quero ser ela. — Janeta se sentou ao lado dele com cautela, porque, uma vez que estava perto, sentia vontade de ficar mais perto ainda, como se nunca fosse o bastante. *Tontaina.* — Acho que agora estou tentando entender exatamente quem *quero* ser.

Daniel riu e balançou a cabeça.

— É simples assim?

— Talvez. Espero que sim. E, mesmo se não for simples, não tenho muita escolha. — Ela apoiou os cotovelos nos joelhos e se inclinou para a frente, observando o outro lado do jardim. — Não dá para viver no passado, então é preciso escolher o que for possível do futuro.

Ele pigarreou.

— Quando fui sequestrado para ser escravizado, eles me levaram até a plantação e me apresentaram aos outros escravizados, e fiquei totalmente perdido. Qual era o maldito cumprimento correto para aquilo? Eu estava assustado, com raiva e frustrado. Não entendia. — Ele suspirou e passou a caneca de uma mão para outra. — Por que eles trabalhavam? Por que tratavam o feitor ignorante como um deus? Por que ninguém fazia *alguma coisa* para impedir isso, em vez de apenas trabalharem até morrer a troco de nada?

Uma raiva familiar estava presente na voz dele. Quando Janeta o encarou, Daniel tinha fechado os olhos. Ela, enfim, entendeu uma coisa: naquele primeiro dia, tinha interpretado certo a raiva, o ódio e a fúria no olhar dele, mas erroneamente pensara que ele odiava todo o mundo. Não. Daniel Cumberland odiava a si mesmo.

Ela colocou a mão no braço dele, e Daniel soltou um suspiro e abriu os olhos.

— Tentei convencer outros escravizados. Tentei argumentar com o feitor. Comecei a ensinar em segredo as crianças a escrever. E um dia, uma delas foi pega. Winnie.

— *Ay Dios*, não — sussurrou ela. Seus dedos apertaram o braço de Daniel. — Você não sabia...

— Eu sabia. Estudei a lei, lembra? Sabia que era contra a lei, mas também sabia que era errado. Estava tão seguro de mim mesmo que fui imprudente. Paguei por isso, como você viu, mas Winnie? — Ele ficou tenso ao lado dela. — Ela tinha 9 anos, pequena para a idade. Uma menininha. E Finnegan bateu nela com a mesma agressividade que bateu em mim. Para ensinar às outras crianças uma lição, ele esmagou os dedos dela com a bota.

Os olhos de Janeta se encheram de lágrimas. Ela tentou não chorar; aquela dor era dele, não dela. Mas lembrou do choro de Daniel durante a noite. A forma que ele podia ser gentil com os outros enquanto era duro consigo mesmo. Janeta se achava boa em dar às pessoas o que elas queriam, mas Daniel criara uma persona muito mais convincente do que qualquer uma dela. Ele tinha convencido os outros de que não se importava se gostassem dele, sendo que aquilo era uma mentira. Simplesmente não se achava merecedor.

Ela deslizou a mão pelo braço de Daniel e apertou sua mão. Ele não soltou a caneca, mas afrouxou os dedos para permitir que a mão de Janeta envolvesse mais a dele. Ela o encarou, tentando entender do que ele precisava. Absolvição? Perdão? Não.

— Às vezes fazemos coisas que achamos certas e outras pessoas se machucam por causa disso — disse ela. — Meu pai está preso porque eu estava repassando informação. Ele é velho, doente e está preso. Por minha causa. E... fiz coisa pior. Então não posso falar para você se perdoar pelo que aconteceu. Não posso dizer que está tudo bem. — Janeta parou de falar, com dificuldade para encontrar as palavras certas em inglês. — A única coisa que podemos fazer é tentar ao máximo não machucar as pessoas de novo. Acho que isso é razoável. E talvez não nos tratar pior do que trataríamos nossos inimigos.

Ela olhou para a própria mão apertando a dele, porque estava com medo de encará-lo. Com medo de que ele perguntasse o que de "pior" ela tinha feito.

— Janeta.

Ela teve que virar a cabeça na direção dele; o pedido estivera presente na forma que ele disse o nome dela, e Janeta não poderia lhe negar aquilo.

O olhar de Daniel vagou pelo rosto dela, procurando algo, e um sorriso irônico tinha substituído a careta. Sua barba estava começando a crescer de novo, e ela queria passar a mão por cima dos pelos ralos. Queria aproximar o próprio rosto do dele.

— E imaginar que eu estava chateado de ser seu parceiro. Talvez tenha que dar mais crédito a Dyson. E você deveria fazer o mesmo consigo mesma. — O rosto dele estava tão perto e seu corpo era tão quente no ar frio da tarde. — Você é nova neste mundo, em mais de uma forma, mas, no fundo, seu instinto é fazer o bem. Acredito que isso é mais importante do que qualquer um de seus pecados.

Ela inalou, trêmula, e assentiu. As palavras dele a encheram de esperança, e de repente sentiu aquele anseio de novo. Não de casa, ou do passado, mas de um futuro em que pudesse se inclinar na direção de Daniel e receber mais de seu calor, e lhe dar também. Dar e receber: acontecia de modo tão natural entre eles.

Quando ele descobrir...

Como se tivesse sido chamado pela ansiedade repentina dela, Roberts saiu para a varanda, com uma carta em mãos.

— Recebi um recado de que os Filhos estão ativos na cidade há alguns dias. Imagino que estejam fazendo uma varredura antes de a reunião acontecer. Os homens investigando dizem ser da Guarda Nacional quando alguém pergunta, mas eles seriam da região se isso fosse verdade. Só quis comunicar a vocês. — Ele enfaticamente não olhou para as mãos deles. — Um lindo dia aqui fora. Estarei em meu escritório se alguém precisar de mim.

Daniel se levantou.

— Gostaria de conversar com você sobre a possibilidade de mandar uma ou duas cartas.

Ele olhou de novo para Janeta antes de seguir Roberts para dentro. O som dos passos pesados deles desapareceu na casa, e Janeta abraçou a si mesma. Se Roberts era mesmo um coletor de informações, ele poderia descobrir seu terrível segredo. Se membros dos Filhos da Confederação estivessem chegando, eles poderiam saber quem ela era. Havia muitos motivos para revelar a verdade para Daniel, e apenas um para não o fazer: perdera tudo que conhecia e não queria o perder também.

Capítulo 19

Daniel não compreendia aquele tipo de riqueza. A sala de estar, com móveis luxuosos, papéis de parede delicados e decorações extravagantes, o deixava desconfortável. Ele focou na grade em cima da lareira; era, talvez, o único objeto na sala com o qual podia realmente se sentir à vontade.

Sua família fora próspera comparada com muitas outras famílias negras, mas suas vidas não eram nem um pouco luxuosas. Seu pai trabalhara com as mãos, um ferreiro, e Daniel sempre o acompanhara. Quando decidira deixar o trabalho manual e tentar a sorte com a lei, se jogara nos estudos com fervor enquanto ajudava os pais o máximo que conseguia. Nunca tivera o prazer de descansar em um salão tão grande quanto a casa de sua família, esperando um trabalho cair em seu colo.

Era atordoante.

A única coisa na qual conseguia pensar para passar o tempo era procurar Janeta, mas aquilo não seria nada bom. Sem o estresse e a viagem que marcaram a maior parte da parceria deles para distraí-lo dos gritantes sentimentos indesejados, qualquer tempo que passasse com ela era perigoso. Daniel gostava do jeito que ela o olhava. Gostava que ela tivesse se aberto para ele na varanda no dia anterior e odiava que ainda mantivesse as coisas mais importantes em segredo.

Ele quisera beijá-la quando Janeta segurara sua mão, quisera sentir os lábios dela nos seus. Não se arrependia de compartilhar sua vivência com ela, mas não era tolo. As coisas haviam mudado entre os dois, ou talvez o que estivera lá desde o princípio finalmente recebera permissão de vir à tona. Daniel sabia o que poderia acontecer se eles fossem deixados sozinhos por muito tempo; vinha imaginando aqueles cenários com muitos detalhes. Como a pele dela seria macia ao toque de suas mãos. Como ela o olharia com aqueles olhos castanhos profundos. Ele vinha imaginando e desejando e, pior ainda, começando a pensar que talvez pudesse se permitir a fazê-lo. Que era merecedor de um desejo recíproco.

"Você é um homem bom", dissera ela quando andavam atrás da carroça de Jim e Augustus, com a voz urgente, como se pudesse convencê-lo a aceitar aquelas palavras como verdade.

Aquilo o assustou, a possibilidade de que ele não estivesse quebrado ou fosse indigno. Ou que fosse, mas que a única pessoa que se ressentia com aquilo era ele mesmo.

Daniel pensou em Dyson, Logan, Carla, Jim, Augustus e Shelley — todos os outros que haviam sofrido e estavam lidando com aquele sofrimento do próprio jeito, mas que ainda tinham alguma medida de fé nele. Pensou nos pais e amigos, que haviam tentado ajudá-lo, mesmo que não soubessem como.

A voz em sua cabeça, que gritava com ele e apontava seus erros, ainda estava lá, mas outra voz estava ficando mais forte. Uma que sussurrava sobre como as coisas haviam sido para ele, muito tempo atrás, e como poderiam ser no futuro. Uma que ouvia as terríveis recriminações que ricocheteavam em sua mente e dizia de modo fraco, mas desafiador: *não. Eu sou bom. Eu sou digno.*

O fato de sequer estar pensando em um futuro significava que algo mudara nele. Talvez fosse como Janeta havia dito: as pessoas estavam sempre mudando. Se ele nunca voltasse a ser o afável e ingênuo Daniel Cumberland, aquele era apenas um fato do mundo, e não uma prova de que merecia sofrer.

Ele soltou um suspiro enquanto Maddie passava pela porta do salão, carregando uma pilha de roupas de cama dobradas. Ele pulou para se colocar de pé e caminhou na direção dela.

— Maddie?

Ela diminuiu o passo e o olhou por cima do ombro, mas não parou. Ele não tinha certeza, mas pensou ter visto censura no olhar dela. Apressou-se para alcançá-la.

— *Senhorita* Maddie? — disse ele, lembrando-se das boas maneiras e, quando ela o encarou, a censura havia sumido e ela parecia satisfeita.

A mulher parou na frente da escada e lhe deu atenção completa.

— Como posso ajudar o senhor, sr. Cumberland?

— Estava querendo saber se poderia me mostrar a direção do escritório do sr. Roberts.

— Estou indo pra aquela direção — respondeu ela. — Venha comigo.

— Posso levar isso, se quiser — ofereceu ele enquanto a seguia, mas Maddie balançou a cabeça.

— Se tem duas coisas neste mundo que carrego bem são roupas limpas e segredos — informou ela. — Certamente não preciso da ajuda do senhor, mas aprecio a tentativa.

Daniel deu uma boa olhada na criada: mais velha, orgulhosa, com um andar suntuoso de uma mulher que não seria dobrada pela circunstância.

— A senhorita se vê carregando segredos com frequência, srta. Maddie? — perguntou ele, baixinho.

Ela o encarou quando chegaram ao último degrau e lhe lançou um sorriso que o fez compreender que ela fizera muitos homens caírem aos seus pés quando era mais jovem. Provavelmente ainda conseguiria fazê-lo.

— O escritório do sr. Brendan é a primeira porta à esquerda. Bom dia, sr. Cumberland.

Ela continuou a andar, deixando-o para trás, e Daniel decidiu perguntar para Janeta depois sobre as interações que tivera com a mulher. Algo nela chamou sua atenção, e talvez a companheira também tivesse sentido algo.

— Posso ajudar? — perguntou Roberts sem tirar os olhos do papel em que escrevia com uma pena, quando Daniel se fez presente.

— Sim, preciso de algo para fazer. Ficar sentado olhando para a parede pode ser interessante para aristocratas, mas não é para mim.

— Não pode achar uma alcova escura na qual possa passar um tempo com sua companheira enviada pelo trono da Espanha, como qualquer convidado faria?

O homem estava brincando, mas também sondando, o que Daniel compreendia, apesar de não gostar.

Ele ajustou o punho da camisa.

— Não tenho certeza se a srta. Sanchez ficaria feliz com sua suposição do caráter dela. Eu certamente não fico.

Roberts apontou para uma pilha de correspondências, sem se desculpar.

— Leia isso. Resuma cada uma escrevendo uma ou duas frases. Diga-me se for algo importante e indique se eu mesmo preciso ou não ler. Obviamente, se descobrir algo de muita importância, pode apenas me entregar.

A insegurança de repente incomodou Daniel. Ele se lembrou de quando retornara para casa e tentara voltar aos estudos. Como não conseguia mais focar, como não conseguia mais se importar. Decepcionara o advogado abolicionista que o tomara como aprendiz; ouvira os cochichos — "o que o homem esperava, aceitando um negro como pupilo, alguém sem o intelecto para lidar com tal trabalho?". Prejudicara qualquer chance que um de seus irmãos teria de tentar estudar a lei em sua cidade depois dele.

— Vai confiar na minha capacidade? — insistiu ele. — Não vai nem perguntar se sei ler ou escrever?

Roberts não falou por um momento; Daniel nem sabia ao certo se estava mesmo ouvindo. O inglês escreveu com intensidade, com a testa franzida. Quando finalmente olhou para cima um tempo depois, seu olhar estava intensificado pela irritação.

— Se não pudesse ler e escrever e quisesse trabalhar, você teria pedido algo para Maddie ou Michael, não para mim. Veio ao meu escritório porque quer fazer algo que alguém faz em um escritório. Suponho que possa acender a lareira se não se achar bom para tarefa em questão. Ou pode fazer isso e parar de me distrair.

Ele levantou a pilha de cartas e gesticulou na direção de uma mesa, menor e menos ornamentada, de frente para a janela, e Daniel deu uns passos para a frente e pegou o monte de papel. Roberts imediatamente voltou a trabalhar sem nem sequer dizer "obrigado". Daniel foi até a mesa designada e a afastou com cuidado da parede, virando-a para não ficar de costas nem para Roberts nem para a porta.

— Muito bem. Vou me ocupar do seu trabalho ocupado — disse ele, conjurando determinação ao se sentar no assento.

Um dia se sentara todo dia a uma mesa, mas parecia estranho naquele momento.

Roberts levantou o olhar da carta que tinha começado a escrever.

— Trabalho ocupado? Não, tem assuntos de grande importância metidos entre convites de mães ansiosas querendo confiar as filhas a mim. Bem, suponho que essas mães imaginem que seus convites *são* casos de vida ou morte. Preciso que preste atenção e leve o trabalho a sério, mas você parece o tipo de homem que não terá problema com isso. Um homem que pode trabalhar *independentemente*.

Roberts assentiu com firmeza e voltou, decisivo, para o próprio trabalho.

Daniel, a princípio, separou a correspondência pela qualidade do papel. Os que evidentemente eram papéis reaproveitados e pedaços de papel de parede estavam em uma pilha, os papéis luxuosos com maior gramatura estavam em outra. Aquele era um passo preliminar para separar correspondências estrangeiras das nacionais, dado o impacto que a guerra tivera no acesso ao papel no Sul. Ele pegou uma carta e a leu toda uma vez, olhando para cima de súbito algumas vezes. Roberts o confiara com aquilo?

Pegou uma folha em branco e uma pena na mesa e escreveu o primeiro resumo:

Um. Um relato do lorde Russell detalhando uma reunião contenciosa do Parlamento, na qual um orador em nome da Confederação proferiu um argumento entusiasmado que teria ganhado a multidão, se ele não tivesse sido minuciosamente refutado pelas informações passadas pelo cônsul do Mississippi.

Daniel sabia que as coisas estavam precárias, mas não que aqueles favoráveis ao Sul tinham tal alcance a ponto de conseguirem tomar a palavra no Parlamento. Junto havia um recorte de jornal detalhando o quase sucesso do homem e como no último momento ele se tornara sua vergonha nacional.

Daniel passou para o próximo papel firme e bege.

Dois. Afirma-se que Rose Greenhow, conhecida espiã rebelde atualmente se refugiando na Europa, conheceu o imperador Napoleão em pessoa e assegurou a promessa dele de ajudar o Sul. Ele tem planos de uma expansão francesa no México e por isso procura uma boa relação com a Confederação.

Daniel folheou as cartas de papéis gastos em seguida. Como Roberts previra, muitas eram convites para chá ou jantares de mães lamentando as filhas solitárias, mas uma delas chamou sua atenção.

Três. Pedido de ajuda depois de um encontro com um estranho supostamente procurando a residência de Roberts. O homem não deu seu nome, embora estivesse vestindo roupas finas. O escravizado que o guiou até Roberts nunca voltou ao seu senhor. Alguns acreditam que o escravizado fugiu, mas o senhor dele acredita que ele foi morto e pede ajuda.

O sangue de Daniel gelou. O escravizado podia ter fugido, mas algo sobre o visitante estranho inquietara tanto o senhor do escravizado que o fizera escrever para Roberts. Mesmo o detetive mais firme do governo e os membros mais experientes dos Quatro Ls mantinham distância dos membros daquela sociedade em particular.

E Daniel os procurara.

Algo o incomodou, e ele soltou a pena e olhou para Roberts.

— Você diz que não tem a intenção de nos matar, mas...

— Eu nunca disse isso — corrigiu Roberts, despreocupado. — Disse que não queria. Tenho total intenção se algum de vocês dois me der motivo. Contudo, não acho que o farão.

Daniel nem ao menos podia ficar nervoso com aquilo. O homem era estranho; ou era honesto demais, ou um mentiroso muito habilidoso. Daniel entraria no jogo.

— Se não *quer* nos matar, por que está me permitindo ler todas as suas correspondências, inclusive o que parece ser informação governamental confidencial?

Roberts continuou escrevendo.

— Sou um homem sem muito tempo, sr. Cumberland.

Ele tateou a própria mesa com a mão livre, depois estendeu um papel dobrado.

Daniel se aproximou lentamente, pegando o papel para ler.

Meu querido Brendan,

Mantive o secretário Seward afastado o máximo que pude, mas, infelizmente, você está sendo chamado de volta. O bruto estúpido reclama e esbraveja e não compreende que ele prejudica a própria causa! Muito se perderá dos dois lados quando você voltar para casa e posso apenas esperar que esta guerra chegue a um fim logo após isso. Consigo lhe dar um mês; depois dessa reunião, você deve voltar para casa imediatamente ou perderá a proteção da Coroa.

Atenciosamente,

Lorde Russell

— Você está indo embora? — perguntou Daniel.

A mão de Roberts apertou a pena com mais força, mas sua voz estava estável quando ele falou:

— Embora eu espere que o Norte prevaleça, se o fizerem, não será por causa de Seward. Ele é um touro em uma loja de porcelanas, destruindo aqueles que podem ajudá-lo a cuidar de seus cascos, como diz o provérbio.

— Por que não pode simplesmente contar a ele que está do lado da União? — perguntou Daniel.

— Porque não estou. Estou do lado da Inglaterra, como é apropriado e esperado de um homem na minha posição. — Roberts suspirou e soltou a pena. — Eu me expliquei repetidas vezes para esses cabeças-ocas, com muitas, muitas sugestões de que, embora eu não possa expressar sentimentos de apoio ao Norte, certamente não apoio o Sul. Qualquer homem com um pouco de sensatez teria entendido, mas a certeza de Seward na minha animosidade com o Norte, ou alguma degeneração da astúcia estadunidense, o deixou incapaz de ler as entrelinhas. Assim, depois da reunião, devo me despedir desta costa e voltar para casa. Farei o que puder da Inglaterra, mas decerto será bem mais difícil do que estando aqui. Porém, se eu puder usar essa reunião para recolher a informação requisitada, então vou ter feito mais do que achei que era possível quando cheguei a este fim de mundo sombrio.

Ele sorriu de um jeito abusado e soltou um suspiro resignado, mas Daniel podia ver a fúria e a frustração em seus olhos. Roberts não era bom em disfarçar, o que fazia Daniel... não exatamente confiar nele, mas se sentir um pouco melhor com aquela estranha aliança entre eles. Contudo, ainda precisava questionar sua motivação.

— Não ter muito tempo não explica muito bem esse descuido — insistiu Daniel.

Roberts ergueu uma sobrancelha e o encarou com um olhar repentinamente cortante.

— Descuido? Não achei que fosse o caso, mas talvez eu tenha me enganado sobre sua capacidade.

Daniel engoliu em seco e soltou a carta na mesa de Roberts antes de voltar para onde estava antes.

— Essa reunião. Os Filhos da Confederação e o próprio Jefferson Davis. Tudo sob seu teto. Está indo embora de qualquer maneira: por que não envenenar todos e acabar com isso?

O riso agudo de Roberts o assustou. Ele achara que o homem estava pontuando a tolice dele, mas aparentemente achava a opção de Daniel realmente engraçada.

— Senhor Cumberland, sim, eu pensei em envenenar o chá deles em um momento de grande frustração, mas decidi que seria abominavelmente deselegante, além de uma declaração de guerra. Uma que não resolveria nada.

— O que quer dizer com isso? — A raiva comprimiu a respiração de Daniel de repente. Era fácil para Roberts dizer coisas assim de sua mansão com água quente, encanamento e iluminação a gás, onde, mesmo no meio da guerra, ele ainda tinha chá, refeições e tabaco. — Livrar o mundo de homens como eles resolveria grande parte dos *meus* problemas.

— Resolveria?

Ele inalou profundamente. Como Roberts ousava tratá-lo com condescendência? Como ousava...

— Quando carregamos você para fora da carruagem, senti as cicatrizes nas suas costas — afirmou o cônsul, sério. — Vou dizer isso com toda seriedade e, por favor, não pense que estou suavizando: senhores de escravizados têm açoitado seus escravizados há gerações. Eles têm *matado* escravizados há gerações. Toda essa dor e todas essas mortes impediram que os negros desejassem liberdade?

— Óbvio que não — disparou Daniel. — Somos humanos e queremos ser livres.

— Exatamente. Liberdade é uma ideia. Mas a supremacia da raça branca é outra ideia, uma distorcida e deformada noção de ganhar força ao subjugar outros, e não dá para matar isso envenenando um punhado de homens, assim como não dá para impedir a esperança açoitando um escravizado.

Daniel não tinha uma resposta. Aquele homem estava errado. Ele falava sobre hipóteses porque não fazia ideia nem poderia começar a imaginar um sofrimento como aquele conhecido por Daniel.

— Eu te irritei. — Roberts se levantou e foi até a lareira, jogando outro pedaço de madeira nas chamas. — Não era minha intenção. Por favor, adoraria ouvir por que você discorda.

Óbvio que Roberts podia discutir aquilo com lógica; não era a humanidade dele que estava em debate.

— Na sua lógica, o Norte deveria simplesmente ter se rendido ao Sul em vez de lutar — disse Daniel. — Qual é o ponto se não se pode matar uma ideia, afinal de contas?

— Não, não, não. Não foi isso que eu falei. Disse que não se pode matar um homem no lugar de uma ideia. Você pode lutar contra uma ideia, como o Norte está fazendo até certo ponto, e vencê-la. A Proclamação da Emancipação fez mais estrago do que as campanhas em Gettysburg, Sharpsburg ou Chattanooga.

Daniel fez um som zombeteiro e, quando falou, sua voz estava contida pela raiva.

— Aquela tentativa meia-boca de símbolo para provocar o Sul? Foi um aceno fraco para a abolição, motivado por política, não paixão, e é condicional. Quando você diz que um homem é livre aqui, mas não lá, isso não é liberdade. Os rebeldes não se importam com a Proclamação, exceto por quererem despeitá-la.

Roberts abriu a boca para falar, fechou-a, depois pareceu encontrar o que queria dizer.

— O prejuízo à causa sulista não foi por dizer aos rebeldes que os escravizados deles precisavam ser libertados. Foi por dizer para os escravizados que eles *podiam* ser libertos. Por ordem da lei. Acha que dizer isso a um povo que tem esperado por um milagre e trabalhado para que isso aconteça para si e sua família tem volta? Pelo que sei, a concessão da liberdade parecia uma impossibilidade e, ainda assim, aconteceu. O impossível é possível. Ideias não são imortais: elas podem ser mortas por outras novas e mais fortes.

Daniel apertou uma mão contra a outra no colo. Seus dedos se flexionaram, os músculos em seu pescoço ficaram tensos, e ele sentiu que não conseguia controlar as expressões que seu rosto fazia.

Tentou forçar algo parecido com calma.

— Não acho que serei convencido pelas palavras de um homem branco inglês que pode partir deste país e nunca lidar de novo com o mal inerente deste lugar. Se alguém se livrasse de Davis, de maneira pública e terrível, o Sul saberia o que é medo. Perfuraria essa pretensão envaidecida de grandeza que criaram. Se não estiver à altura da tarefa, apenas diga isso, mas não se esconda por trás dessas noções falsas de justiça e de uma América que não existe.

Roberts assentiu por um momento, então coçou o queixo.

— Que *ainda* não existe. Vocês ainda estão no berço enquanto nação. Nem ao menos se passaram cem anos desde Yorktown! Ainda resta muito potencial nesta experiência americana. A esperança não está perdida, sr. Cumberland.

— Este país é jovem, mas submerso em um mal muito antigo. E às vezes o mal fala apenas a língua do mal, e a única força que pode impedir isso é aquela motivada por um ódio semelhante. Não posso ter *esperança* enquanto homens como Davis rasgam despreocupadamente o país em dois e arrancam a possibilidade de um futuro melhor.

Roberts riu, com pesar.

— Tudo que quero dizer é que, se alguém se livrasse de Davis, estaria fazendo um favor aos seus oponentes. E aos generais dele também. Decerto seria um choque, mas, com as roupas do luto ainda engomadas, homens com mais bom senso e proeza política, que estiveram esperando para cultivar o poder, se colocariam no lugar vazio deixado por ele. Eu de fato ficaria preocupado se qualquer coisa acontecesse com o velho Jeff.

Roberts não compreendia que toda sua conversa sobre matar ideias na verdade servia perfeitamente para o que Daniel havia planejado. Para muitos sulistas, Davis era um ponto mobilizador da causa. Suas estratégias não importavam, nem suas façanhas. Ele era uma ideia, e Daniel destruiria aquela ideia. Que fossem para o inferno os sermões do britânico.

Daniel se levantou.

— Acho que vou encontrar Sanchez.

Ele não se perguntou por que queria estar com ela em vez de sozinho quando a propriedade era grande o suficiente para lhe oferecer privacidade. Talvez naquele momento contasse seus planos para ela.

Ou talvez não. Aquele era o problema de detetives: eles tinham a tendência de guardar segredos, mesmo quando não deveriam.

Roberts assentiu.

— Obrigado pelo auxílio. Sinta-se à vontade para voltar mais tarde, se desejar. Toda ajuda é bem-vinda.

Daniel acenou com a cabeça rigidamente e saiu.

Ele tinha a própria missão, e algumas palavras de Roberts não o fariam mudar de ideia. Alguém precisava pagar por tudo aquilo, certo? Pela dor dele? Pela dor de seu povo?

Daniel já havia aprendido que não podia contar nem com Deus nem com as leis para julgarem homens maus.

Ele mesmo o faria e aguentaria as consequências que viriam.

Capítulo 20

Janeta queria ir embora.

Não sabia para onde, mas a riqueza familiar da casa de Roberts e o tempo para refletir sobre tudo que se passara desde que ela deixara a dela assolaram sua resolução e crescente consciência de identidade.

Ela se sentiu como um dos daguerreótipos destruídos que vira na sala dos fundos de um fotógrafo em Palatka, com os objetos das fotos borrados, fazendo parecer que várias versões da pessoa lutavam para existir ao mesmo tempo.

Era difícil não recair na mentalidade da antiga Janeta enquanto era cuidada por criados e castigada ao tentar ajudar. Era difícil olhar para Daniel trabalhando no escritório de Roberts, lindo e sorrindo, engajando em uma profunda conversa com o britânico. Ele passara os últimos dois dias trabalhando e, embora algumas vezes a procurasse, mantinha a conversa cordial. Sempre sobre o trabalho, quando descrevia o que lera nas cartas e o que Roberts dissera. No meio-tempo, ela não conseguia parar de pensar no conforto que sentira quando as mãos deles se tocaram na varanda.

Janeta fora tola ao achar que um homem como Daniel quereria ou precisaria de qualquer coisa de uma mulher como ela. Ele era… sólido, como um dos pilares de mármore que se enfileiravam na varanda da casa. Janeta era uma fotografia muito exposta à luz que poderia voar para longe com uma brisa suave.

Depois de ter sorrido e fingido durante todo o jantar, e de ter descoberto ainda mais sobre os Filhos da Confederação, que teriam se beneficiado da informação dela caso a tivesse enviado, declarara estar cansada e fora se deitar. Naquele momento sabia-se lá que horas da noite eram, e ela estava bem desperta. Janeta vestiu um penhoar grosso que tinham lhe dado e o amarrou. Mesmo com aquilo e a camisola, ainda sentia um pouco de frio.

Ela percorreu o corredor de sua ala da casa e foi até a biblioteca que descobrira ao vagar sem rumo pelos corredores enquanto Daniel e Roberts trabalhavam. Sempre ia para a biblioteca na Villa Sanchez quando estava chateada; não por gostar particularmente de ler, mas porque o resto de sua família certamente não gostava. A biblioteca era para manter as aparências, um lugar usado em ocasionais reuniões de negócios. Ela sempre podia ficar sozinha lá, e a biblioteca de Roberts, ao que parecia, não era diferente.

Estantes altas cheias de livros que pareciam importantes, escritos por homens que pareciam com Roberts, papi ou Henry. Um pequeno armário para o álcool; conhaque, não rum. Um belo tapete grosso que afundava sob os pés e duas cadeiras estofadas na frente da lareira, que estava apagada, mas cheia de uma pilha de lenhas.

Perfeito.

Ela acendeu uma das velas na pequena mesa lateral e a colocou na frente da lareira, depois se afastou o máximo que pôde até o outro lado do cômodo. Janeta colocou a mão dentro do bolso do penhoar e apertou a lâmina fria de sua faca de arremesso.

Era aquilo o que uma biblioteca era para Janeta: um lugar onde ela podia fazer o que desejasse sem suas irmãs a chamando de selvagem ou de vergonha. Podia ler livros no salão sem ser censurada, mas aquilo era algo que necessitava de mais privacidade, e talvez um livro de capa de couro para ser usado como alvo, se não tivesse madeira por perto.

Ela estava um pouco enferrujada, mas não se preocupava em errar enquanto considerava o peso da primeira faca, encontrando o equilíbrio perfeito enquanto mirava na lenha atrás da vela acesa, e deixou o metal afiado voar.

Pow.

Pow.

Pow.

Três linhas de metal se prenderam à lenha, refletindo a chama dançante da vela, e Janeta sentiu um pouco da frustração diminuir dentro de si. Ela se aproximou e pegou as facas, repetindo o movimento de novo e de novo, até que o pulso estivesse doendo e a mente estivesse livre de tudo exceto a sensação do metal quente na palma da mão e a satisfação de acertar o alvo.

— Você tem escondido o jogo, Sanchez.

A voz veio da escuridão enquanto Janeta pegava as facas e começava a colocá-las no bolso. Aquilo a assustou tanto que ela arfou e se virou, derrubando a vela. Pouco antes de a chama se apagar, viu Daniel, surgindo das sombras. Os olhos dele foram capturados pela luz, divertimento e curiosidade tingidos pelo brilho laranja antes de a escuridão recair.

— Há quanto tempo está aí? — perguntou ela.

As batidas aceleradas do coração pulsavam nos ouvidos e Janeta tateou o chão para achar a vela, pegando-a sem ter a menor intenção de acendê-la de novo.

— Tenho vindo aqui nas últimas noites para ler. — A voz grossa dele ressoava do outro lado da sala, mas se aproximava dela enquanto ele continuava falando: — Parece que algo nesses livros embolorados é muito efetivo em me colocar para dormir. É uma pena eu não poder carregar uma biblioteca no bolso.

Ele já estava perto. Ela não podia vê-lo, mas podia sentir sua presença. Estava contente por não o enxergar. Contente que ele não podia ver o pânico nos olhos dela.

— Que bom que você tem conseguido dormir — disse ela, baixinho.

— Mas você não. Fiquei mais do que um pouco confuso ao acordar com você arremessando facas quase despida.

Ela se esquecera de que estava apenas de camisola. Não importava. Aquele era o último de seus problemas e, além do mais, fizera muito pior com Henry usando camadas e camadas de saias e babados.

Mas ele não era Henry. Era Daniel. Daniel, que a olhara com tanto carinho enquanto conversavam nos últimos dias. Daniel, que tinha todos os motivos para odiá-la se descobrisse a verdade.

— É um hábito. Algo que faço desde criança. É reconfortante, de um jeito estranho.

Ele riu, e o som a envolveu no escuro. Janeta se perguntou como seria sentir aquela risada vibrando na pele, e seus olhos se encheram de água.

Tontaina. Tonta.

— Sua mãe deixava você arremessar facas em casa? — perguntou ele.

— Ninguém sabia. A biblioteca estava sempre em silêncio. Ninguém me julgaria lá.

— Biblioteca. Sua casa tinha uma biblioteca. Imagino que não era um canto da sala com livros que sua mãe pegou enquanto limpava as casas de brancos ricos, como era na minha família.

Ele não estava a julgando, apenas declarando um fato; o que deixava evidente que compreendia que ela dera menos detalhes sobre sua origem do que podia ter dado. Janeta soube assim que dissera aquilo que a frase podia atiçar algo na mente dele e começar a estabelecer a base de uma verdade que ela não podia revelar. Não podia. Como poderia?

Ela precisava.

— Sim, eu cresci em casas não muito diferentes desta. Grande e servida por escravizados. Eu tinha um estilo de vida extravagante e mimado, que era resultado de uma fortuna feita pelo trabalho destes mesmos escravizados.

Daniel não falou nada, mas ela podia sentir o silêncio dele e tudo que podia ser contido ali: julgamento, raiva, ódio. Não importava. Mentir era tão fácil para ela, mas a verdade? Se diria a verdade, estava contente por fazer isso no escuro.

— Sou uma espiã, Daniel. Ou melhor, eu era. Não, ainda sou, mas não como era... — Ela grunhiu, frustrada, enquanto as palavras se acumulavam em sua língua. — *¡Odio esta lengua fea!* Não sou o que você pensa, Daniel. Sou uma pessoa ruim. Eu...

Não posso contar para ele. Não posso. Por quê? Ele não precisa saber.

Um choro escapou por seus lábios em vez do que ela precisava dizer. A escuridão tinha lhe dado confiança demais. O sol logo nasceria e não teria como se esconder do ódio de Daniel por ela.

— Janeta.

Daniel estava bem ao lado dela naquele momento, e Janeta sentiu o toque dele reverberar pela escuridão um pouco antes de os dedos dele alcançarem a manga do penhoar. Não havia raiva no jeito que a mão dele segurou o braço de Janeta, e foi aquela gentileza que arrancou um choro soluçado dela. Ela se lembrou que a primeira coisa que pensara fora como seria fácil tirar vantagem de Daniel, por causa de sua solidão e ausência de amizades. No fim, era ela quem precisava dele.

— Me conte. — A voz dele era grave, suave e encorajadora.

— Você vai me odiar — disse ela.

Esperou que ele a lembrasse que já odiava. Em vez disso, Daniel a puxou para seus braços, segurando-a de forma leve para que ela não ficasse pressionada nele.

— Eu achava que a única coisa dentro de mim era ódio, mas, estranhamente, eu não te odeio — falou ele. — Não sei se consigo. Com certeza tentei.

Janeta deixou a cabeça pender e repousar no ombro dele. Daniel em algum momento a afastaria, mas ela era patética o suficiente para roubar aquele consolo enquanto podia.

— Sou cubana, descendente de escravizados e conquistadores — falou, enfim. — Minha mãe era uma escravizada na plantação do meu pai e ele se casou com ela depois que sua primeira esposa morreu. Cresci sendo idolatrada, amada e sempre, sempre, sendo lembrada que eu não era como *aqueles* trabalhando no campo. — O corpo dele ficou tenso, mas ela seguiu falando. Não tinha mais como recuar, assim como não dava para impedir a chegada do amanhecer a fim de manter o mundo oculto na segurança das sombras. — Não deixavam que eu me misturasse com os escravizados e, embora houvesse negros libertos, meus pais não se relacionavam com eles. Então mami morreu e nos mudamos para a Flórida, porque isso era mais fácil do que morar em Santiago sem ela, acho. Os Estados Unidos foram difíceis para mim. Sempre presumiam que eu era uma escravizada, ou pior, a amante do meu pai. — Janeta estremeceu ao lembrar das insinuações obscenas que ouvira. — E então Henry começou a me cortejar, começou a me dizer que eu era bonita exatamente do jeito que era. Que era bonita por *ser* como eu era. Quando a guerra começou, tudo que ele pediu em troca foi informação. Isso não pareceu muita coisa a dar para ser amada.

Daniel parara de respirar. Ela podia sentir a imobilidade dele, então apressou-se para contar o resto.

— Quando meu pai foi preso pela União por causa de uma informação que repassei, Henry disse para eu me juntar à Liga da Lealdade. Disse que descobrir seus segredos ajudaria a libertar meu pai e que havia um grupo, os Filhos da Confederação, que garantiriam isso. — Ela apertou o braço dele. — Eu não disse nada a ele. Sei que minha palavra não vale de nada, mas juro...

Daniel respirou fundo.

— Como pôde sequer considerar? Trair seu próprio povo?

— Eu nunca *tive* um povo. — Ela tentou manter o choro longe da voz. — Eu só sabia o que haviam me ensinado, e o que me ensinaram estava errado. E estou *brava* por ter acreditado. Eu queria agradar a todos, mas não podia. Agora sei a verdade: Henry me usou. Não posso libertar meu pai. Vou ser expulsa da Liga da Lealdade. E então tem você.

Ela fechou a boca e cerrou os dentes. Janeta sabia o que fazer para que ele sentisse pena dela. Para fazê-lo reconfortá-la. Mas ela não conseguiu se forçar a falar mais nada. Não queria manipular a afeição de Daniel. Ela queria o que não podia ter. Janeta queria que ele a amasse como ela era — obstinada e fraca, insolente e quebrada, desonesta *y descarada* — por vontade própria.

Impossível.

— Você embarcou na aventura de se juntar à Liga da Lealdade com a intenção de espionar para a Confederação. É só isso? — perguntou ele.

Ela levantou a cabeça depressa. Não conseguia distinguir as feições dele, apenas o formato vago de sua cabeça, mas por algum motivo sabia que Daniel estava sorrindo. Havia divertimento em sua voz quando devia ter raiva.

— O quê?

— Janeta, não sou nenhuma Ellen Burns, mas sou um detetive que já viu mais do que uma vasta quantidade de atividade. Achou mesmo que eu não saberia de nada disso?

Sua cabeça estava girando, girando, e os joelhos dela se dobraram. Daniel a segurou, porque era evidente que ele o faria.

— Você sabia? Como?

Janeta não conseguiu impedir o choro de alívio que sacudiu todo seu corpo. Suas mãos pegaram as roupas dele e ela segurou um punhado de sua camisa, apertando como se sua vida dependesse daquilo.

Ele a levou até a cadeira no escuro, parecendo tatear o caminho, e a colocou no assento antes de se empoleirar no braço da cadeira ao lado dela. Daniel passou a mão pelo cabelo de Janeta, o gesto tranquilizante a acalmando, embora ela tremesse de emoção.

— LaValle, o homem para quem você se apresentou primeiro, suspeitou de você por causa de informações que havia recebido de fontes na Flórida enquanto rastreava a importação ilegal de escravizados cubanos. Ele enviou um pedido de informação, e como sabe, os escravizados ouvem tudo. Você viajou de Palatka em uma carruagem conduzida por um escravizado, e em um trem com carregadores escravizados, e seus contatos tinham pessoas escravizadas ao redor deles enquanto discutiam como você seria útil para a Causa.

O peito dela doía, e Janeta estava com dificuldade para respirar. Daniel sabia. Sempre soubera.

"Eles me colocaram com uma detetive novata sem treinamento ou bom senso porque sabem que não vou ter nenhuma misericórdia de você."

Naquele momento ela compreendia o significado por trás daquelas palavras.

— Por quê... — Seu corpo estava pesado e sua língua ainda mais. Ela não tinha forças para fazer aquilo soar como uma pergunta. — Você podia ter... me impedido.

Deveria estar com medo naquele momento, com a mão dele em sua cabeça, e a força dele tão maior que a dela, mas sabia que Daniel não a machucaria como poderia fazer. Como talvez ele *devesse* fazer com uma espiã inimiga.

— Bem, você podia ser útil para nossa Causa — respondeu Daniel, com calma. — Fui encarregado de ficar de olho em você, garantir que não passasse nenhuma informação e ver o que podia descobrir sobre você. Dyson te designou para mim, porque os Filhos da Confederação eram do meu interesse particular, e porque ele achava que eu era um desgraçado cruel que faria o necessário para garantir que você não ameaçasse os Quatro Ls ou a União.

Uma inesperada, e irônica, chama de raiva e traição cresceu dentro dela quando pensou nas perguntas insinuantes dele, na irritação com ela e na insistência em dizer o quanto ela era um fardo. Naquele momento ela sabia por que Daniel estivera aborrecido de forma tão extrema, por que a tratara como uma criança da qual ele precisava tomar conta. Aquela havia sido exatamente a tarefa dele: tomar conta dela. Enganá-la para que se abrisse para ele. E se livrar dela se fosse necessário. Talvez as gentilezas dele tenham sido falsas. Talvez a tenha usado como Henry fizera — e como ela tivera a intenção de usá-lo.

Janeta voltou atrás em seu pensamento anterior: Daniel *podia* machucá-la. Não fisicamente, mas a dor em seu peito não era menos real do que se ele tivesse enfiado a lâmina nela. As palavras de Daniel ricocheteavam pelo corpo dela como balas, as implicações aumentando. Se tudo que ela conhecera dele fora uma mentira, tudo no que baseara sua nova verdade também era.

Lágrimas quentes escorreram por suas bochechas. Ela tentou respirar, e de alguma forma conseguiu, embora sentisse que poderia rasgar as costuras da identidade que juntara desde que se infiltrara na Liga da Lealdade.

— O que descobriu sobre mim? — perguntou ela. — Espere, posso adivinhar. Que sou uma mulher tola que recebe tapinhas na cabeça de todos e se permite acreditar que tem alguma utilidade neste mundo?

A voz dela falhou na última palavra e Janeta ergueu o punho até a boca para silenciar seu choro no escuro. Aquele punho não podia impedir seus ombros de sacudirem. A mão de Daniel deslizou do cabelo dela, descendo pelo pescoço, para repousar nas costas. Ele acariciou o local, com gentileza, suas mãos a esquentando enquanto a tranquilizava.

Tranquilizava.

— Descobri que você é uma mulher inteligente e afetuosa, que tem potencial para ser uma ótima detetive da Liga da Lealdade, não importa o motivo de ter se juntado. — A mão dele circulava lentamente entre as escápulas dela, aliviando a ansiedade da região. — Não é como se minhas intenções ao me juntar tenham sido puras. Serei a última pessoa a julgar.

— Como pode não me julgar?

As palavras dela ecoaram na escuridão da biblioteca, seguidas pelo deslizar do tecido da calça dele no braço da cadeira. Ele se colocou na frente dela.

— Pelo quê? — Daniel soltou um ruído de irritação. — Tudo bem, não posso dizer que espionar para a Confederação é algo que deveria ser desconsiderado. Mas você é produto de sua família e, na primeira oportunidade de fazer a coisa certa, você fez. Não vou te glorificar, mas também não vou marcar você como uma causa perdida.

Janeta queria gritar. Todo o estresse e os medos... não foi assim que havia imaginado que a revelação aconteceria. Ela não pensara muito no que aconteceria se ele não a odiasse, porque aquilo parecera impossível.

— Eu estava com tanto medo de que você descobrisse. E depois fiquei com medo de que não descobrisse. Porque o que quero... — Ela engoliu o medo. — Quero que você me conheça, Daniel. Mas me conhecer é saber dessa coisa terrível que fiz.

— Eu conheço você, Janeta.

Ela balançou a cabeça, mas um calor a percorreu.

— Não. Se conhecesse, saberia que não mereço perdão.

— O que exatamente você fez que merece punição? — perguntou Daniel, com uma exasperação familiar surgindo na voz. — Tenho certeza de que não passou nenhuma informação.

— Não passei. Mas estava determinada a passar.

Janeta não podia deixá-lo esquecer daquilo.

Ele suspirou.

— Tenho certeza de que sim. Felizmente para nós dois, você é uma detetive horrível.

Uma risada borbulhou dentro dela, passando pela obstrução do medo e da vergonha, surpreendendo-a.

— Tanto Dyson quanto eu estávamos contando com o fato de eu não ter coração. — Os dedos dele roçaram a bochecha dela, e ela conseguiu ver a sombra mais escura do corpo de Daniel quando ele se ajoelhou diante dela. — Eu estava errado sobre isso. Eu tenho um, e está batendo tão forte e firme que mal consigo aguentar. Está batendo de novo.

As palavras dele saíram raspando a garganta, uma confissão dolorosa, e Janeta percebeu o que havia acontecido na segurança da biblioteca escura. Eles tinham desabafado totalmente em um lugar em que suas vulnerabilidades eram menos visíveis. Mas ela já sabia que Daniel tinha um coração. E ele também já havia descoberto algo bom nela. Já tinham visto um ao outro, podiam se *ver* naquele momento, na mais profunda escuridão noturna. Aquilo era um milagre quase tão grande quanto a presença de qualquer um deles ali.

Ela colocou a mão no peito dele de novo e espalhou os dedos.

— Daniel. Eu quero te beijar — confessou. — Posso?

— Nunca mais vou privar uma mulher com quem me importo de fazer o que quer. Contanto que não seja espionar para os rebeldes, óbvio. — Sua voz ressoou, grave e divertida, aproximando-se na escuridão até que a respiração quente tocasse a bochecha dela. — Me beije.

Ela virou a cabeça e atendeu ao comando dele, mas, na escuridão, os lábios dela colidiram com o nariz de Daniel. Os dois riram, o som cheio de expectativa; eles se aproximaram de novo, mais devagar daquela vez, e o riso se dissolveu em gemidos de prazer quando suas bocas se tocaram.

Ela segurou o rosto dele entre as mãos para mantê-lo perto, para que nada pudesse se colocar entre os dois — nem mesmo a sombra aveludada da noite.

O beijo dele tinha sabor de terra, de algo verde e agridoce — provavelmente o chá que Daniel tomara antes de dormir. Seus lábios se moviam nos dela com um foco intenso que parecia de alguma forma combinar com o sabor: implacável como a própria natureza. A língua dele explorou a boca de Janeta com uma intimidade tão chocante que fez seu corpo queimar; ela estivera esperando por aquele beijo desde a manhã perto do riacho, e parecia que ele também.

Havia uma voracidade sensual na pressão dos lábios e das mãos de Daniel nos braços dela. Janeta ergueu as mãos, acariciando a barba dele por fazer e subindo até seus cachos, indo para o pescoço. Ela estava com medo de soltá-lo, percebeu; decidiu que não o faria.

Mas ele estava se mexendo, e por um momento ela teve medo de que ele se afastasse, mas as mãos de Daniel tatearam a cadeira e depois o corpo dela, antes de ele deslizar uma mão por baixo das coxas de Janeta e a outra até sua lombar e impulsionar para cima.

Ela se sentiu ser erguida, encostada ao peito dele, antes de Daniel tomar o lugar dela na cadeira e colocá-la em seu colo. Janeta levantou a camisola ao acomodar os joelhos em cada lado da cintura dele, e quando se abaixou, a pele desnuda da parte de dentro de suas coxas roçou no tecido áspero da calça de Daniel, uma fricção surpreendente.

Ele ainda estava a beijando e, uma vez que ela estava acomodada, as mãos dele começaram a vagar. As palmas de Daniel exploraram as curvas dela, incitando o desejo e a necessidade dentro de Janeta. Ela mexeu os quadris, pressionando o corpo de encontro ao volume rígido dele.

Ajudava o fato de ele não poder vê-la, nem ela a ele. Henry a encarara com cobiça em meio à paixão e Janeta confundira a insaciabilidade dele com amor. As mãos de Daniel se moviam com cautela, assim como sua boca, mas o resto de seu corpo estava parado e ela sabia que ele se continha. Daniel não a estava usando para satisfazer os próprios desejos. Estava tocando, escutando e esperando.

Ela afastou a boca da dele.

— Está tudo bem. Eu já… não sou… não precisa ser gentil.

Daniel sabia que ela tivera um amante, mas talvez houvesse se esquecido daquilo pela forma que suas mãos a acariciavam como se ela fosse uma porcelana frágil.

Ele ficou em silêncio por um momento e Janeta se assustou quando ele inalou antes de responder:

— Você *quer* que eu seja?

A pergunta dele foi tão suave quanto as mãos em seu corpo, e o fato de ele sequer ter perguntado a encheu tanto com luxúria quanto felicidade. Era um sentimento conflitante, aquela alegria por um homem considerar seus sentimentos, porque ela nunca percebera que era algo pelo que poderia pedir. Algo que merecia.

— Sim, por favor.

— Ótimo. — A voz dele foi um sussurro que acariciou a orelha dela quando a boca foi em direção ao pescoço de Janeta. — Preciso que você seja gentil comigo também.

Assim, seus lábios quentes e macios roçaram na base do pescoço dela. Daniel mal a tocava, mas a fricção da pele dos dois e o carinho da respiração dele causou um tremor de prazer no corpo de Janeta. Quando a boca dele encostou na curva entre seu pescoço e ombro, ele chupou a pele e ela arfou pela sensação que explodiu em seu corpo. Os toques lentos e suaves dele não deviam ter feito o calor correr pelas veias dela, mas havia algo de indescritivelmente excitante na forma que ele a tratava com tanto carinho.

E ela queria proporcionar o mesmo a ele. Daniel era um homem grande e forte, mas Janeta acreditaria na palavra dele: ele também precisava de cuidado. Ela deu os mais suaves beijos nas têmporas dele, passou as mãos por seu pescoço e pela cicatriz saliente ali, depois as espalmou sobre o peito musculoso dele.

— Quero sentir sua pele — sussurrou ela. — Na minha.

O peitoral dele ficou tenso e então relaxou sob as mãos dela, e Janeta sentiu que Daniel aprovava seu plano, a julgar pelo coração acelerando contra seu peito.

— Pode desabotoar minha camisa — disse ele.

Daniel deslizou os dedos até a frente do penhoar e desceu pelos ombros dela, depois voltou a atenção para a camisola larga, que Janeta também abaixou. Ela libertou os braços e deixou o tecido em volta da cintura antes de procurar os botões dele com os dedos trêmulos.

Daniel estivera parado antes, mas naquele momento seu quadril se impulsionava em direção a ela, a calça deslizando nos pelos do monte púbico dela, e seu membro teso pressionou na pele sensível dos lábios vaginais de Janeta.

O desejo a encobriu, junto com a escuridão, e ela mexeu o quadril para colidir com a estocada restringida dele. Finalmente, ela abriu a camisa por completo e passou as mãos pelo peitoral peludo. Ele gemeu quando as palmas de Janeta deslizaram por cima de seus mamilos planos e lisos, então ela refez o gesto e ele gemeu de novo.

Janeta deslizou a mão pelos sulcos do abdômen dele até seus dedos chegarem ao fecho da calça de Daniel. Ela parou.

— Você quer... isto? — perguntou Janeta. Sua voz estava rouca e tremia, porque seu corpo também tremia.

— Eu quero *você*, Janeta. Você por inteira.

O alívio fluiu por ela, e a vontade de agradecer era tão forte que ela precisou engoli-la. Não era assim entre eles. Ele não gostaria que ela se sentisse grata por ele ou qualquer homem, e era por isso que gostava dele.

— Eu também quero você, Daniel.

— Não por inteiro — contrapôs ele, e ela soube que ele se afastaria se tivesse a oportunidade.

Ela pressionou a boca na dele, beijando-o até que ele exalasse de um jeito ofegante nos lábios dela e separasse os próprios lábios.

— Quero qualquer parte de você que estiver disposto a compartilhar comigo — declarou ela.

Daniel, então, a beijou intensamente. Não de uma forma bruta, mas com um excesso de emoção que ele não conseguia expressar com um roçar de lábios. Ele deslizou as mãos pela pele despida de seus seios e barriga, e gemeu de prazer com apenas aqueles toques.

Então as mãos dela foram abrir a calça dele, e os dois se mexeram e se ajeitaram até que Janeta estivesse segurando a ereção de Daniel, a alguns centímetros da entrada dela.

— Tome tudo — grunhiu ele no pescoço dela. — Eu te dou tudo. Eu por inteiro.

Por um segundo Janeta considerou que aquela era como as promessas vazias que Henry lhe sussurrara. Então a insegurança de Daniel falou de novo, lembrando-a que ele era tão vulnerável quanto ela naquela situação.

— Apenas torço para que seja o suficiente.

Ela não respondeu ou o reconfortou com palavras. Não poderia fazê-lo acreditar em seus sentimentos com uma frase bem elaborada. Em vez disso, deslizou por seu membro, de maneira profunda e rápida, e quando os dois gritaram de prazer, o barulho foi abafado por suas bocas estarem juntas e as línguas entrelaçadas.

Ele a preencheu por inteiro, fazendo Janeta quase sucumbir na primeira estocada, mas então ele assumiu o controle. As mãos de Daniel na cintura dela a firmaram de encontro aos movimentos intensos e contínuos dos quadris dele. Janeta amaldiçoava a escuridão naquele momento; senti-lo era maravilhoso, mas queria vê-lo.

Ela fez a segunda melhor coisa. Inclinou o corpo para a frente, deixando os seios roçarem nos pelos do peitoral de Daniel. Colocou os braços em volta do pescoço dele e se aproximou ainda mais. Janeta tomou a boca dele, e quando se beijaram daquela vez, foi uma colisão de afeição, calor e prazer. A camisola dela estava aglomerada entre eles, forçando a cintura dela a se curvar de um modo que aumentava a fricção e o movimento do pênis dele dentro dela.

— Janeta — grunhiu ele, virando o rosto para o cabelo dela. Sua respiração saía em bufadas pesadas que faziam cócegas no couro cabeludo. — Janeta.

Os braços dele a enlaçaram, tentando puxá-la para mais perto. O corpo inteiro dele ficou tenso, como se ele pudesse fazê-los se tornarem um.

— Janeta.

Havia prazer, dor, esperança e vontade na forma que ele exalava o nome dela, e o clímax a tomou sem aviso, parecendo ter sido compelido pela *necessidade* na voz dele. Janeta comprimiu o corpo ao redor dele e Daniel sibilou em meio ao próprio gozo enquanto a apertava com mais força em seus braços.

Eles ficaram sentados, aninhados um no outro, com a respiração pesada. Pela janela ela conseguia ver os primeiros traços do amanhecer. Não ficariam nas sombras por muito mais tempo.

— Suponho que deveríamos ir — disse ele, enfim.

Janeta cochilava com a cabeça no ombro dele.

— Precisamos esperar a reunião — lembrou ela.

— Olhe para você. Uma detetive dedicada. — Ele riu e ela sentiu aquilo vibrar por todo seu corpo. — Quis dizer sair da biblioteca.

Janeta sentiu uma pontada de decepção até que Daniel deu um beijo em sua testa.

— Meu quarto é mais perto do que o seu.

Havia um desejo jovial em seu tom que despertou um calor correspondente no corpo dela.

— Então eu seguirei você até lá, Cumberland.

Eles se levantaram e se ajeitaram no escuro, mas, quando a mão dela alcançou a dele, não foi desajeitado nem foi preciso tatear o ar para achá-la. A mão estava bem onde Janeta esperava que estivesse, mesmo sem poder ver, e aquela foi outra alegria surpreendente.

— Vamos — convidou ele.

Os dois ficaram parados por um momento e ela percebeu que ele estava esperando que ela agisse. Janeta começou a caminhar, assim como ele, e torceu para que os dois estivessem deixando a escuridão do passado para trás.

Capítulo 21

— O QUE VAI FAZER hoje? — perguntou Janeta, passando a ponta do nariz pela clavícula de Daniel antes de se aconchegar no pescoço dele.

Fazia apenas três dias desde o momento na biblioteca, e Daniel ainda estava chocado com a velocidade com que ele passara de evitar toques a se deleitar com os de Janeta.

Mas talvez, melhor do que o toque, fosse a conversa. Dormir ainda era de certa forma elusivo, e as vozes obscuras não tinham o deixado por completo. Mas, em vez de se deitar sozinho com sua dor, Daniel agora podia se virar para o lado e encontrar o brilho no olhar de Janeta no escuro. Eles sussurravam coisas tolas e sérias e, quando ouvia o pânico e a dor que ela tentava mascarar, ele a tranquilizava da melhor maneira que conseguia.

Aquilo era tudo o que as pessoas podiam fazer umas pelas outras, supunha ele. Cuidar um do outro durante os momentos ruins (e estes sempre existiriam) e se fazerem felizes durante os bons. Mas sempre haveria os bons? A pergunta dela o fez lembrar que tinha chegado ali com um plano, que não era ficar descansando com Janeta na cama no quarto dela.

Ele beijou a cabeça dela e saiu da cama, começando a se vestir.

— A reunião pode acontecer logo — proferiu ele, parando. — Os Filhos da Confederação, Jefferson Davis…

— Ah, *sí* — murmurou Janeta. — Sabe, acho que posso conseguir alguma informação com Henry, se escrever para ele. Em retrospectiva, não era um homem muito inteligente, embora tenha conseguido me enganar. Mas talvez isso seja mais seguro do que tem em mente?

Daniel conseguia imaginá-la erguendo as sobrancelhas, mesmo sem poder ver.

— Isso pode ser útil — concordou ele. — Mas é melhor falar com Dyson antes de entrar em contato, para ele não achar que você mudou de lado de novo.

— De novo? — perguntou ela, com cautela.

— Escrevi para ele antes de você se confessar para mim e falei que suspeitava de que sua afinidade com o Sul nunca tenha sido muito forte, e agora estava firmemente do lado do Norte.

Daniel também escrevera para Elle — não por estar preso a ela de uma forma equivocada, mas porque ela era sua amiga, e ele tinha um objetivo muito específico em Enterprise, um que talvez significasse que nunca mais teria outra chance de escrever para ela de novo.

— Você confiou tanto assim em mim. — Não foi uma pergunta.

— Sim, Sanchez. Agora você só precisa confiar em si mesma. — Ele tentou soar animado e provocante, e não como um homem tentando uma distração. Aproximou-se da cama e deu um beijo na boca dela. — Vou ficar trabalhando no escritório de Roberts.

— Pensei em tentar visitar Shelley, Moses, Jim e Augustus — disse ela. — Maddie disse que me ajudaria a arranjar algumas coisas que eles podem precisar enquanto se acomodam na casa e pediria para Michael levá-las.

Daniel sorriu.

— Não se esqueça de mandar um grande graveto para Moses.

Ela riu.

— Espero que possamos visitá-los antes de partir.

Daniel não respondeu daquela vez. Ele beijou os dedos dela e saiu do quarto pisando firme. Mentir nunca fora sua melhor habilidade, mas o silêncio com certeza era.

Daniel se sentou à mesa do escritório de Roberts que se tornara seu espaço de trabalho nos últimos dias e leu a última carta, outra daquele tal de lorde Russell, que estivera lidando com o ego do secretário Seward a partir de Londres e tentando fazer o homem enxergar a verdade sobre o cônsul do Mississippi.

Depois de ler as correspondências com oficiais do governo por dias, ele estava frustrado. Os homens comprometidos com o futuro do país eram teimosos, cabeças-duras e sem visão, com frequência trabalhando com contradições alimentadas pelas próprias ambições políticas. Daniel achara que ganância era a pior fraqueza deles; era desconfortável realmente compreender que discussões insignificantes e a pura ignorância eram igualmente perigosas.

— Eu achava que a juventude da América era um ponto forte, mas não estamos nem há cem anos nesta república, como você me lembrou, e olhe só para nós — comentou Daniel.

Roberts riu.

— Se acha que a idade vai melhorar o temperamento do Estado, eu convido você a visitar o Parlamento algum dia. Homens adultos se socando no chão do governo. Uma vez vi um lorde levar uma cadeirada na cabeça. Talvez, quando certificar sua posição como advogado, essa seria uma boa visita de estudo.

A irritação de Daniel aflorou ao ouvir Roberts mencionar aquilo como se fosse algo fácil de conseguir.

— Esse sonho está morto — afirmou Daniel, com cuidado.

Ele dissera a mesma coisa para si mesmo mil vezes, mas, naquele momento, de alguma forma, uma voz sussurrava em sua mente: *e se não estiver?*

— Bem, o que vai fazer quando a guerra acabar, então? — perguntou Roberts, e a dúvida equivalia a um balde de água gelada sendo jogado em Daniel.

Ele não sabia o que faria. Havia parado de planejar o futuro, mesmo depois de um ter lhe sido apresentado pelos homens que o libertaram.

Embora tenha recebido a vida e a liberdade, até certo ponto, Daniel sempre descartara a noção de felicidade.

Sequer poderia ter uma vida normal? Trabalhar, voltar para casa com uma esposa?

A imagem de Janeta surgiu em sua mente, a sensação do calor dela em seus braços.

Ele piscou algumas vezes para afastar a lembrança; Daniel não negaria que se importava com ela, bem mais do que imaginara ser possível, mas, embora ela tivesse uma admirável força interior, era uma mulher, não uma base. Janeta não poderia suportar o peso do futuro inteiro dele junto com o dela próprio, e ele não deveria esperar aquilo dela. Daniel teria que descobrir se era ou não capaz de viver antes de pensar se poderia viver com ela. Certamente não poderia viver *por* ela. Já havia trilhado aquele caminho uma vez e o levara a um desespero autopiedoso.

Ela também não era estadunidense. Ficaria naquele país uma vez que vira todas as terríveis rachaduras na aparência da liberdade? Ele poderia pedir aquilo para ela?

— Não sei ao certo — respondeu, mexendo nas cartas sobre a mesa. Ele pegou a carta que selara naquela manhã, uma segunda correspondência endereçada para Ellen Burns, para o caso da outra nunca ter chegado até ela, e bateu no lado pontudo com as pontas dos dedos. — Vou precisar ver como esta guerra se desenrola antes de fazer qualquer plano.

Ele esperava que Roberts fizesse uma piada irônica, mas o homem assentiu, sério. Os poucos dias em uma casa com comodidades extravagantes e repleta de comida facilitava que uma pessoa esquecesse de que aquela guerra ainda não estava vencida, e que o Sul poderia muito bem levar a melhor.

Michael entrou no escritório, caminhando depressa até a mesa maior.

— Uma mensagem chegou para o senhor — informou ele, entregando um papel para Roberts.

O inglês franziu a testa e se levantou bruscamente. Quando se virou para Daniel, seu olhar era sério.

— Houve uma mudança de planos. O presidente Davis deveria ir mais para o Sul e depois voltar, mas as linhas de trem foram impedidas. Ele vai chegar aqui esta noite.

O pânico deixou os músculos do pescoço de Daniel tensos. Ele não havia se esquecido da chegada de Davis, mas não sentia mais o mesmo prazer que sentira quando os russos contaram sobre os planos de viagem dele. Na época, Daniel pensara que não tinha motivo para viver. Agora não tinha mais tanta certeza.

Ele olhou para Roberts.

— Imagino que terá que se preparar.

— Decerto. Também tem o fato de que ele trará companhia. Conversarei mais tarde com você e a srta. Sanchez sobre como lidaremos com as coisas.

Ele lançou um olhar significativo a Daniel, mas não disse mais nada antes de se virar e sair do escritório.

Como lidaremos com as coisas.

Daniel estivera certo sobre como queria lidar com Jefferson Davis: com a ponta afiada de sua lâmina. Mesmo agora, a ideia do homem viajando em grande estilo enquanto negros tinham que viver com o medo constante de verem posses, família e liberdade arrancadas fazia seu sangue ferver.

Ele tentou afastar a tensão e a raiva ao deixar o escritório e procurar Janeta pela casa, encontrando-a, enfim, no quarto dela. Daniel já conhecia muito bem o aposento, mas vestiu um ar de profissionalismo distante ao bater na porta. Ele não sabia por que perdia tempo; qualquer detetive dos Quatro Ls sabia que os criados viam e ouviam tudo. Todos naquela casa provavelmente sabiam do caso dos dois, e aquele era o menor de seus problemas.

A porta do quarto dela se abriu, mas Janeta não o recepcionou com o entusiasmo que compartilharam nos dias anteriores. Sua expressão era séria e seus olhos estavam vermelhos.

— Ficou sabendo? — perguntou ela.

— Sim, é mais cedo do que esperávamos, e sei que não te contei o que pretendo fazer assim que ele chegar.

Porque Daniel evitara falar para ela.

Aquele ainda era o plano dele? Antes estivera focado nos benefícios da possibilidade de livrar o mundo de Davis. Não pensara nos possíveis resultados negativos. Ele não pensara em sobreviver, ou até mesmo em querer aquilo.

— Chegar? Como assim? — Ela franziu a testa. — Estou falando de Moses.

O sangue de Daniel gelou pela forma sussurrada que Janeta falou o nome da criança. Ele apertou o batente da porta.

— O que aconteceu com ele?

Lembrou-se de Winnie escrevendo o nome na terra, orgulhosa de seu feito. Ele também ensinara Moses.

— O feitor da plantação tentou bater em Shelley, ou talvez coisa pior. Ninguém sabe realmente. Foi no meio da noite, e Moses disse que estava tentando parar o monstro.

Daniel colocou a outra mão na barriga, pressionando-a quando o enjoo surgiu. Não, não era a escrita, mas sim outra coisa que ele dissera de modo descuidado.

— É minha culpa.

— Não, é minha. — Janeta o puxou para dentro do quarto e fechou a porta. — Michael soube quando foi entregar o pacote para eles. Augustus e Jim intercederam antes que o homem pudesse machucar Moses, mas foram todos levados em custódia. Estão na cadeia agora, e uns estranhos na cidade estão começando a incitar mais problema dizendo que a única forma de os ensinar uma lição é com um enforcamento.

Daniel resistiu à vontade de apertar a própria garganta, de tocar a marca feita pela corda que o estrangulara lentamente por horas enquanto desgastava sua pele. Duvidava de que Jim e Augustus fossem sujeitados àquela tortura lenta, mas quem sabia o que poderia acontecer com eles antes.

Parecia que todas as pessoas que ele conhecia tinham um destino ruim. Prejudicara Winnie e os outros escravizados, que sofreram com a ira de Finnegan. Fizera um desserviço aos seus colegas detetives da Liga da Lealdade ao lutar com raiva em vez de usar a esperança que ele era incapaz de sentir. E, se ficasse com Janeta, ela também teria um destino terrível.

Você é um veneno, uma voz horrível o lembrou em sua mente, e nada podia calá-la, nem mesmo Janeta parada à sua frente. *Veneno tem apenas um propósito.*

Janeta se aproximou dele, com a expressão angustiada.

— Temos que ir até Meridian. Podemos ir escondidos durante a noite e...

— E o quê? — A frieza na própria voz chocou até Daniel.

Em sua mente, os pensamentos estavam espalhados, remexidos, em busca de abrigo — eles procuravam refúgio na escuridão familiar que estivera com ele desde sua captura.

Daniel queria abraçar Janeta. Queria ajudar Jim, Augustus e Moses. Mas não podia. Não podia ajudar ninguém, porque era egoísta e covarde e tolo, e um pouco de amor não mudaria aquilo. Fingir que sim apenas levaria a mais dor, e a Janeta se machucando também.

— E ajudá-los — retorquiu ela, evidentemente confusa.

Ele conseguia ver a mágoa no olhar dela. Ela não era boa em esconder sentimentos; aquela não era sua habilidade. Mas ele não pararia de magoá-la, porque, se deixasse Janeta pensar que aquela era uma boa ideia por um momento, ela poderia correr até lá e acabar morta.

— O que faz você pensar que pode ajudá-los? Fracassou em quase todos os níveis como detetive, mas acha que pode correr até lá e salvar o dia?

Ela contorceu o rosto e se retraiu, os ombros levantados, e Daniel se odiou ainda mais. Mas aquilo não o impediu. Aquilo era menos assustador do que a esperança e a luz que foram colocadas diante dele. Poderiam ser arrancadas a qualquer momento, porque ele não merecia aquilo. Daniel apagaria a luz por conta própria; pelo menos assim não teria que se preocupar com outra pessoa fazendo aquilo por ele.

— Tudo que vai fazer é causar problemas para eles. Você é a filha mimada de um senhor de escravizados. Por que mais alguns negros sofrendo de repente te chateia?

Os olhos dela se encheram de lágrimas, mas o olhar que antes fora suave agora era duro.

— Você sabe que leio as pessoas muito bem, mesmo sendo uma péssima detetive. Sei exatamente o que devo fazer aqui. Consolar você. Dizer que é melhor do que isso e sabe a coisa certa a se fazer. — Ela balançou a cabeça e secou as lágrimas das bochechas. — Isso que se dane. Está tentando me magoar? Me afastar? Conseguiu. ·

Daniel inspirou e flexionou os pés dentro das botas para garantir que o chão ainda estava sólido embaixo de si. Sentia como se o mundo tivesse se inclinado para o lado e ele estivesse indo na direção da única coisa que fazia sentido: vingança.

— Jefferson Davis e os representantes dos Filhos da Confederação estarão aqui em algumas horas. Não temos tempo para sentimentos.

Janeta riu, e a beleza cortante do som o atacou como se ela tivesse arremessado uma faca em seu peito.

— *Dios mio*, isso é engraçado. Estou chorando porque estou frustrada com seu comportamento, o que está me atrasando para salvar nossos amigos. Você está me atacando porque está com medo. Mas, por favor, me conte como *meus* sentimentos são o problema aqui, Cumberland.

Ele exalou uma respiração oscilante.

— Talvez eu nunca mais tenha a oportunidade de estar tão perto assim de Davis. Alguém precisa fazer o certo por nosso povo.

Ela arregalou os olhos.

— Você está falando sério. — A decepção na voz dela foi quase como um bálsamo, reconfortando as partes da mente de Daniel que lhe diziam que ele não merecia nada melhor do que aquilo. — Acha mesmo que ir atrás de Davis é o certo para nosso povo quando nossos amigos estão presos? Por nossa causa?

Ele meneou a cabeça, dando um passo para trás.

— Jim compreende — contrapôs Daniel. — Ele sabe que Davis precisa ser impedido.

— E quanto a Moses? *Ah.* — A compreensão surgiu no olhar dela e seus lábios formaram uma pálida linha escura e rosada. Janeta assentiu, tensa. — Agora entendi. Nosso povo é o fim que justifica seus meios. Você quer um motivo para machucar alguém, para fazer as pessoas sofrerem como você tem sofrido. Prefere fazer isso do que ajudar.

Daniel passou por ela ao andar pelo quarto, com seus pés o levando até a janela, porque não podia mais encará-la.

— Estou fazendo o que a Liga da Lealdade espera de mim — explicou Daniel enquanto observava os serviçais se preparando para a chegada do presidente do Sul. — Vou fazer o que ninguém mais quer sujar as mãos fazendo.

— Você está se escondendo. E está *escolhendo* isso. Ninguém está te forçando a fazer nada.

— Está certa. — Ele olhou para ela por cima do ombro. — Estou escolhendo fazer meu trabalho como detetive.

— Se sou um fracasso tão grande como detetive, então você vai aceitar minha demissão.

Janeta começou a andar pelo quarto, arrumando a mala. Retirou as pistolas de lá e as examinou, pegando a caixa de munição e a fechando em segurança antes de colocá-la na bolsa dele.

— Pode sair do meu quarto agora. — Ela não o olhou. — Eu e meus sentimentos temos que descobrir como ajudar nossos amigos, e você e sua vingança precisam tratar da própria logística.

O pânico tomou as costas, os ombros e o pescoço de Daniel. Não era aquilo o que queria.

Mas é o que você merece.

— Janeta.

Ela parou, com os ombros se curvando.

— Quero pedir para você ficar. Quero dizer que posso aliviar essa dor dentro de você. Não posso. Estarei aqui se precisar de mim, mas não serei um alvo para você atacar com sua dor. — Janeta exalou uma respiração trêmula. — Saia. Tenho medo de não ser capaz de dizer isso de novo. Se você vai ser difícil, faça isso de um jeito gentil. *Déjame tranquila*. Por favor.

Daniel sentiu a dor surgir no peito. Sabia que deveria ficar. Eles eram parceiros. Amigos. Amantes. E ele se importava com ela. Mas ela estaria melhor sem ele. Todo mundo estaria. Se ficasse, estaria selando o destino dela, assim como fizera com todas as outras pessoas.

Ele saiu do quarto, de modo tempestuoso, com a mente repleta de uma escuridão e um tumulto que Daniel esperava que dessem lugar para a lucidez. Tinha um assassinato para planejar.

Aquela era a única coisa para a qual prestava.

Capítulo 22

Janeta estava determinada a não chorar. Apenas algumas lágrimas escaparam, e decidiu encarar aquilo como prova de que era forte, não fraca. Ela sobrevivera à perda de mami. Sobrevivera à mudança a um estranho mundo novo, a ser usada de corpo e alma por seu amado e a ver seu pai ser arrastado em correntes.

Sua vida inteira consistira em sobreviver do melhor jeito que podia; ela descobriria como seguir em frente sem Daniel. A vida era assim: engolir a decepção amarga e sorrir em vez de vomitar no chão. Torcendo para que houvesse algum nutriente misturado com a dor.

Ela se jogara na beira da cama assim que Daniel saíra do quarto, segurando a bolsa de viagem com força. Estava doendo por si mesma, mas também por ele.

Ele dissera coisas horríveis para ela, e Janeta não podia desculpar aquilo com facilidade. Mas ele a desculpara por suas piores transgressões: contra ele, contra o país e o povo deles.

E ela entendera exatamente o que Daniel estivera fazendo ao falar com ela. Ele encontrara as palavras que mais a machucariam e as lançara contra ela, mirando as pontas afiadas delas nos órgãos vitais de Janeta. Fora ainda mais doloroso, porque apenas alguém que a conhecia seria capaz de mirar nos pontos certos daquele modo. Daniel dissera que a conhecia e não mentira, e havia usado aquele conhecimento para afastá-la, pois aquilo o assustava, aquele conhecimento sobre ela.

Ela vira medo e confusão no olhar dele mesmo na hora em que ele usava a força da ligação deles para atacá-la. Podia ter sido imperdoável, se não tivesse revelado tanto sobre como ele a via, e como via a si mesmo.

Janeta se lembrou de como, mesmo na segurança da biblioteca escura, Daniel parecera certo do que faltava nele. Ela se lembrou de como ele chorara durante a noite na floresta do Mississippi. E se lembrou do rosto dele ao falar sobre a experiência durante seu tempo de escravidão e como ele tornara pior a vida de todos ao seu redor. Daniel era um homem que focava no fato de que ele parecia atrair dor. E naquele momento as pessoas com quem eles tinham acabado de viajar estavam encrencadas.

Janeta afastou as lágrimas que encheram seus olhos de novo. Daniel estava sofrendo porque achava que machucara outras pessoas. Ele estava indo em direção ao que conhecia: violência, dor e talvez morte. E Janeta não podia salvá-lo.

Pela primeira vez em muito tempo, ela se permitiu lembrar da mãe em seus últimos dias. Como mami parara de comer, perdera a vontade de viver e chorara, chamando a própria mãe em um idioma que Janeta não podia compreender — mas compreendera a dor da mãe. Aquilo não precisara de tradução, mas não fora capaz de fazer nada para consertar.

"Você precisa ser perfeita", balbuciou a mãe, enrolando o cabelo embaraçado da filha.

"Serei, mami", garantiu Janeta.

Ela fingiu que a mãe não cheirava mal e que não parecia um esqueleto e abriu um sorriso radiante.

Os dedos finos de sua mãe seguraram o rosto dela e, mesmo que machucasse, Janeta não fez careta. Ela não queria magoar mami.

"Boa menina. Você precisa sorrir. Precisa dar o que eles querem para que não te mandem para o campo." Então, as lágrimas recomeçaram. "Minha mãe não pôde me salvar. Talvez eu não possa te salvar. Não pude nem me salvar."

Sua mãe chorara e chorara, e os médicos sugeriram mandá-la para um sanatório. Papi decidira não o fazer e um dia Janeta acordara no silêncio — não houvera mais lágrimas de mami, apenas o silêncio sepulcral.

Ela tentara tudo em seu poder para salvar a mãe. No fim, até mesmo implorara para que mami saísse da cama, ficando de joelhos e a puxando enquanto os escravizados a olhavam com pena e julgamento. Mas, quaisquer que fossem os fantasmas que assombravam a mãe, eram numerosos demais para Janeta vencer sem a ajuda de mami. E os que assombravam Daniel também eram.

Sua mãe não fora fraca, assim como Daniel não era. Eles tiveram as almas destruídas por um mundo que não os merecia e, por mais que desejasse, Janeta não era o suficiente para curar a alma de outra pessoa. Seu amor era forte, mas não era mágico.

Quando Daniel se afastara dela, ele caminhara até o próprio lago de dor e mergulhara. Ela dissera que esperaria na margem por ele. Tudo que podia fazer era torcer para que voltasse; não por precisar dele, ou ele, dela, mas por ele ter visto um lampejo do próprio valor nos últimos dias. Precisava voltar para a terra firme sozinho, por vontade própria. Ela não podia ajudá-lo antes daquilo, por mais que quisesse. Mas havia outros que ela poderia ajudar.

Janeta respirou fundo e se levantou da cama.

Ela era Janeta Sanchez: filha de escravizados e conquistadores, antiga espiã rebelde, detetive sem honra da Liga da Lealdade. Era uma fotografia recém-revelada e a imagem era de uma mulher que confiaria nas habilidades que lhe foram dadas. Salvaria seus amigos, com ou sem a ajuda de Daniel.

Ela começou a andar pelo corredor com confiança, em direção à porta da frente e ao desconhecido. Janeta sempre se saíra bem em jogos estratégicos, pois com frequência podia ler as reações minuciosas das pessoas. Aquela era uma forma diferente de criar uma estratégia. Ela não conseguia ver os oponentes, e poderia acabar mergulhando de cabeça em algo que exigia sutileza.

Janeta escutou o barulho de algo sendo arrastado ao passar por um dos cômodos vazios e colocou a cabeça para dentro. Maddie e Michael estavam sérios, empacotando os pertences de Roberts em caixotes de madeira. Várias caixas grandes, amplas o suficiente para caber a mobília ornamentada empilhada na parede, estavam vazias.

Janeta sentiu a comoção pela possibilidade.

— O que é tudo isso? — perguntou ela, educadamente. — Os pertences do sr. Roberts?

— Sim — confirmou Michael enquanto embalava com cuidado a vidraria. — As ferrovias do Sul foram todas destruídas pelo Norte, abençoados sejam, mas precisamos carregar isso e enviar pro Norte.

A inspiração golpeou Janeta. Carga era carga, não era? Se ela conseguisse chegar até Jim e Augustus e colocá-los dentro de caixas de madeira...

— Não vai funcionar, menina — disse Maddie, analisando-a. — Eles precisam abrir as caixas pra conferir a carga e, além disso, do jeito que embalam, é muito perigoso.

— Como assim? — Janeta tentou fingir ignorância, mas a mulher não permitiu.

— Você sabe que sabemos tudo o que acontece nesta casa. Não pode salvar aqueles homens com uma ideia meia-boca. Mas, se tem mesmo Filhos da Confederação por aqui causando problemas para seus amigos, então talvez eu conheça alguém disposta a ajudar.

Maddie falou com uma certeza que surpreendeu Janeta, embora não devesse ter surpreendido.

— Já ouviu falar das Filhas da Tenda, menina? — perguntou Michael, calmamente, ainda empacotando os pertences.

— Não — respondeu Janeta. — Espere, sim. Roberts mencionou naquele primeiro jantar. É outra organização secreta?

— Secreta o suficiente pra conseguir fazer o que é necessário — respondeu Maddie. — Não temos tempo pra toda essa bagunça de apertos de mão, códigos e as bobagens dos Quatro Ls. Homens são tão cansativos com suas cerimônias. Apenas trabalhem! — Ela estalou a língua nos dentes.

— Você é uma detetive? — perguntou Janeta.

Maddie deu de ombros.

— Não sou detetive coisa nenhuma. Sou uma mulher tentando ajudar seu povo trabalhando com outras mulheres tentando ajudar o povo delas. O que você é?

Janeta respirou fundo.

— Isso. *Sí*, acho que sou exatamente isso.

Maddie assentiu, com firmeza.

— Bem, então seja bem-vinda às Filhas da Tenda.

Capítulo 23

— Ela foi embora, sabia? — Roberts pronunciou as palavras casualmente ao dar um gole em seu conhaque.

Daniel andava de um lado para o outro, nervoso.

— Eu sei.

Quando voltara ao quarto de Janeta, a bolsa dela havia sumido. Ele não sabia o que esperara encontrar no pedaço de papel que estava sobre a cama, mas o pequeno recado o perfurara mais do que todas as cartas de Elle.

Sei que é um homem bom. Você precisa
saber que é um homem bom. Buena suerte.

Daniel amassara o papel, depois esticara e alisara as dobras antes de o guardar no bolso. Para alguém que não se importava com conexões, era péssimo em se desfazer delas.

— Sabe onde ela está? — perguntou ele.

— Sim. — Roberts deu outro gole na bebida e passou a mão pelo cabelo. — Davis deveria estar aqui a esta hora.

Daniel parou de andar e olhou para Roberts.

— Não vai me contar?

— Se ela quisesse que você soubesse, teria lhe dito. Ou talvez você já tenha alguma ideia e poderia ir ao seu encontro, mas, em vez disso, está aqui.

Daniel esfregou a barba por fazer.

— Sou um detetive trabalhando para uma organização que tem como prioridade sabotar os rebeldes. Se Jefferson Davis vai estar aqui, se os Filhos da Confederação estarão aqui, então vou ficar aqui.

— E, se me permite a pergunta, como exatamente sua presença vai sabotá-los?

Daniel simplesmente o encarou.

— Esses homens cometeram atrocidades incontáveis. Eles deveriam pagar por isso.

Roberts riu sem humor.

— Cumberland, sei que sua intenção é boa, mas esse tipo de atitude só leva à ruína. Ainda não conheci um político em uma posição elevada, tanto no meu país quanto no exterior, que não tenha tomado parte em uma ou outra atrocidade. — Ele ergueu a mão quando viu Daniel pronto para fazer perguntas. — Não compactuo com isso. Simplesmente estou perguntando se acredita que todo político deva pagar. Porque seu atual governo no Norte causou muitos desserviços para os povos indígenas, além de tratar os negros de maneira abominável. Eles não deveriam pagar? E quem os obrigará a pagar?

— Não tenho tempo para sua moralidade desprendida — disparou Daniel.

— Suponho que não, considerando que está convencido de que você é o único método de acabar com os rebeldes nos Estados Unidos. Que ninguém nunca pensou "Ei, apenas o mate" em toda a história de guerras civis. Admiro esse tipo de confiança.

Daniel foi até Roberts e o encarou.

— Não vou ser piada para um homem branco que não tem interesse algum neste assunto.

— Um interesse menor.

Roberts sustentou o olhar e levou o copo aos lábios. O fundo dele roçou no queixo de Daniel.

Ele sentiu algo horrível surgir dentro de si de novo, a mesma coisa que o fizera atacar Janeta.

— Ah, deixe-me adivinhar: você se apaixonou por uma escravizada, ou teve um pobre amigo maltratado que teve um fim patético na
mão de racistas. Ou sente que precisa nos salvar porque não podemos
nos salvar.

As narinas de Roberts inflaram.

— Se alguém precisa de um motivo pessoal para achar a escravidão
repugnante, isso por si só já é repugnante. Desprezei a escravidão
desde o momento que soube de sua existência. Não acho que ela deva
fazer parte de um mundo justo e correto, e não preciso de mais razões
do que essas para atacar a prática com tudo que tenho.

— Olha como você é especial — desdenhou Daniel.

— De forma alguma. Bem, sim, de algumas formas. Sou um
poeta bastante talentoso, se quer saber. Mas por causa disso? Não.
— Roberts abriu e fechou a boca, um movimento que Daniel o vira
fazer quando estava com dificuldade para formular os pensamentos.
— Compreendo que isto seja pessoal para você de maneiras que eu
nunca, nunca poderei entender. Deve ser irritante me ver presumir que
sei o que você deve ou não fazer. Eu não sei. Simplesmente pediria
que perguntasse a si mesmo o *porquê* de estar fazendo algo, e quem
vai se beneficiar, e de que maneira.

Roberts se afastou dele, indo até a janela, e as palavras de Janeta
surgiram na mente de Daniel. *Você precisa saber que é um homem bom.*

Embora a sala estivesse clara com a luz do sol de fim de tarde, ele
se sentiu consumido pela escuridão. Daniel pensou nos problemas que
causara na plantação, com seus companheiros detetives, com Elle...
Ele levantou a cabeça depressa.

Presunção.

Presumira saber o que Elle queria, presumira saber como as pessoas
escravizadas deveriam se comportar, e presumira a opinião que seus
colegas detetives tinham sobre ele. E estivera errado.

E naquele momento estava presumindo que sabia como consertar
a situação com Jefferson Davis, quando, na verdade, não tinha certeza
de se estava certo. Daniel fez seu juramento à Liga da Lealdade por
vingança em vez de pelos Quatro Ls (Lealdade, Legado, Longevidade

e Lincoln), mas estava começando a achar que talvez vingança fosse a verdadeira toxina. Talvez ele fosse um veneno por carregar aquela toxina consigo. Talvez a única pessoa sofrendo com seu efeito fosse ele mesmo.

— Ah. A primeira carruagem chegou. Venha. Suponho que possa sumir se não quiser fingir ser um criado. Não tente se passar por cubano de novo, seu espanhol é atroz.

Roberts se afastou e Daniel o seguiu, atordoado. Parecia ter um túnel diante de seus olhos e ele observava os pés de Roberts para saber onde pisar. O homem estava falando, mas era um murmúrio bloqueado pelas batidas do coração de Daniel e pelo zunido em sua cabeça. O suor se acumulou no couro cabeludo e nas palmas das mãos, e seu corpo parecia incrivelmente pesado e lento.

Uma imagem de Winnie sendo puxada por Finnegan apareceu em sua mente. Os olhos arregalados da menina, o medo e como ela olhara para Daniel pedindo ajuda. A raiva da família dela e suas mãozinhas quebradas.

Daniel caiu de joelhos no corredor, o túnel em sua frente se estreitando até se tornar um pontinho. Ele não conseguia respirar — sentia como se estivesse se afogando. E, embora pensasse com frequência na paz que a morte traria, um medo repentino e dominante o preencheu.

Ele não queria morrer.

Tinha tantas coisas para fazer. Tinha algo pelo que viver. Não Janeta, embora ela fosse parte daquilo.

O rosto de Moses flutuou diante dele. Aquele menino era o futuro daquele país. Vingança e morte ajudariam os Moses e as Winnies dos Estados Unidos? Ajudariam *Daniel*?

Algo conflitante e assustador se espalhou em seu peito, enchendo seus pulmões e talvez sua alma, lentamente inflando a coisa esmagada e inútil que tinha se tornado.

Esperança.

Esperança.

Apenas um pequeno raio de luz, mas mesmo um fiozinho de claridade, quando se passara tanto tempo encoberto na escuridão profunda, era doloroso e imenso.

Deus, como ele não vira aquilo? Todos aqueles homens, mulheres e crianças em Cairo. Jim, Augustus, Shelley e Moses. Havia algo em todos eles que sabia merecerem liberdade. Alguns a buscaram por conta própria, outros a receberam, e a maioria seria livre apenas se o Sul fosse derrotado. Apesar de toda sua raiva de Lincoln e todos os erros da Proclamação da Emancipação, o que Roberts dissera no outro dia era verdade. Era uma ideia. Era uma chama na escuridão. E, se pessoas suficientes acrescentassem os próprios gravetos à chama, talvez se tornasse mais do que aquilo. Talvez iluminasse o caminho para algo maior.

O sangue de Jefferson alimentaria aquela chama ou acabaria com ela?

O mesmo otimismo que Daniel sentira um dia ao ler atentamente casos jurídicos, buscando pela chave que abriria os grilhões de seu povo, galopou pelas planícies áridas de sua alma, deixando uma trilha verdejante. Aquela trilha verde o partiu como uma ferida; era demais, aquele desejo de acreditar que a esperança não era inútil.

Ele respirou fundo e a escuridão diante de seus olhos começou a clarear. Quando voltou a ver o corredor, Daniel se colocou de pé mais uma vez. Ele se sentiu um pouco tonto, mas continuou andando e contornou no fim do corredor. Roberts tinha ido lá para fora, mas Daniel não o seguiu. Ele entrou na sala de jantar e fez o trajeto até a janela em silêncio, afastando as cortinas para olhar a parte externa.

Jefferson Davis estava a alguns metros, no outro lado do vidro. Daniel ficou paralisado no lugar. Construíra aquele homem em sua imaginação, transformando-o em um dragão que precisava ser derrotado, mas ele era um homem. Alto, esguio a ponto de ser magro demais e com bochechas fundas que faziam seus olhos cinza-claros parecerem muito grandes. O cabelo ondulado estava bagunçado pela viagem e sua expressão era séria, mas gentil, enquanto falava com Roberts.

Um homem negro estava indo em direção à escada, com os olhos presos em Davis, e, por um momento, Daniel pensou que alguém havia usurpado seu plano. Mas o homem estava sorrindo e, quando Davis virou na direção do movimento, sorriu também. O homem entregou uma pequena caixa para Davis, que a pegou. Ele deu um tapinha nas costas do homem e disse algo; então tanto ele quanto o homem riram com entusiasmo.

Daniel fechou a cortina quando o homem, provavelmente o cocheiro ou criado, desceu a escada correndo.

Ele não sentiu raiva, ou ódio, ou fúria. Jefferson Davis era um homem que morreria como qualquer outro. Sua morte mudaria algo, mas *o quê*, exatamente, Daniel não podia prever. Seus olhos queimavam pela raiva e frustração contida, apesar de sua recente rajada de esperança. Matar Davis não impediria homens como Finnegan, mas um homem como Finnegan havia machucado Moses, Jim e Augustus. Janeta fora até Meridian para salvá-los, porque era aquilo o que um detetive de verdade faria. Ela estava lutando por Lealdade, Longevidade e... Amor. E talvez...

Talvez Daniel fosse tóxico porque havia sido mais leal ao seu ódio (de si mesmo, de seu país) do que havia sido à vida e ao amor. Ele ainda estava danificado. Ainda não tinha certeza sobre seu valor. Mas havia alguém em sua vida que pegara a tocha que iluminaria o caminho para o futuro, quando tivera poucos motivos para tal. Ela aceitara os próprios defeitos e estava trabalhando para consertar os erros em vez de correr deles. Daniel precisava seguir aquela chama no escuro.

O ódio formava uma boa fagulha, mas a esperança queimava com mais intensidade. O sentimento se acendeu dentro dele, aquela sensação que tinha achado que nunca mais sentiria.

Ele ficou parado na entrada, com o murmúrio do presidente da Confederação do lado de fora da janela, e se afastou da ideia de que sua única utilidade no mundo era vingança, ou que a vingança era apenas ódio e dor. A vingança era ser feliz em um mundo que queria o destruir. A vingança era amar em um mundo que desejava seu sofrimento. A vingança era acabar com a injustiça, como a que poderia ser perpetuada contra seus amigos.

Daniel foi aos estábulos para encontrar um cavalo que o levasse a Meridian, e à Janeta, tão rápido quanto seu propósito recém-descoberto que naquele momento o impulsionava. Ele a seguiria pelo caminho verdejante de esperança, porque aquilo era mais corajoso do que continuar na estrada escura e esburacada da sua dor.

Dissera para Moses ser corajoso, e ele também seria.

Capítulo 24

Janeta se juntara a Maddie na carroça que carregava alguns dos itens de Roberts para Meridian a fim de serem despachados, dando olhadelas de esguelha para a mulher mais velha o caminho inteiro.

— Por que me chamou para participar? — perguntou Janeta.

— Porque você é minha irmã de Causa — respondeu Maddie sem rodeios.

— Eu era uma espiã da Confederação — confessou ela. — Não sou mais, mas acho que deveria saber disso antes de confiar em mim.

— Menina, te falei que sei tudo o que acontece naquela casa. Isso é até melhor. Você conhece mais essas pessoas do que alguns de nós. Sempre podemos usar alguém que sabe o que esse povo pensa, porque eu certamente não sei a maior parte do tempo.

Já tinha passado da hora de Janeta deixar de aconselhar as pessoas a ficarem longe dela, especialmente depois de testemunhar o comportamento de Daniel, mas era difícil desconsiderar seus crimes daquele jeito.

— Acha que serei aceita?

— Se não fizer nenhuma bobagem, como questionar meu julgamento do seu caráter. — Maddie lhe lançou um olhar semicerrado, e Janeta assentiu. — Agora me diga: como vai salvar seus amigos?

— Não sei. Tenho tentado pensar e, se eles estiverem presos, então não sei ao certo o que pode ser feito. — Papi ainda estava preso em alguma cela e ela não fora capaz de libertá-lo também. Uma raiva impotente a assolou, mas tentou manter a mente limpa e falou com um riso amargo: — Quando levaram meu pai, pensei em simplesmente explodir a prisão.

— Hummm. — Maddie esfregou a bochecha como se estivesse massageando um dente dolorido. Ela encarou os buracos à sua frente. — Isso poderia funcionar. Poderia mesmo.

— O quê?

Maddie olhou para ela.

— A primeira coisa a se aprender sobre ser uma Filha: às vezes é preciso ser sutil, e em outras é preciso botar fogo em tudo.

— Mas onde vamos conseguir dinamite? E, se conseguirmos, como vamos garantir que ninguém se machuque?

Um brilho travesso surgiu nos olhos de Maddie.

— Alguém vai se machucar de qualquer jeito, menina. Com sorte, não seremos nós nem os nossos.

Depois que a carroça chegou aos arredores da cidade, Maddie e Janeta desceram. Elas foram até uma casa fora da estrada, escondida atrás de um matagal de árvores. Uma mulher tão velha quanto Maddie abriu a porta, e o olhar dela pulava de Maddie para Janeta como chamas se alastrando de galho em galho.

— Irmã? — perguntou a mulher, e Janeta assentiu com firmeza.

Ela deu um passo para o lado para as deixar entrar.

Janeta quase achou que o homem de pele marrom-escura no meio da sala estivesse dormindo, mas havia algo anormal em seu repouso. Ela pulou para trás, colidindo com Maddie, quando percebeu que ele não estava dormindo.

— Annabelle aqui cuida das mortes. Esse é o Jeremiah, vai ser posto para descansar amanhã.

— Ah — murmurou Janeta, com o coração ainda acelerado.

Nunca vira um cadáver antes; nem permitiram que ela visse mami. Ela olhou para o homem pela visão periférica.

— Por que estamos aqui?

— Porque, quando se está lidando com assunto de vida ou morte, é pra cá que se vem — respondeu Maddie. — Annie, você tem alguma daquelas coisas que usamos pra explodir aqueles trilhos?

— Com certeza — retorquiu Annabelle, indo para o canto de sua casa de um cômodo, ajoelhando-se e levantando uma tábua de madeira que não estava pregada.

Ela apalpou lá dentro por um tempo e depois voltou com a mão envelhecida segurando um punhado de dinamites.

Maddie cutucou Janeta com o cotovelo.

— Pronta?

Janeta se perguntou o que Daniel estava fazendo. Se um dia o veria de novo. Ela queria que as coisas tivessem acontecido de um jeito diferente.

— Sim — respondeu.

— Sigam pelo caminho da floresta em vez de ir pela estrada principal — alertou Annabelle quando elas saíram da casa, com sorte deixando a morte para trás. — Vai levar vocês direto pra trás da cadeia.

<hr />

Janeta segurava com cuidado as duas bananas de dinamites que Maddie lhe dera, mantendo-as o mais longe do corpo que conseguia. Annie mencionara algo sobre os explosivos serem "voláteis" e a alertou a não tropeçar enquanto caminhavam pela floresta.

Da floresta, elas estavam observando a cadeia. Tinham acabado de chegar, e as coisas não pareciam boas. Um grupo de homens brancos dava voltas, gritando insultos e exigindo que os deixassem entrar para lidar com os escurinhos. O xerife saiu e tentou acalmá-los, mas alguns estavam evidentemente embriagados e outros apenas estavam sedentos por uma briga.

— Esses são os homens que ficaram para trás, procurando mostrar como são corajosos e fortes considerando que não estão decorados com farda cinza — explicou Maddie, com nojo. — Alguém os inflamou muito. Provavelmente esses Filhos da Confederação desgraçados que têm estado por aqui. Eu disse pra Roberts que eles estavam tramando algo e pra fazer a maldita reunião de uma vez, mas ele quis esperar pelo Davis, e agora veja só.

— Precisamos de uma distração — anunciou Janeta. — Talvez devêssemos acender uma dessas dinamites em outro lugar, assim, quando forem investigar, podemos explodir a parede aqui.

Maddie sorriu, orgulhosa.

— Viu? Eu te disse que era boa julgando caráter. Olha pra você, formulando uma estratégia.

Ela cuidadosamente segurou uma das bananas de dinamite, então pegou um acendedor e o entregou para Janeta.

— Você não vai precisar? — perguntou Janeta.

— Não, vou até a loja do velho Watson. Ele deixa o fogão a lenha aceso pra deixar as bebidas quentes durante essa época do ano. Explodir isso vai ser uma vingança pela vez que ele me acusou de roubar e me bateu nas orelhas. Eu não estava roubando, mas agora ele vai perder bem mais que um punhado de grãos. — Maddie sorriu. — Assim que ouvir a explosão, espere eles correrem. Aí acenda a dinamite e a deixe na base da parede. Diga pras pessoas dentro da prisão pra ficarem perto das grades do outro lado e cobrirem os ouvidos.

Maddie andou devagar para a escuridão da noite. Ela explicara o plano como se fosse algo mundano, e não uma fuga para libertar homens escravizados; como se não fosse exatamente a situação que homens brancos e os territórios de senhores de escravizados de todo canto torcessem para acontecer, para que pudessem ter uma desculpa para reagir com violência. Janeta, porém, não via muita escolha. Ela não deixaria o destino de seus amigos ao acaso, especialmente quando já havia homens com a intenção de lhes fazer mal. Em determinado momento, não dava para se preocupar com maldades futuras quando a maldade atual se desdobrava diante dos olhos.

Janeta se agachou na floresta e observou, olhando para as sombras que aumentavam ao seu redor e pulando de susto a cada farfalhar das árvores. Ela começou a tremer enquanto esperava ali. Começou a duvidar. E, quando um homem se aproximou dos arbustos a alguns metros de onde ela estava, Janeta resistiu à vontade de fugir. Ele se balançou ao remexer na calça e colocou o pênis para fora a fim de urinar. Janeta queria desviar o olhar, mas não podia arriscar que ele a visse enquanto ela tentava ser respeitável. Manteve os olhos acima da cintura dele, observando seu rosto se contorcer de alívio.

O cheiro pungente de urina chegou ao nariz dela, e Janeta prendeu a respiração. Ele olhava para longe enquanto fazia sua necessidade, mas de repente seus olhos se voltaram na direção dela e focaram enquanto ele fazia uma careta.

— O que está fazendo aqui, garoto?

Garoto?

Janeta olhou rapidamente por cima do ombro e tudo que viu foi um vislumbre de um tecido escuro e ombros largos, mas ela sabia quem era. Daniel. Ele tinha vindo! Mas estava em perigo, assim como o plano delas. Tudo que o homem precisava fazer era gritar um alerta para trazer seu bando de amigos raivosos, e todos eles seriam pegos. A Liga da Lealdade, as Filhas da Tenda, Roberts antes de conseguir voltar para a Inglaterra.

Janeta fez algo que vinha praticando desde que se entendia por gente, um movimento tão familiar que ela podia fazer sem pensar. Na verdade, foi assim que aconteceu: sem pensar.

Sua mente ainda estava paralisada de medo; não foi até ter a lâmina presa entre os dedos e os olhos estreitos ao focar na garganta do homem que ela começou a compreender o que estava fazendo. Mudou a posição dos pés para uma que dava mais equilíbrio enquanto estava abaixada e o olhar do homem focou nela no momento que Janeta fez a faca voar.

Não fez um baque, como acontecia quando ela praticava na madeira ou no papel — a faca perfurou o pescoço dele com um barulho asqueroso, bastante familiar como aquele que ouvira ao passar os dias observando Roberto cortando carne na cozinha dos Sanchez. Janeta não se mexeu; continuou agachada enquanto o homem caía, gorgolejando baixinho. A mente dela estava correndo atrás dos atos de seu corpo.

Ela matara um homem.

— Ted, o que está fazendo aí atrás? — gritou um dos compatriotas dele.

Ainda assim, ela não se mexeu.

— Janeta. Janeta. *Sanchez.*

Ela percebeu que Daniel havia a envolvido com os braços.

— Tenha cuidado com a dinamite — disse Janeta, inexpressiva.

Ted se contorceu um pouco no chão, mas não estava piscando. Ele caíra longe dos arbustos em vez de em cima deles e seu corpo esparramado estaria visível para qualquer um que chegasse perto o bastante. Não haveria tempo para arrastá-lo para as sombras.

— Ei, Ted, eu perguntei o que está fazendo. — Passos começaram a se aproximar deles, com folhas secas crepitando sob as botas.

— Ele está morto — sussurrou ela. — Eu tirei a vida dele e eles vão nos encontrar de qualquer forma.

Daniel soltou um dos braços que a envolvia, e Janeta sabia que ele estava pegando a faca.

— Bem, então mais deles morrerão. Não vou deixar que te peguem.

Então, a noite foi rompida por uma explosão atordoadora.

CAPÍTULO 25

DANIEL SE APRESSARA ATÉ MERIDIAN achando que precisaria salvar Janeta — a inexperiente e inocente Janeta —, mas lá estava ele, abraçando-a depois de ela ter matado um homem com mais furtividade e habilidade que Daniel já conseguira ter.

Não era surpresa alguma, uma vez que pensava no assunto. Ela lutara ao lado dele no navio tartaruga, depois de superar o medo. Entrara na cova de detetives da Liga da Lealdade com intenções desonestas e conquistara a maioria deles com um sorriso. Declarara--se uma aristocrata e falara com arrogância com homens que podiam tê-la matado apenas por encará-los.

Que Janeta tivesse o salvado era natural. Mas naquele momento ela precisava dele.

— Sanchez. Você está bem?

— Já estive melhor — respondeu ela baixinho de debaixo dele. Quando a explosão balançara a noite, Daniel se jogara em cima dela. Ela se impulsionou para cima e ele rolou para longe. — Os homens foram embora?

Ele limpou as mãos.

— Sim, foram ver o que foi aquele alvoroço.

— Então vamos. Temos que ir antes que eles voltem, se quisermos salvar Jim e Augustus.

Aquilo tinha sido um plano. Dela. Daniel estava impressionado.

Ela começou a se arrastar em direção à cadeia, depois se colocou de pé e correu de maneira hesitante até o prédio da prisão. Estava com um acendedor na mão e começou a prepará-lo enquanto ficava embaixo da janela. Entregou para Daniel a dinamite que tinha mencionado, mal olhando para ele, e naquele momento o coração dele era completamente de Janeta. Ela confiava nele para fazer o que ela precisava que ele fizesse, sem pedir. Confiava nele para apoiá-la, sem questioná-la. Confiava que Daniel confiaria em si mesmo.

— Jim? Augustus? Fiquem longe da parede — gritou ela.

— Janeta? — A voz surpresa de Augustus veio da cela.

— Sim, sou eu — respondeu ela, com a voz trêmula enquanto finalmente acendia uma chama. O alívio suavizou suas feições por um momento; então seus olhos se estreitaram e uma expressão de determinação ardilosa tomou seu rosto. — Vou tirar vocês daí explodindo este lugar imundo. Agora cheguem para trás.

Daniel a amava.

Ela começou a passar a chama pelo pavio da dinamite.

— Espera, espera. Não explode nada ainda. — Aquele era Jim.

Eles ficaram em silêncio por um momento; então houve um estalo no local e passos.

Jim, Augustus e Shelley vieram cambaleando para o fundo do prédio, com manchas de sangue nas roupas. Dois braços escuros seguravam o pescoço de Augustus e duas pernas enlaçavam sua cintura.

Moses.

Daniel correu para perto e gentilmente afastou Moses do homem machucado antes de colocá-lo nas próprias costas. Augustus assentiu em agradecimento e mancou até o irmão.

— O xerife deixou a chave quando saiu correndo — explicou Jim. — Agora precisamos ir também.

Alguém veio correndo de um canto e Janeta fez menção de pegar as facas, mas parou quando viu a mulher: Maddie. A criada de Roberts, e aparentemente muito mais do que parecia ser, como tantas mulheres da vida de Daniel.

— Vamos — instigou Maddie.

Eles correram para a floresta, passando por um alinhamento de arbustos e galhos afiados e sem folhas que puxaram a calça e a camisa de Daniel.

Logo um caminho estreito se abriu e eles seguiram por ali enquanto a floresta se transformava de pedaços de lama pantanosa em terra batida.

— Não protegi todo mundo — balbuciou Moses enquanto balançava nas costas de Daniel. — Fracassei.

Daniel o ajeitou nas costas.

— Não, eu fracassei quando deixei você pensar que precisava fazer isso. Não é seu trabalho proteger ninguém. Você é uma criança. É você quem deve ser protegido.

— Mas...

— Não. O que aconteceu foi errado e *não* foi sua culpa. Entendeu? — Moses ficou em silêncio. — Você entendeu, Moses? — perguntou ele, um pouco mais duro.

Daniel sabia o que a culpa, a raiva e a frustração faziam com alguém. Não deixaria que Moses carregasse aquele peso com tão pouca idade.

Enfim, o menino assentiu, encostado ao ombro dele, apertando Daniel com mais força com seus braços finos.

— Eu disse pra eles que vocês iam voltar pra nos ajudar — contou Moses.

Daniel focou na trilha adiante. Quase não voltara. Quase deixara a vingança impedir a justiça. Ele guardou a lembrança da sensação do pequeno corpo de Moses preso ao seu. Memorizou as lágrimas quentes do menino escorrendo em sua nuca e os soluços de seu choro baixinho de alívio. Era por aquilo que ele lutava. Era *aquilo* que importava.

Daniel morreria um dia, assim como todas as criaturas. Ele não precisava correr atrás da morte e da destruição quando, em vez daquilo, poderia ir atrás da vida e do amor.

— Estamos quase lá — murmurou Janeta, sem fôlego, atrás dele, com a mão roçando seu braço. — Estou contente que tenha entendido as coisas, Cumberland.

— Demorei algum tempo — confessou ele.

— Recentemente descobri que às vezes entendemos as coisas quando mais precisamos — falou ela, com um sorriso na voz, apesar do perigo que corriam.

Ele precisava sobreviver, apenas para poder sentir aquele sorriso em seus lábios mais uma vez.

Havia uma casa ao longe e Maddie correu até lá, batendo na porta.

— Depressa, Annabelle!

A porta foi aberta por uma mulher mais velha, com um olhar calmo ao encarar a cena.

— Vai ficar meio apertado.

Ela se virou e entrou na casa, ajoelhando-se perto da parede. Maddie fez o mesmo um pouco mais afastada, e elas rapidamente começaram a puxar as tábuas, revelando um espaço oco.

— Venham depressa — disse Maddie, acenando.

Um a um, os prisioneiros fugidos deslizaram para o buraco oco cavado sob a casa e se agacharam, e Maddie foi atrás deles. Finalmente, restou apenas Janeta e Daniel, olhando para o pequeno espaço entre Shelley e Jim, depois um para o outro.

— Podemos fugir pela floresta — sugeriu Janeta.

O pavor o envolveu com a alternativa.

Não. Não, ela não o deixaria. Não depois de ele ter ido atrás dela.

— A floresta vai estar enfestada de caçadores de escravizados e da Guarda Nacional — contrapôs Maddie em voz baixa. — Entre aqui agora, menina!

Janeta olhou para Daniel, com os olhos arregalados e a determinação deixando suas sobrancelhas firmes.

— Eu não...

Daniel se inclinou para a frente e tomou a boca dela com a dele, interrompendo suas palavras e a saboreando mais uma vez. Para o caso de ser a última. Ele segurou o rosto dela, acariciando sua mandíbula enquanto os lábios de Janeta se moldavam aos dele.

Ele se afastou e a encarou.

— Entra, Sanchez.

Daniel conseguiu sorrir ao pegar a dinamite dela, e nem sequer foi falso. Acabara de beijar uma mulher corajosa, audaciosa e linda, e ela o encarava como se quisesse que ele fizesse aquilo de novo.

— Não faça nenhuma tolice, Cumberland.

Como se apaixonar?

— Vou deixar essa tarefa para você, Sanchez.

Ela deslizou para o último espaço apertado do buraco escondido e Daniel ajudou a mulher chamada Annabelle a recolocar as tábuas. Ele lançou um último olhar para Janeta antes de colocar a tábua que faltava. Ela estava sorrindo para ele, mas seu sorriso desapareceu antes de a madeira ser colocada no lugar. Daniel odiou o que aquela imagem invocou e a centelha de pânico que despertou nele.

— Também tenho um lugar para você — disse Annabelle. — Não se preocupe.

A mulher o guiou para uma parte da sala cercada por uma cortina, e quando ela a abriu, Daniel reavaliou sua nova mentalidade de vida. Talvez ele fosse *mesmo* um homem amaldiçoado.

Diante dele estava um homem morto e três caixões de madeira empilhados ao lado. A mulher fazia trabalho funerário.

— Agora me ajuda a tirar isso aqui — pediu ela.

Um medo entorpecente subiu pela nuca de Daniel enquanto ele a ajudava a mudar o primeiro caixão de lugar e depois o outro. Ela empurrou a tampa da última caixa de madeira e a mais larga (mas não larga o bastante) e gesticulou para que ele entrasse.

Daniel entrou na caixa, mas não conseguiu se forçar a sentar. Sua cabeça formigava e o suor se acumulava na raiz do cabelo e nas axilas. Ele olhou para o homem morto na mesa, de quem provavelmente estava invadindo a casa eterna.

Do lado de fora, cascos de cavalos ressoaram.

— Deite-se! — ordenou Annabelle. — Se te acharem, vão destruir esse lugar procurando pelos outros.

Daniel se agachou, depois se deitou, embora sua mente gritasse em protesto. Suas mãos tremiam descontroladamente e ele as cerrou em punhos, pressionando-as nas coxas. Fechou os olhos e lutou contra a vontade de pular e fugir, mandando ao inferno a segurança dos outros.

Ele grunhiu quando ela colocou a tampa de volta na caixa, mas foi só quando ouviu o outro caixão deslizando por cima do dele que seu pânico surgiu.

Não. Não. Você precisa sair daqui. Empurra a tampa. Fuja.

Era uma tortura. *Tortura.* Todas as partes de seu corpo gritavam para ele se mexer, para se libertar, para fazer tudo que pudesse para sair daquele espacinho apertado. Sua respiração começou a ficar mais rápida e pesada quando as lembranças de seus dias de confinamento o bombardearam. A incapacidade de se mexer, de respirar, de se *libertar.*

A vontade de colocar a mão na tampa do caixão quase o dominou, mas ele resistiu. Se colocasse uma das mãos ali, colocaria a outra, depois empurraria em um esforço frenético para escapar, e então tudo estaria perdido.

Daniel apertou ainda mais os punhos, enfiando as unhas nas palmas para se distrair. O suor ensopava seu corpo, mas ele lutou contra o grito preso na garganta.

Pensou em Janeta, corajosamente pulando para se colocar de pé e empunhando a pistola. Lembrou da faca dela sendo arremessada com uma precisão fatal. Nada daquilo acabou com o horror esmagador, mas o acalmou. Ele sussurrou o nome dela, uma oração para fazê-lo passar por aquele tormento.

Algo rastejou em seu rosto. O ar do caixão ficou mais úmido por causa de sua respiração curta e do calor de seu corpo.

Você precisa sair, sua mente insistiu. *Você* precisa *sair.*

Algo que Elle lhe dissera depois de recusar seu pedido de casamento surgiu em meio ao pânico:

"Quando coloca algo na cabeça, você fica igual um cachorro com um osso, mesmo se esse osso tiver um gosto ruim e talvez nem for seu. O que aconteceria se usasse essa teimosia para outra coisa?"

Daniel respirou o mais fundo que conseguiu e focou em cada bom motivo que tinha para se acalmar, expirando lentamente. *Está tudo bem. Você pode mexer os braços e as pernas. Pode respirar. A caixa não é selada.*

O pânico ainda o consumia como se fosse insetos vorazes, mas ele reivindicou os pensamentos circulando em sua mente pouco a pouco.

Se tentar sair da caixa agora, os rebeldes vencem. Se ficar calmo, eles perdem. Não pode deixá-los ganhar. Você é forte o suficiente para fazer isto. Janeta acha isso. Moses acha isso. Ellen acha isso.

Ele se forçou a focar nas palavras de apoio assim como focara na voz que dissera que ele era inútil e, embora ainda estivesse encharcado de suor e envolvido pelo pânico, a situação era tolerável, e tolerável era tudo do que precisava para sobreviver.

Finalmente, uma batida pesada ressoou na porta, a força e a velocidade dela transmitindo de antemão que os homens não seriam ignorados e fariam, na verdade, o que quisessem. Ele ouviu Annabelle abrir a porta, fingindo surpresa.

— Boa noite, cavalheiros. O que eu posso... ah!

Daniel ouviu dois barulhos em seguida: um tapa alto, depois Annabelle caindo no chão em um baque.

— O que estão fazendo? — exigiu saber ela, irritada.

— Alguns escurinhos fugiram — pronunciou a voz de um homem, com as palavras sendo pontuadas pelos passos das botas reverberando pelo chão de madeira. — Eles explodiram o armazém e fugiram da cadeia.

A voz de outro homem interrompeu:

— É como aqueles homens estavam falando. Você dá um pouco de espaço para os escurinhos e eles acham que podem fazer o que quiserem. Devíamos ter enforcado eles assim que chegaram na cadeia. Os homens, a mulher e a criança.

Daniel não estava mais pensando como era horrível estar preso em uma caixa de madeira. Ele estava focado nas palavras do homem, e na fúria repentina e impossível de ignorar que a fala causou dentro dele. Daniel estava sempre bravo, mas ele se agarraria àquela raiva como se fosse um bote salva-vidas. Não permitiria que aqueles desgraçados o encontrassem acovardado e com medo. Seus punhos se afrouxaram e sua mente entrou em foco, a calma sendo motivada por puro ódio.

— Não sei nada sobre fuga nenhuma — respondeu Annabelle com a voz firme, mas cheia de raiva. — Vocês invadiram minha casa, me interromperam quando colocava um corpo para descansar, e não sei de nada.

— Acha que não sabemos como as pessoas se esgueiram por aqui? É, aqueles homens nos contaram isso também — disse outra voz. — "Achei que esta fosse uma cidade de rebeldes", ele falou, "mas vocês têm escurinhos fugindo por aí e causando problemas, como se fossem mais inteligentes que vocês."

Annabelle suspirou.

— Ora, Hiram, te conheço desde que era garoto. Vai dar ouvidos a um homem estranho que veio pra cidade causar problema? Vai levantar a mão pra mim e me machucar por causa dele?

— É, eu conheço você. Morando aqui sozinha, fazendo sabe-se lá o que com seus cadáveres. Trabalho do diabo. Dizem que você faz todo tipo de vodu. Aquele homem disse que mulheres como você até mesmo fazem venenos para matar pessoas brancas e poções para fazer os escravos se rebelarem.

— Ora, não mexo com nada disso — disse Annabelle, rindo de um jeito sombrio. — Nem um de vocês estaria aqui se eu fizesse qualquer coisa do tipo, acredite.

— Isso é uma ameaça, escurinha? — Aquela era uma nova voz. Mais equilibrada. Mais controlada. — Viu? Vocês deixam eles falarem com vocês assim, e é por isso que os homens do condado de Clark são vistos como nada mais do que vagabundos fracos e moles, nada melhores do que os nortistas.

Daniel cerrou os dentes. Aquela era uma das principais estratégias dos Filhos: irritar e aborrecer homens brancos pobres, com orgulhos tênues fáceis de serem feridos e intenções rápidas de se transformar em letais.

— Não estava ameaçando ninguém — disse Annabelle, mas havia medo em sua voz agora que um estranho completo tinha entrado em sua casa. — O que pareço para ameaçar Hiram e Bill?

O nervosismo de Daniel aumentou mais e mais, mas não havia nada que pudesse fazer. Se tentasse se libertar do caixão, causaria uma comoção que eles ouviriam antes que ele pudesse sair de lá debaixo. Se o matassem, também matariam Annabelle, e fariam mais buscas pela casa.

Lágrimas de frustração se espremeram para sair por seus olhos cerrados e ele abriu o punho para segurar a dinamite que pegara de Janeta.

— Vá olhar atrás da cortina — disse o homem.

Daniel se remexeu, contorcendo-se para que sua mão conseguisse alcançar o bolso interno da casaca. Tentar se mexer o lembrava que mal tinha espaço para aquilo, mas ele lutou contra o pânico. Não podia ignorar seu medo, porém podia lutar contra ele.

Sou mais forte do que o medo.

— Tem caixões aqui! — gritou Hiram.

Os dedos de Daniel encontraram a caixa de fósforos que estivera tentando pegar e ele a puxou para fora com cuidado.

— Bem, faça uma busca — disse a voz de comando, envolvida por irritação.

Os passos se aproximaram, e o pânico zunindo na cabeça de Daniel ficou em silêncio. Toda sua atenção estava focava na sensação do fósforo em sua mão e na tentativa de acendê-lo na caixa equilibrada em cima de sua barriga. Ele parou de respirar.

Arranhou contra o papel abrasivo uma vez. Duas. O fósforo se acendeu e depois apagou.

O caixão balançou quando eles abriram o de cima.

Daniel respirou e tentou acender um novo fósforo, mas suas mãos estavam molhadas e o maldito não acendia; ele tentou até ter certeza de que tinha esfregado todas as partes que poderiam ser usadas, então pegou o terceiro e último fósforo.

O fundo do caixão acima do dele raspou a tampa do que Daniel estava.

Ele arranhou de novo. Mais uma vez, duas — *santo Deus, esta é minha última chance* — e então acendeu, triunfante. Uma esperança em meio à escuridão de fato. Ele acendeu o pequeno pavio enquanto os homens forçavam a tampa. Não fazia a menor ideia de se queimaria rápido ou devagar, mas não tinha escolha.

Daniel não queria mais morrer — estranhamente, depois de tantos meses desejando aquilo, ressentia aquela conclusão como seu fim na Terra —, mas faria aquilo por todos naquele buraco sob a casa.

Por Janeta, que apenas começara a se encontrar. Ela não poderia morrer ainda, e ele não permitiria.

A tampa começou a ser aberta. Seria aquilo.

Ele inspirou profundamente, com os olhos presos no brilho vindo do pavio da dinamite.

Assim que a tampa foi aberta um pouquinho, Daniel disparou para cima. Ele era um homem grande, algo que fora vendido como um benefício quando estivera na plataforma de leilão, e usou seu tamanho e o elemento da surpresa, empurrando com força.

Ele segurou a tampa do caixão enquanto os homens cambaleavam para longe, em choque. Tirou o mais breve segundo para saborear a expressão de surpresa no rosto dos rebeldes — para eles, Daniel era um morto voltando à vida. Não estavam de todo errados.

Ele apertou a tampa do caixão com firmeza, com a dinamite encostada a ela em sua mão direita, e usou a madeira para empurrar os homens para trás, para fora do cômodo. Não olhou mais para o rosto deles, vendo apenas borrões rosa-claros em seu foco determinado. Daniel os empurrou contra o outro homem, outro borrão pálido em um terno preto; empurrou-os porta afora em direção à noite, com o chiado do pavio da dinamite o motivando a continuar.

Todos no buraco estavam em perigo. Se ele falhasse, todos morreriam. Ou pior, seriam vendidos como escravizados ou punidos por começarem uma revolta. Daniel não poderia permitir aquilo.

Ele jogou todo o peso contra a madeira, derrubando os homens no chão do lado de fora da casa.

Ainda segurava a dinamite.

O pavio tinha queimado bastante, mas não o suficiente. Ou será que sim? Daniel não fazia ideia de quando explodiria.

Os homens começavam a se levantar e um deles estava pegando a arma.

Daniel arremessou a dinamite para a frente, que rolou de uma ponta a outra, deixando um rastro de fagulhas na noite escura. Então os pequenos pontos belos se expandiram em um clarão de luz, calor e barulho. Daniel voou para trás, para trás, para trás, sem nenhum pensamento em mente, mas o calor em seus lábios o fez pensar em Janeta.

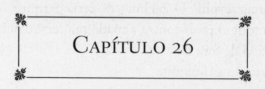

Capítulo 26

Todos no esconderijo se encolheram quando o choque de Annabelle caindo no chão reverberou pelas tábuas sobre suas cabeças.

Janeta já estava com as armas em mãos quando os homens hostilizaram a mulher idosa, quando falaram com ela com desdém para se sentirem importantes.

A raiva ferveu dentro dela ao ouvi-los tentando forçar Annabelle a fazer o que eles queriam, choramingando e reclamando sobre o que lhes era devido enquanto tentavam tomar o poder de outros. O desprezo no tom deles tinha sido contido como um cachorro treinado quando o terceiro homem apareceu, mas a prerrogativa raivosa não desaparecera.

Janeta cerrou os dentes. Ela e seus amigos se escondendo como ratos. Annabelle apanhando como se não fosse nada para ninguém. Como alguém podia achar que aquela era a ordem correta do mundo? Janeta lamentara a facilidade com que engolira mentiras para acreditar que sua vida era merecida, mas ela não era a única.

Homens como aqueles perambulavam pela América, buscando reivindicar cada pedaço daquela terra para eles como a praga dos gafanhotos sobre qual *el padre* falara na igreja. Ela estava certa de que aqueles homens iam à missa todo domingo e ouviam as mesmas liturgias, mas será que não percebiam que eles eram os precursores do fim de tudo que era bom? Eram ignorantes, ou sabiam e desfrutavam de tal designação?

— Tem caixões aqui! — gritou um deles.

— Bem, faça uma busca — ordenou o líder.

O medo empurrou a raiva de Janeta para segundo plano.

Não podia imaginar qual era o estado de Daniel, fechado em um caixão, mas aqueles homens estavam prestes a encontrá-lo. Ela apertou as armas com força, aquelas que haviam sido dadas para sua mãe em caso de revolta de escravizados. Talvez mami ficasse orgulhosa de saber que elas estavam sendo usadas exatamente para aquilo: revolta. Janeta nunca mais sorriria, se diminuiria nem seria grata por ser tratada como humana, e não permitiria que aqueles homens tocassem em Daniel.

Ela se mexeu como se fosse levantar, mas Maddie pegou o braço dela com força, depois apertou para alertá-la. Janeta tentou se soltar, mas o aperto de Maddie ficou mais forte. Sabia o que aquilo significava.

Você não pode ir até ele sem colocar todos nós em risco.

Janeta ficou imóvel, com o corpo tenso e as lágrimas ardendo nos olhos, enquanto ouvia a madeira sendo arrastada e o barulho do primeiro e depois do outro caixão sendo colocados no chão. Ela esperou para ouvir o homem de quem gostava ser executado. Não havia outra possibilidade — eram três contra um, e Daniel não podia se espreitar pelas sombras e atacar como fizera com os soldados que pegaram a comida deles. Mesmo naquela ocasião, a vitória dele fora por engenhosidade e não força bruta.

As lágrimas escorreram por suas bochechas e Janeta sacudiu a cabeça, relutante em acreditar que algum mal poderia recair sobre ele. Daniel sobrevivera a tantas coisas. Ele também sobreviveria àquilo.

Então houve gritos, e não eram de Daniel. Passos pesados retumbaram lá em cima, seguindo passos vacilantes e arrastados que tinham que ser dos outros homens. O barulho estava indo em direção à porta da frente.

Daniel estava reagindo e, a julgar pelo tumulto, estava ganhando. Houve uma breve pausa e silêncio. Ele tinha ganhado com tanta facilidade?

O coração dela pulou — e então a casa pulou, estremecendo enquanto uma explosão a sacudia.

Não, não, não.

Maddie afrouxou os dedos que a seguravam quando todos foram empurrados e algo bateu com força nas tábuas em cima deles. Com os ouvidos ainda apitando, Janeta colocou as mãos na madeira, empurrando e empurrando sem sucesso.

Ela tinha que ir até Daniel.

— Algo caiu em cima das tábuas. Me ajudem — implorou.

— Está bem. — A voz de Moses flutuou até ela e os olhos de Janeta se encheram de lágrimas.

— Obrigada, meu bem. Todos nós precisamos fazer isso.

Os outros se movimentaram ao redor dela e Janeta podia sentir o medo deles aumentando quando o cheiro de fumaça entrou levemente pelas fendas do chão. E se o teto tivesse caído sobre eles? E se não pudessem escapar?

— Pessoal, vamos empurrar no três — orientou Maddie, com calma, tomando o controle da situação. — Coloquem os calcanhares pra dentro e empurrem com toda a força. Um. Dois. Três!

Janeta fez força, com os pés afundando no barro frio do chão. Todos eles empurraram, como se erguessem a mão em uma prece e, embora tenha sido difícil para Janeta sozinha, com a força combinada de todos as tábuas se moveram quando o que as bloqueava rolou para longe com um estrondo. Eles empurraram algumas tábuas totalmente para o lado, com os destroços caindo em suas cabeças, e Janeta tossiu ao analisar a sala que antes estivera organizada.

A fumaça pairava no ar, junto a estilhaços de madeira. Quando virou a cabeça, Janeta viu o que havia bloqueado as tábuas: o corpo de Daniel. O rosto e a cabeça dele estavam queimados, e daquele ângulo ela não podia ver se ele estava respirando, mas seu corpo estava muito imóvel.

— Daniel? Daniel! — Ele não se mexeu. Janeta abaixou as armas e apoiou a mão na tábua a sua frente, tentando se erguer.
— Daniel!

A pressão em seus braços diminuiu e ela se deu conta de que os outros estavam a levantando lá debaixo, uma gentileza espontânea, como tantas que recebera desde que fora mandada naquela jornada. Janeta guardou aquela lembrança — não podia menosprezar aquilo mesmo com o medo fazendo sua cabeça formigar e começando a paralisar seus sentidos.

Ela tropeçou no chão e se arrastou até Daniel, com a visão embaçada pelas lágrimas. Ele não se mexeu. A cabeça de um homem vivo também não estaria virada naquele ângulo.

Ela se engasgou uma, duas vezes, mas seguiu rastejando.

— Não. Não!

As mãos de Janeta pegaram a camisa chamuscada dele e ela o virou. Estava morto de fato, mas não era Daniel.

Um alívio mórbido fluiu por ela. Qual era o nome daquele homem?

— Jeremiah — falou, caindo de bunda no chão. — Ai, Deus, é o Jeremiah.

— Achou mesmo que era eu, Sanchez? Eu tenho uns trinta centímetros e uns vinte quilos a mais do que o pobre coitado.

Daniel estava vivo, carregando Annabelle do outro lado da cabana. Ensanguentado, queimado e irritado, mas bem vivo.

Janeta não sabia como ele tinha sobrevivido. Sabia apenas que, por um momento terrível, vira um mundo em que Daniel não existia mais, e aquele não era um mundo no qual ela queria viver.

— *Milagro*. Você é mesmo um milagre. — Sua voz falhou, e a felicidade a preencheu.

— Eu diria que sou apenas teimoso.

Ele teve a ousadia de sorrir, embora mancasse um pouco e o gesto o tenha feito estremecer de dor.

— E graças a Deus por isso — disse Annabelle, girando os pulsos com cuidado e fazendo uma careta.

— O que faremos agora? — perguntou Janeta. Então ela viu movimento através da fumaça atrás dele e alertou: — Daniel, se abaixa. Tem alguém atrás de você.

Daniel caiu de joelhos e Janeta empunhou a arma.

— Daniel? Está aí? — chamou uma voz de onde as sombras se moviam. Era a voz de uma mulher, rouca e baixa, que, então, disse: — Sou eu. Elle. Apareça.

— Elle? — A surpresa de Daniel era evidente. — O que está fazendo aqui? Como me encontrou?

A mulher entrou na sala, com uma pistola em mãos e o olhar deslizando pelo local. Era menor do que Janeta imaginara, aquela mulher que Daniel amara e perdera.

— Sou uma detetive — respondeu ela, olhando por cima do ombro em seguida, como se procurasse por alguém. — Estávamos no encalço de Davis e ficamos sabendo de um homem bastante familiar que alegava ser um enviado de Cuba. Malcolm está comigo, então, por favor, ninguém atire no próximo homem branco que verem ao saírem da casa. — Ela se virou para encará-los. — Ele tem uma carroça na qual deveríamos todos entrar agora mesmo. Essa explosão vai chamar atenção, Daniel.

— Você deveria estar orgulhosa — proferiu ele, ainda sorrindo. — Aprendi isso com você.

— Eu sempre tive orgulho de você, amigo. Mas vamos deixar o reencontro para mais tarde.

Janeta já havia começado a puxar os outros do espaço sob as tábuas, sentindo-se um pouco constrangida enquanto assistia à cena. Logo todos estavam reunidos e correram até a carroça, conduzida por um homem grande que estava com a maior parte do rosto encoberta pela barba.

— Coloque-os na carroça, por favor, Ellen. Prefiro não ter que lutar esta noite se puder usar meu charme em vez disso.

— Está bem, está bem. — O olhar dela pulou de Daniel para o homem. — Daniel, este é meu marido, Malcolm. Malcolm, Daniel.

Daniel se arrastou para mais perto e apertou a mão de Malcolm.

— Ouvi dizer que ela tem te mantido na linha.

— Todo dia — confirmou Malcolm. — E, aliás, obrigado. Pelo meu irmão.

— Obrigado — falou Daniel. — Por mim.

Janeta não sabia do que eles estavam falando, mas os dois homens assentiram. Ela estava prestes a subir na parte de trás da carroça quando Daniel a segurou gentilmente pelo cotovelo.

— Por falar nisso, esta é nossa companheira detetive da Liga, Janeta Sanchez. Minha parceira.

Ele disse a palavra "parceira" sem jeito, mas com ênfase.

— Na verdade, eu me demiti da Liga da Lealdade, mas suponho que ainda seja sua parceira. Talvez você deva entrar para as Filhas da Tenda.

— Ah, *gostei* de você — anunciou Elle, cumprimentando Janeta, mas agrupando todos dentro da carroça e fechando a cortina. Ela deu duas batidas na madeira; então Malcolm disparou, o movimento lento acelerando em ritmo brusco. Elle se sentou ao lado de Janeta na carroça escura e disse, baixinho: — Obrigada.

— Pelo quê? — perguntou Janeta.

— Por tomar conta do meu amigo — explicou Elle. — Estou feliz de ver um sorriso no rosto dele. Se sobrevivermos a esta noite, me lembre de contar para você todas as histórias constrangedoras da nossa juventude.

— Ellen — grunhiu Daniel, mas, na escuridão, seus dedos deslizaram suavemente entre os de Janeta, e ela segurou a mão dele com força.

— Ah, é verdade — falou Elle. — Não vou precisar do lembrete.

Ela se virou para conversar com Jim, que estava sentado em seu outro lado, dando alguma privacidade para Janeta e Daniel.

— Você está bem? — perguntou Janeta, apertando a mão dele. Não houvera tempo para aquilo antes.

— Talvez — respondeu Daniel. — Vamos ver o que vai acontecer esta noite. E de manhã. E de tarde. Talvez possamos ver isto juntos… o que o futuro trará.

Ele apertou a mão dela. Ela apertou a dele. Não falaram mais nada porque compartilhavam uma linguagem própria no escuro e se entendiam perfeitamente.

Epílogo

Dezembro de 1863
Cairo, Illinois

Janeta observava Daniel enquanto ele dormia. Era inverno de verdade naquele momento, inverno do Norte, mas ela não estava com frio. Daniel estava a seu lado. Daniel, que arriscara tudo por ela e por seus amigos. Daniel, que a amava.

Ela puxou a coberta de lã, roída por traças, até o queixo dele ao sair da cama de lona que permitiram que eles usassem enquanto estavam visitando os amigos, que estavam prestes a deixar o acampamento pela vida livre no Norte.

Janeta passou a ponta do dedo pela linha suave da sobrancelha de Daniel, o resultado de uma das várias queimaduras que ele tivera na explosão que salvara a vida deles. Seu corpo era um mapa de cicatrizes detalhando o que o país o fizera passar, mas ela esperava que ele se lembrasse que todas elas também eram lembranças de sua coragem.

Os olhos dele se abriram e Daniel inclinou a cabeça para cima, dando um beijo no pulso dela.

— Bom dia, Sanchez.

— Como vai, Cumberland?

— Melhor do que um dia imaginei — respondeu ele, e ela sabia que era sincero. — E você?

Ela virou o rosto para longe dele a fim de que ele não pudesse ver seus olhos. Daniel a conhecia bem demais. E estivera lá quando Lake lhe repassara a informação que haviam recebido de Palatka: seu pai estava vivo, mas sua prisão não fora um erro. Ele se associara com homens traficando ilegalmente escravizados de Cuba para o país, apesar de ser algo proibido havia décadas.

Parte dela ficara aliviada por não ter sido ela a culpada por condená-lo à prisão; outra parte queria nunca ter sabido. Mas a riqueza deles na América viera de outro lugar que não a plantação de cana, e Janeta nunca questionara aquilo. A riqueza que mantivera ela e as irmãs vivendo com luxo.

As irmãs se recusavam a responder suas cartas, o que magoava, mas não havia nada a ser feito além de aguentar a dor e torcer para que ela diminuísse com o tempo, ou que elas amadurecessem com aquilo.

— Não estou muito bem — contou para Daniel, em vez de mentir. — Mas vou ficar.

— Podemos nos ajudar — falou ele com cautela. — Acho que trabalhamos muito bem juntos.

Ele puxou a parte de trás do xale dela e a trouxe para perto do peito.

— Também acho — concordou ela. — Não sei se minhas companheiras das Filhas vão aprovar que eu corteje um homem da Liga da Lealdade. Elas acham que vocês são todos muito pomposos.

— Espero que não precise da aprovação delas. Espero que esta guerra acabe, para que não precisem mais de detetives ou Filhas. Que isto acabe e todos sejamos livres.

Ele contou para ela que esperava poder trabalhar com a lei de novo. No Norte. E que queria que Janeta fosse junto, se ela assim quisesse. Caso sobrevivessem à guerra.

Ela entrelaçou os dedos nos dele e beijou sua mandíbula antes de se aninhar a ele.

— Volte a dormir. Temos uma longa jornada pela frente.

A guerra ainda não havia terminado, e os Filhos da Confederação pareciam determinados a ganhar pelo Sul, mesmo com o Norte conquistando mais poder e território.

Ela lutaria até o fim por aquela sua nova terra. Por aquele seu novo amor. Por seu povo. E por si mesma.

Ao fechar os olhos e cair no sono, pensou em sua mãe, linda e rindo antes de ser esmagada pelo mundo. Desejou que mami pudesse ver como a filha dela era perfeita simplesmente sendo ela mesma, e que ela também o fora.

Janeta sorriu ao deslizar para um sonho, um repleto de esperança e amor.

AGRADECIMENTOS

Eu gostaria de agradecer a todos os funcionários da Kensington Publishing, de todos os departamentos, mas especialmente à minha editora, Esi Sogah, e à diretora de arte, Kristine Mills-Noble, por ajudar esta série e as capas a brilharem (e a Esi, por aguentar minhas aleatoriedades). Obrigada à assessora de imprensa, Lulu Martinez, por ser uma ótima defensora desta série e a incentivar muito. Eu também gostaria de agradecer a Norma Perez-Hernandez, por ser uma das primeiras leitoras/entusiastas, ajudar com meu espanhol enferrujado, introduzir-me ao Army BT (junto com Michelle) e por sempre fazer com que eu sinta que posso fazer qualquer coisa. Um salve especial para Paula Reedy, por lidar com minhas mudanças na revisão, porque sei que ser editora de conteúdo é um trabalho duro e com frequência ingrato.

Gostaria de agradecer a Janet Eckford, Maya Frank-Levine e Kit Rocha, pela leitura antecipada e pelos conselhos ao longo do caminho, e a todos os meus RAPINANTES (rawr!!!), por me lembrarem que em algum momento eu terminaria, por mais que parecesse difícil e improvável.

Um agradecimento aleatório a Ryan Coogler, por ajudar a acabar com meu bloqueio de escrita com seu filme incrível. Obviamente ele não está ciente disso, rs, mas às vezes uma forma de mídia pode ajudar a ajeitar a bagunça das peças finais do quebra-cabeça de outra.

E muito, muito obrigada a vocês, leitores, que leem, resenham e me contatam para contar o que a série significa para vocês. Obrigada!

NOTA DA AUTORA

Escrever qualquer livro tem algum nível de dificuldade, mas entre os que escrevi até então, *Uma liberdade incondicional* é carinhosamente chamado de "o livro que me quebrou". Isso não é bem verdade: foi o mundo que existia enquanto eu tentava criar a história de Daniel e Janeta que me quebrou.

Quando comecei esta série, os Estados Unidos aparentavam estar em uma trajetória ascendente, apesar de ainda terem dificuldade com a coisa toda de "liberdade e justiça para todos". Quando *Uma união extraordinária* foi lançado, aconteceu junto com o crescimento da supremacia branca, com os perfis de neonazistas e confederados sendo glorificados nos jornais nacionais, o que os levou a tomar as ruas com tochas. Se você leu o livro antes de ler isto (sei que alguns de vocês pulam para o fim e não vou julgar [muito] por isso), então sabe que este volume era sobre um homem que acreditava nos Estados Unidos e o país cometeu um erro grave com ele, um homem que era incapaz de assimilar seu trauma em uma nação que ainda machucava pessoas como ele enquanto esperava que eles ajudassem a consertar os erros incorporados nos tijolos da fundação do país.

À medida que ia escrevendo este livro, parecia que dia sim, dia não surgiam notícias sobre um homem ou uma mulher, negros, sendo mortos pela polícia. À medida que ia escrevendo este livro, acessar às redes sociais significava ver a crueldade casual das políticas do governo da época. À medida que ia escrevendo, não pude evitar sucumbir à tristeza e à derrota, porque qual promessa eu poderia fazer para um personagem como Daniel sobre os Estados Unidos, sabendo que, em 2018, o país tinha voltado a ser tudo o que ele temia? Como poderia lhe dar um final feliz em uma nação que era tão contra ele ter um?

Fiquei deprimida e desesperançosa várias vezes durante este livro. Parei e comecei, e não conseguia me forçar a chegar ao final. Houve várias coisas individuais que me permitiram terminá-lo (filmes, livros, artigos), mas talvez a mais importante entre elas tenha sido a que assisti com Betty Reid Soskin, uma guarda-florestal de 96 anos e autora de *Sign My Name to Freedom: A Memoir of a Pioneering Life* [*Me inscreva na liberdade: uma memória de uma vida pioneira*], e Luvvie Ajayi, autora de *I'm Judging You* [*Estou te julgando*]. Soskin disse algo que ressoou profundamente em mim:

"Ainda há muito, muito trabalho a ser feito. Mas cada geração que conheço hoje precisa recriar a democracia em sua época, porque a democracia nunca será consertada. Ela não foi feita para isso. É uma forma participativa de governo em que todos nós temos a responsabilidade de formar aquela união mais perfeita."

Aquilo me lembrou de algo que eu já sabia, mas tinha estado enterrado embaixo da incansável pilha de notícias horríveis: o final feliz de Daniel não queria dizer que os Estados Unidos precisavam ser essa União perfeita enquanto eu estava escrevendo a história. Está na *possibilidade* da perfeição, em encontrar uma comunidade de pessoas que pensam igual, compartilham objetivos semelhantes e trabalham em busca deles, juntas. Eu queria que as coisas fossem diferentes. Queria que as injustiças crônicas na série da Liga da Lealdade estivessem no passado de verdade. Mas querer só nos leva até certo ponto. Espero que até isto ser publicado, os Estados Unidos tenham seguido para uma direção melhor. Qualquer que seja a situação, espero que você, querida pessoa que me lê, tenha encontrado uma forma de exercer seus direitos, de participar da nossa democracia, e que tenha encontrado a comunidade que lutará ao seu lado. Nem todos nós podemos ser detetives corajosos, mas podemos fazer *alguma coisa*, não importa o quanto seja pequena, para tornar o futuro mais promissor para todo estadunidense.

Bibliografia

Seguem aqui as obras usadas na pesquisa para este livro:

Abbott, Karen. *Liar, Temptress, Soldier, Spy: Four Women Undercover in the Civil War* [*Mentirosa, sedutora, soldado, espiã: quatro mulheres disfarçadas na Guerra Civil*]. Nova York: Harper Collins, 2014.

Foreman, Amanda. *A World on Fire: Britain's Crucial Role in the American Civil War* [*Um mundo em chamas: o papel crucial do Reino Unido na Guerra Civil americana*]. Nova York: Random House, 2011.

Jordan, Robert Paul. *The Civil War* [*A Guerra Civil*]. Washington, D.C.: National Geographic Society, 1969.

Lause, Mark A. *A Secret Society History of the Civil War* [*Uma história da Sociedade Secreta sobre a Guerra Civil*]. Champaign, IL: University of Illinois Press, 2011.

McPherson, James M. *Battle Cry of Freedom* [*Brado pela Liberdade*]. Oxford: Oxford University Press, 2003.

Pinkerton, Allan. *The Spy of the Rebellion: Being a True History of the Spy System of the United States Army During the Late Rebellion, Revealing Many Secrets of the War Hitherto Not Made Public* [*O espião da rebelião: uma história verdadeira sobre o sistema de espionagem do Exército americano durante a última rebelião, revelando vários segredos da guerra que ainda não vieram a público*]. Nova York: G.W. Carleton & Co., 1883.

Pratt, Fletcher. *The Civil War in Pictures* [*A Guerra Civil em imagens*]. Garden City, NY: Garden City Books, 1955.

Tucker, Phillip Thomas (Ed.). *Cubans in the Confederacy* [*Cubanos na Confederação*]. Jefferson, NC: McFarland & Company, 2002.

Van Doren Stern, Philip. *Secret Missions of the Civil War* [*Missões secretas da Guerra Civil*]. Westport, CT: Praeger, 1959.

Ward, Andrew. *The Slaves' Civil War: The Civil War in the Words of Former Slaves* [*A Guerra Civil dos escravizados: a Guerra Civil contada por ex-escravizados*]. Boston: Mariner Books, 2008.

Este livro foi impresso pela Lisgráfica, em 2022, para a Harlequin. A fonte do miolo é Adobe Caslon Pro. O papel do miolo é pólen natural $70g/m^2$ e o da capa é cartão $250g/m^2$.